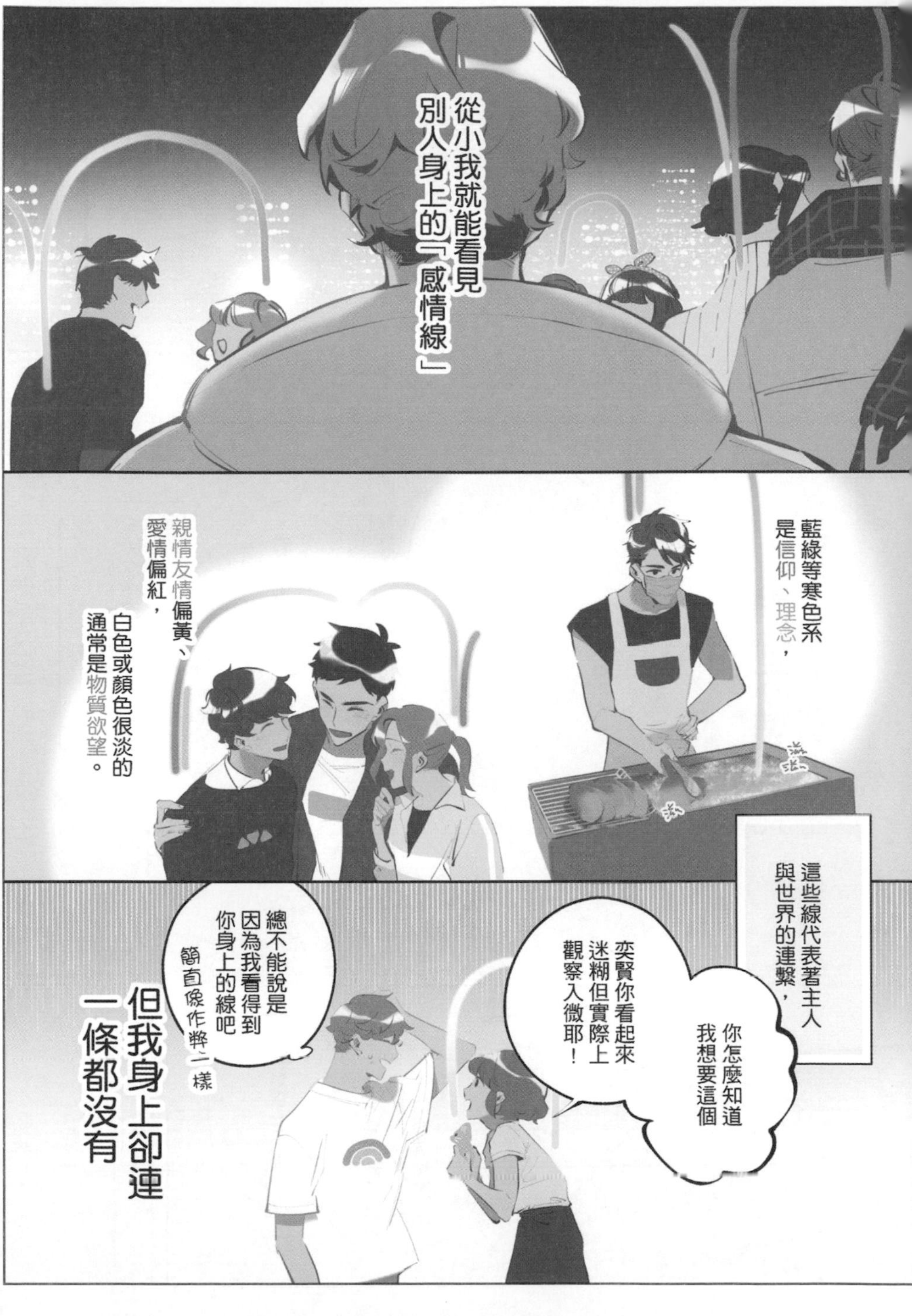
從小我就能看見
別人身上的「感情線」
藍線等寒色系是信仰、理念，
親情友情偏黃、愛情偏紅，
白色或顏色很淡的通常是物質欲望。
這些線代表著主人與世界的連繫，
你怎麼知道我想要這個
奕賢你看起來迷糊但實際上觀察入微耶！
總不能說是因為我看得到你身上的線吧
簡直像作弊一樣
但我身上卻連一條都沒有

那個常見的老先生
又在看尋人啟事了
這個年紀還能有
這麼明亮的線，
真令人羡慕…
線呢!?
這些線代表著主人
與世界的連繫，
所以當線消失的時候——
有什麼事嗎
小朋友？
沒事的話，
能不能放開…
爸爸！
請你不要尋死
我整理一下喔，
你不認識劉先生，
只是臨時起意想
跟他開個玩笑，
結果他大發脾氣
用拐杖打你。
……對
POLICE

玩笑不能亂開啊，你知不知道他有個孩子走失幾十……
唉，反正，勾起人家傷心事，被打就活該嘛……
欸你鼻血又跑出來了
是我不好下次不敢了
那你要不要提告或是索賠？
不用不用，我不會告他也沒要索賠…
劉伯伯真的很對不起！
算啦，
習慣了，你也不是第一個這樣騙我的
請用這個冰敷。
…謝謝
同學你好，我是警佐黃士弘。

張同學？
是沒見過的顏色……
連到我身上了？
我身上有線了！
還跟這人連在一起！

無緣人生

Beck 著

鏡文學
MIRROR FICTION

目錄

序場

馮傑靠在高架橋的欄杆上，慢慢抽完一根菸。

在點菸之前，他曾扶著欄杆，彎腰探出身子向下看了一眼。還沒來得及推測橋面距離地面大概有幾層樓高，手上就傳來厚重灰塵的觸感。馮傑一陣噁心，飛快抽回手，在褲子上擦了幾下，才從口袋中拿出菸來點著。

剛過凌晨一點，仍有不少汽機車呼嘯著過橋，沒有人注意到這個靠在欄杆上抽菸賞月的中年男子。

事到臨頭，馮傑的心情居然是平靜的。

下班前，主管叫他進辦公室，告訴他已被列入下個月的裁員名單，那時他絕望得宛如落入深淵，顫抖著腳步躲進廁所，坐在馬桶上痛哭了一場。

不過是幾個小時前的事，現在回想起來，當時激動的情緒已經像假的一樣了。

因為他想通了。人生除死無大事，想通了就沒什麼大不了的。

在妻子忙於育兒時和工作中認識的女業務員外遇，被妻子委託徵信社捉姦在床，不算什麼大事。

看著女兒熟睡的臉，痛定思痛回歸家庭，為了和妻子修復關係，如履薄冰度過毫無尊嚴的每一天，也不算什麼大事。

好不容易女兒要上幼兒園了，妻子臉上開始露出久違的笑容，分手數年的小三卻在此時回頭向他索取當年為他墮胎的保養費，也不算什麼大事。

妻子發現他匯出存款給小三，氣得帶著女兒離家出走，並寄回一張已蓋好印章的離婚協議書，也不算什麼大事。

如今工作丟了，用收入輾壓無職的妻子以取得監護權的希望徹底消失，按月支付教育費以保留探視權的最後底線也一起崩潰。這也不算什麼大事。

真的真的，人生除死無大事。下了決定之後，他的心情平靜極了，那些屁事跟他的關係還不如現在手上這根快要燒盡的菸。

「好想去死」和「只能去死」的差別就在這裡吧。

馮傑把菸銜到嘴邊，深深吸了一口，看著菸頭的火星亮起，迅速燒至濾嘴處。他在被燙到手指前按熄了菸，隨手將菸蒂彈到橋下。

好啦，沒什麼好等的了。

馮傑伸出雙手，上身前傾，十指在滿布灰塵的護欄上捺下了新的指印。

「欸，這位大哥，你有沒有空？」

馮傑嚇了一跳，抬起的右腿還沒跨上護欄，他就被人抓住褲腰帶，向後扯回了半公尺。

扯住馮傑的是一個大學生年紀的年輕人，穿著寬鬆的黃色帽T和牛仔褲，在夜裡格外顯眼。他一手拉著馮傑，一手拿著手機，臉上帶著燦爛的傻笑。

「大哥，能不能幫我抽十連抽？」

倒楣，遇到怪人了。

馮傑皺緊眉頭，撥開年輕人的手，一邊整理褲子一邊往旁閃避。哪知年輕人不屈不撓，快步追上來抓住他手臂，臉上的笑容和硬湊過來的手機螢幕一樣刺眼。

「拜託，幫我抽一下，我抽了六次都是些爛卡，只剩兩次機會，不敢再抽了。」

馮傑「嘖」了一聲。油然而生的煩悶讓他很不開心。他深吸了口氣，試圖喚回剛才靠在護欄上抽菸時那種心靈平靜的感覺，不想在這個節骨眼分神對陌生人發怒。

總之快點把這人打發走就好了。

「按哪裡？」

「這裡這裡，這顆藍色的寶石。」

馮傑伸指在年輕人的手機螢幕上點了一下，藍色寶石開始旋轉。

「抽好了——喂，你拉著我幹嘛！」

「一起看一下你幫我抽到什麼嘛⋯⋯。」

馮傑急著離開，年輕人卻仍抓住他手臂不放，一邊看著手機發出歡呼。

「喔喔喔！你抽的十張裡有三張是SSR，大哥，你有抽卡的才能耶，就這麼埋沒實在太可惜了⋯⋯再幫我抽一次好不好？拜託拜託。」

年輕人再次把手機湊到馮傑面前。

馮傑無奈至極，幫他抽了第二次卡，還被迫跟他一起欣賞抽卡動畫——藍色大寶石旋轉著發出強烈的白光，五秒後，白光中噴出十顆小寶石，那些小寶石一顆一顆跳到螢幕中間，再度旋轉發光，一個接一個變成精美的人物圖像。

抽卡特效很刺眼，而且很耗時間。馮傑兩眼痠澀起來。

這太荒唐了，這蠢斃了。他人生的最後一夜不該是這樣的。

「啊啊，很遺憾！這次只有一張ＳＲ，其他都是飼料……。」年輕人的語氣難掩失落，但他很快振作起來，轉頭安慰馮傑道：「不過你還是很有抽卡的才能，剛剛的ＳＳＲ裡面有一張超級稀有喔。唉呀，抽卡就是這樣子，懷抱平常心就不會太失望了，人生也總是起起落落嘛……。」

看著年輕人故作開朗的笑容，馮傑突然意會到對方的企圖。

「你是不是以為我想自殺？」

「欸？」年輕人的笑容僵在臉上。

馮傑揚起嘴角，盡量笑得溫和可親。

「你誤會了，我沒有要自殺，我只是下來抽根菸，看到月亮很圓，站著欣賞了一下而已。你看，我車就停在前面畫白斜線的地方，要自殺的人不會刻意找地方停好車的吧。」

「真的嗎……。」

年輕人眼神游移不定，看了看護欄上馮傑的指痕，又越過馮傑肩頭看了看他背後。馮傑跟著回頭，後面空無一人。他不知道對方在看些什麼，但他不想再跟這傢伙繼續糾纏下去了。

台北又不是只有這一座高架橋。

「當然是真的，別擔心那麼多，我很好，你快回家吧。」

馮傑伸手拍拍年輕人上臂，正欲轉身離開，卻又被抓住了手腕。

「我不相信。」

年輕人抓著馮傑，兩眼直勾勾盯著他，表情十分凝重。

剛剛滿面笑容說大哥幫抽卡什麼的果然都是故作活潑的表演。馮傑心頭火起，甩開他的手，罵道：

「你相不相信關我屁事，我要回去睡覺了。」

「不不不不行！」年輕人發出哀嚎，居然整個人撲了過來。「真的很抱歉，我嘴巴很笨，也不懂別人在想什麼，沒辦法用比較溫馨的方式讓你回心轉意。但請你再考慮一下，人生那麼長，一定還有很多好事會發生……。」

聽他這樣胡言亂語，被熊抱住的馮傑氣得笑了出來。

「哈！我外遇被抓包，小三挖光我存款，老婆帶著小孩離家出走，今天還被裁員了，你倒是說說看，還有什麼好事會發生？說說看啊？」

「反……反正一定會有的……。」

年輕人語塞，卻伸長了脖子，死死盯向馮傑身後。見他這一臉蠢樣，馮傑氣得用力拍打他的背，掙扎著想脫離鉗制。

「幹！你根本說不出來！放開我！」

「不行……唉唷！唉唷好痛！」

深夜的高架橋護欄邊，兩人一邊爭執一邊拉扯起來。

什麼除死無大事、平靜的心情、美麗月色下的最後一支菸，馮傑決定一擺脫這傢伙，就要在他面前飛身跳下高架橋，讓這白痴一輩子後悔今晚多管閒事。

對面車道上有機車停下來了，車上兩人都拿出了手機朝著這邊，不知道是在錄影還是在報警。

馮傑急了，一把抓住年輕人的頭髮向外扯，卻在聽見對方叫痛的聲音時不由自主的手軟。習於敲鍵盤的雙手對暴力其實很陌生，他很想像電影主角那樣一拳打飛對方，但無論他怎麼推怎麼打，這個瘋子就是緊纏著他不放。

「滴嘟滴嘟，爸爸接電話，爸爸接電話。」

馮傑襯衫口袋裡傳來小女孩稚嫩的呼喚聲，扭打中的兩人都是一愣。

爸爸接電話，爸爸接電話。

女兒為他錄的來電鈴聲設定給妻子的號碼專用，但在分居一個多月後的深夜裡，妻子怎麼可能會打電話過來……想起妻子和女兒的臉龐，馮傑全身忽然失去了力氣。

「欸欸，把拔，快點接電話。」

剛才還像隻八爪章魚般纏著馮傑的年輕人此時鬆手放開了他，還幫忙把他的手機從口袋裡拿出來，催他接電話。

電話的確是妻子打來的。馮傑忐忑的按鍵接聽。

「喂？阿傑嗎？對不起，這麼晚打來吵你……。」妻子的聲音聽起來很疲倦，還帶著一點鼻音。「小彤半夜醒來一直哭，說要找爸爸，不知道做了什麼惡夢，你能不能哄哄她？」

「好，好，當然好……喂，小彤怎麼了？爸爸在聽，不要哭嘛，做惡夢了嗎？沒有沒有，爸爸沒有被怪獸吃掉，爸爸好好的呀。對，對呀，星期天會帶你出去玩，和媽媽一起……媽媽要不要去？小彤幫爸爸問一下……。」

馮傑邊講電話邊流出了眼淚，他捧著手機輕聲安撫女兒，拚命壓抑著快要壓不住的哭腔。

旁邊有人遞來面紙，馮傑接過面紙按住眼角，抬頭瞥了對方一眼。

經過一陣扭打，這個多管閒事的年輕人頭髮蓬亂、衣衫不整，看起來活像被洗衣機絞過。他此時微微瞇著眼睛，以一種既像放鬆又像滿足的眼神看著馮傑……的身後。

他到底在看什麼？

馮傑的疑惑很快被電話另一頭傳來的聲音壓過。妻子從女兒手中取回了電話。

「謝謝你，小彤哭個不停，我實在拿她沒辦法。」

「沒什麼，應該的，我是小彤的爸爸耶。」

「小彤很想你。」

說完這句話後，妻子沉默了很久。馮傑不敢搭腔，好不容易止住的眼淚似乎都流到喉嚨去了，他喉頭痛得要命，有千言萬語跟硬憋住的眼淚一起卡在那裡。

他小心的呼吸，等著妻子打破沉默。

「我也很想你，其實我知道你沒有跟那個女的再怎樣……我只是……太生氣了……。」

妻子在電話那頭泣不成聲。

第一章

褪色的告示板

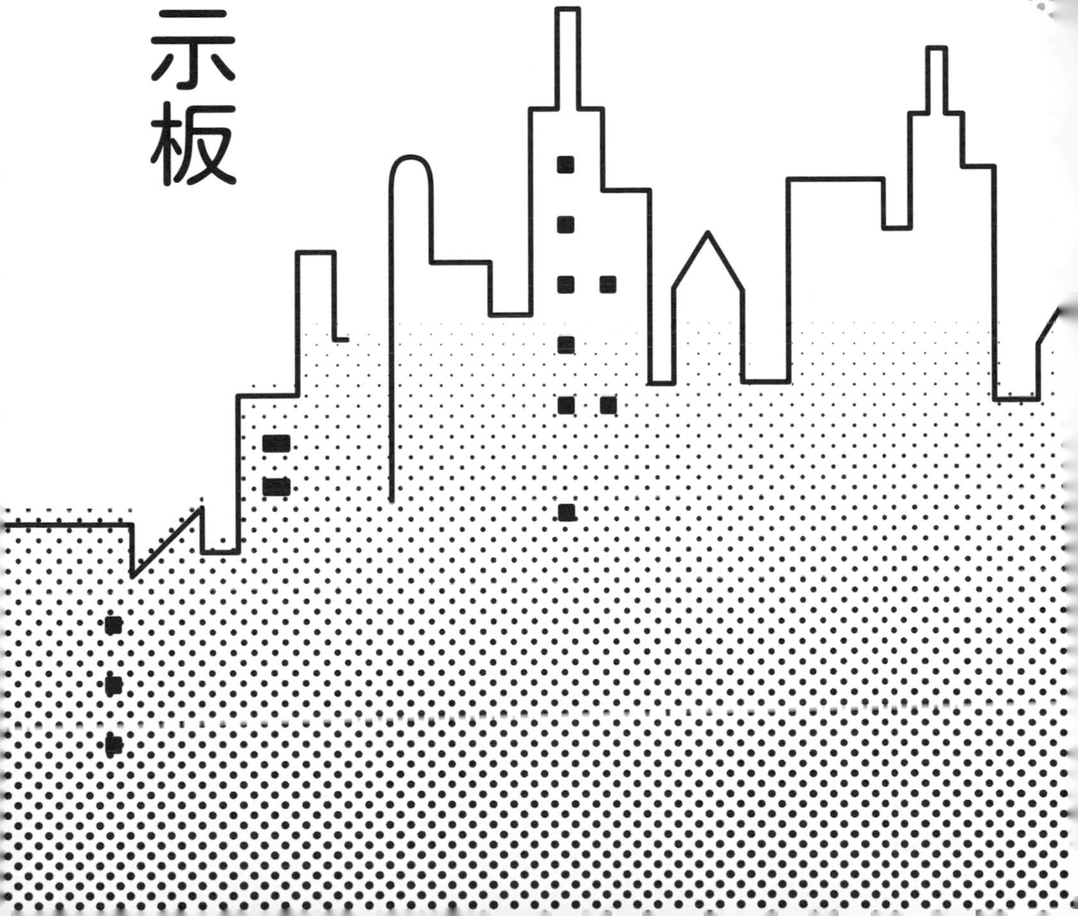

「十八日凌晨一點半，派出所接獲報案電話，報案民眾表示高架橋上有兩名男子疑似喝醉酒發生鬥毆。員警立刻趕往現場，到了高架橋上，卻只見一名中年男子坐在護欄旁，拿著手機，放聲大哭。男子說他沒有喝酒，只是因為丟了工作，一時想不開，幸好有個奇怪的年輕人及時阻止，才沒釀下大錯。在眾人勸慰和關心後，男子平復情緒，也向警方保證，不會再有輕生的念頭……。」

奇怪的年輕人及時阻止啊。

張亦賢仰頭看著早餐店電視播放的晨間新聞，一邊拿起桌上的中杯溫奶茶。雖然沒辦法即時連線，新聞台仍然出動攝影人員到事發的高架橋上拍攝。嬌小的女記者站在鏡頭前大聲讀稿，背後車道上的車輛川流不息。

怎麼沒拍一下欄杆上的指痕，那個畫面才叫驚悚。

張亦賢吸完最後一口奶茶，拖起腳邊的背包抱在腿上，視線調回正前方。

同桌的女同學被他這麼一看，連忙叉起蛋餅往嘴裡塞。

見她鼓起臉頰嚼得像隻倉鼠，張亦賢對她說道：「不用急，反正早上沒課，你慢慢吃。」

她點點頭，果然放慢了咀嚼的速度，表情卻還是有點不好意思。

林雅亭是個內向的女孩，相貌清秀白淨，說話聲音很幼細，同班兩年下來彼此也算熟識了，還是常給張亦賢一種易受驚嚇的小動物的印象。

不知為什麼，張亦賢常在早餐店或簡餐店遇到她，兩人也因此常在課間一起行動。張亦賢想過，自己老是漫不經心，可能因此在生活節奏上和慢條斯理的她意外合拍也說不定。

見她盤中還有好幾塊蛋餅，張亦賢再度望向電視。

大概最近沒什麼新聞，這節報導拖得有點長。總之神祕年輕人拯救自殺上班族的事件無傷落幕，報導最後以訪問當晚執勤的派出所員警作結。

「感謝市民朋友見義勇為，及時通報，阻止了一個家庭的破碎。請大家也要一同關心身邊的每一個人。」

一線四星的老鳥站在鏡頭前，不甚流暢的表達感謝外加宣導政令，搭檔的年輕員警則站在他後方充當背景。

「雅亭。」張亦賢朝林雅亭招手，示意她看電視。「後面那個警察好帥。」

她抬頭看了一眼，小聲答道：「還好吧。」

「是嗎……我覺得滿帥的啊。」

「唔，不過不是我喜歡的型。」她邊說邊看著張亦賢的臉，那雙圓潤剔透、宛如小動物般的眼睛裡，沒有半點畏怯。

張亦賢直覺不妙。他朝林雅亭頭頂偷看了一眼，發現從她背後朝他伸過來的那條紅線變亮了，比過去幾個月都來得明顯。

「雅亭，你有看匿名粉專今天那篇笑話嗎？我覺得那篇是我們班的人投的，用錯字騙回應很像是代數老師的風格……。」

「我吃飽了，走吧。」

「呃，啊，去哪？」張亦賢一時反應不過來。

「去圖書館啊，你不是說要借書。」她微微一笑。「我也要借。」

她從座位上站起，把她的巨大托特包背上肩。張亦賢跟在她身後走出早餐店。

這下子直接被她背上的紅線衝著頭臉指著了。

兩人一起前往圖書館的路上，不管張亦賢怎麼閃躲，林雅亭那條紅線都頑固的指著他，讓他感覺自己好像被蛇盯上的獵物。

話說回來，蛇算不算是小動物呢……

◇　◇　◇

張亦賢自小擁有一種特殊能力，能看見他人身上的「感情線」——那些線自背後伸出，泛著微弱的光芒，以肩胛骨中間為中心向外延伸出去，指向身外的人或物。

這些線條有不同的顏色，在夜裡比白天容易看清楚。延伸出去的線條離得愈遠顏色便愈淡，若未能與其他人的線相連，會在約半公尺處消失。

經過觀察和整理，張亦賢大致能從色系分辨出這些線條各自代表什麼。藍綠等寒色系是信仰、理念之類的東西；暖色系是對人的感情，親情和友情偏黃，愛情偏紅；白色或顏色很淡的，通常是物質欲望。

人人身上都有線。

在張亦賢眼中，這些線代表著主人與整個世界的連繫，線條愈多，這個人對其他人事物的欲望或情感也愈多。

能看見「線」的特殊能力對張亦賢的人際關係頗有幫助。

比如說幫忙尋找失物或寵物時，他只要牽著失主到處繞，看他背上的線往哪裡指，就朝哪個方向走，多半可以找到。又比如挑選禮物或幫忙做選擇時，他只要觀察別人身上的線條，通常能夠選中對方真正心有所屬的那個選項。

每次得到「亦賢好會選東西」、「看起來很迷糊但實際上觀察入微」之類的評價時，他總是心虛得不得了。

他其實一點也不了解別人想要什麼、喜歡什麼，他只是能夠「看見」而已。比如說，看見林雅亭身上有條紅線指向他，他就知道她喜歡上他了。

林雅亭身上的線很少，張亦賢認為那代表她淡薄少欲，關心的事情不多。少欲的人不必花太多心思應對，他一直覺得跟她相處很輕鬆，直到那條指向他的淡紅色線條出現為止。

到昨天之前都還只是淡紅色，今天突然變成明顯的紅線，不知道昨晚發生了什麼事，讓她的心境有所改變，而心境改變通常會帶來實際的行動。

張亦賢有點煩惱。

校門旁邊的長椅上坐著一對情侶。張亦賢只用餘光一掃，就能判斷他們兩人有多麼相愛。因為男生身上的桃紅色線跟女生身上的紫紅色線正牢牢相連著，此外兩人身上還有幾條白色黃色的線也接在一起。他們並肩依偎，看起來就像兩顆以各色電線並聯著的大電池。

人與人之間若有真實的情感交流，看起來就會像那個樣子。只要一靠近，彼此身上的線就會接在一起。

張亦賢走近林雅亭身邊，伸手朝那條紅線揮了兩下。目睹那明亮的紅色線在手邊漸淡而至消失，他忍不住嘆了口氣。

「嗯？怎麼在嘆氣？」林雅亭回頭問他。

「沒有啊。」

「有什麼煩惱嗎？我能不能幫上忙？」她停下了腳步，轉身面對他。

「真的沒有啦。」

張亦賢壓抑著苦笑的衝動。總不能向她抱怨說他明明看得見別人的線，自己身上卻一條也沒有吧？

林雅亭深吸了口氣，慢慢說道：「你……你還記得上次我把手鍊弄丟的事嗎？」

張亦賢點頭。聽說她的手鍊是祖母留給她的禮物，那次上課時她發現手鍊不見了，還急得在課堂上哭了出來。

「後來你幫我找到手鍊，我很感謝你。」她小心翼翼的說著，臉頰泛起了紅暈。「我一直想找機會好好向你道謝。」

「那個是小事情，沒什麼啦。而且你已經請我喝飲料了。」

「才不是小事情！手鍊掉在那種地方，如果不是你建議我去三樓找找看，我一定找不到，那天我連有沒有去過三樓都不記得，只有你注意到。」

「呃，真的沒什麼……。」

他只是跟著她背上的米色線條沿路搜索而已，最後在窗框縫隙中找到手鍊的是她自己。是她對手鍊的執著和愛惜，讓那條線指出該去的方向。

但林雅亭顯然不這麼想。

「你總是默默觀察，為大家排解困擾，如果你有什麼煩惱，我也會想要幫忙。」

「舉手之勞而已，你不用報答我啦，真的。」

聽張亦賢這麼說，林雅亭連連搖頭，急道：

「不是不是，我不是為了報答才這樣說，是因為……我……我很喜歡你……。」

結結巴巴的說完這句話，林雅亭臉色愈來愈紅，像是鼓足了一輩子的勇氣。

張亦賢對她的告白並不驚訝。他左右張望，試圖轉移話題。

「我們走吧。」

「咦？」林雅亭一怔，雙眼微微睜大。

張亦賢伸手指了指圖書館的方向。「我們不是要去圖書館嗎？走吧。」

「等……等一下，我剛剛跟你說的話……你沒聽見嗎？」

鼓足一生勇氣的告白沒辦法馬上重述，林雅亭急得跺了跺腳。

張亦賢抓抓頭。「我有聽見啊。」

「那……那你的回答呢？」

林雅亭的臉紅到不能再紅，看樣子連下輩子的勇氣都預支過來用了。看著她的表情和那條指著自己的紅線，張亦賢十分困窘。

他覺得她滿可愛的，跟她一起吃飯上課也都很自在，但他不能確定自己到底是身上沒有線，還是他看不見自己的線。

換句話說，他不能確定究竟是自己身上沒有紅線跟林雅亭相連，還是有線連上了但他看不見。

再換句話說，因為不知道自己身上有沒有線，張亦賢無法決定要怎麼回應她的告白。

「那個，雅亭。」他又抓了抓頭。「謝謝你，但我沒辦法給你答案。」

「為什麼？拒……拒絕我也沒關係，我不會怎樣的，能讓你知道我的心意我就很高興了……。」

她低頭扭著衣角，說得快要哭出來。張亦賢有點著急，伸出雙手在虛空中比畫著，試圖以最大誠意向她說明自己的情況：

「不是要拒絕，你的心意我一直很明白，我只是不能確定我喜不喜歡你……。」

林雅亭低垂的頭倏地抬起，淚光瑩瑩的眼裡隱約燃著怒火：

「你很明白？」

「呃，對……對啊。」張亦賢硬著頭皮承認。

「那你既沒表示也不拒絕，是打算養備胎嗎？你把我當成什麼了？」

「我沒……唉唷！」

內向文靜、宛如小動物般羞怯可愛、連被老師冤枉報告抄襲時也沒發過脾氣的林雅亭，此時氣得抄起了手上的托特包，往張亦賢身上揮打起來。

托特包裡裝了很多書，她乒乒乓乓的揮了幾下就沒力氣再打，只能把包包拖在腳邊喘氣。

「雅亭，我……。」

「你不要叫我！」

她氣都還沒順過來就張口對張亦賢咆哮，也不給他任何解釋的機會，一手拉起包包，一手揉著紅通通的眼睛，頭也不回的跑開了。

那你不去圖書館了嗎——張亦賢朝她的背影伸出手，兩秒之後又頹然收回。

坐在長椅上的情侶看著這邊竊竊私語，張亦賢別開臉，努力避免跟他們如針刺般的視線對上。

即使發了這麼大的脾氣，林雅亭跑遠時，張亦賢還是能清楚看見她背上仍然有條紅線指著他，只是線的顏色又變淡了點。

雅亭都氣成這樣了，為什麼紅線還會在呢……

讓她氣到出手揍人，張亦賢覺得很抱歉，但他又不知道該怎麼從這種情況中脫困。

張亦賢摸了摸隱隱作痛的前胸和側腰，忽然覺得有點委屈。

最近老是挨揍。前幾天被那個上班族打到的地方還有點痛，今天又被林雅亭拿托特包痛毆。

明明能看見別人的線，可以了解對方心思，和人溝通時卻老是不得要領。大概他的嘴巴真的太笨了吧。

張亦賢再次嘆氣，正想往圖書館移動，背包裡的手機鈴聲響了起來。是外婆打來的。

「喂？阿嬤喔，啥物代誌？」[1]

「嗯？閣問我啥物代誌，啊無代誌就袂當敲電話予你？」[2]

「無啦無啦，當然會使啊……我干但問……。」[3]

「你就是按呢生啦，一句話就惹我生氣，橫直你死肉拍著嘛袂疼嘛！真正毋知我為啥物欲飼你飼遐大，想來想去較輸飼一隻狗……。」[4]

張亦賢拿著手機站在路邊，聽外婆叨唸了一輪。她先是問他為什麼好幾個星期沒回家，接著數落他就算要準備考試也不該一通電話都沒打，然後哀嘆了一陣反正她就是老了沒人看得起、以後死掉埋路邊就好云云，才在張亦賢的否認和道歉聲中掛掉電話。

單親的媽媽早亡，張亦賢是被外婆養大的。祖孫近二十年來相依為命，他知道外婆因為他離家求學而變得很沒有安全感。他也知道只要增加回家的頻率，外婆的怨氣就不會這麼濃厚。

可是待在外婆身邊時，張亦賢總是看見她背上所有的線都指著他。看著那些白色黃色藍色的線條在目

---

1 喂，阿嬤，什麼事？

2 嗯？還問我什麼事，沒事就不能打電話給你嗎？

3 沒啦沒啦，當然可以啊……我只是問……

4 你就是這個樣子，一句話就惹我生氣，反正你死肉打了也不會痛嘛！真不知道我為什麼把你養這麼大，想來想去還不如養隻狗……！

己身邊漸淡而至消失，他覺得這比被她隔空咒罵「養你不如養隻狗」更加痛苦。

放下手機後，張亦賢沮喪萬分，也不想去什麼圖書館了。他決定回宿舍睡覺。

◇　◇　◇

每次走過郵局旁那塊告示板，老劉都會停下來多看幾眼。

一開始，貼在板子一角的失蹤兒童協尋海報會定期更換，這幾年不知為什麼都沒有人來換新的了。

老劉隔三差五的路過，就這麼看著這最後一張海報逐漸曬到褪色。先是洋紅色淡去，然後黃色也慢慢消失，如今照片裡的孩子們個個都只剩下深藍色的頭髮、眼珠和淺藍色的衣領、袖口。

為什麼沒有新的海報？孩子們都找到了嗎？還是這幾年再也沒有孩子失蹤了呢？

他站在海報前，一個一個看著照片中只剩頭髮和眼珠的孩子的臉。褪色了也無妨，他早就把他們的臉都記起來了。若在路上看見任何一個，他有信心馬上就能認出來，送他們回父母身邊。

但老劉沒能在路上遇見任何一張臉。

隨著時間過去，年復一年，老劉愈來愈沒有信心了。照片裡的臉被他烙進了腦子裡，但孩子們是會長大的啊。

算算出生年月，兩歲半時被帶走的這個小男孩已經十六歲，七歲時走失的這個小女孩也該有二十五歲了。

他的小男孩在家門口被人抱走時才三歲，現在也有四十五歲了。

啊，不對……不是四十五……老劉皺起眉，重新算了一下。今年是一百零九年，一零九減六十，兒子今年應該是四十九歲才對，快要步入知天命的年紀了呢。

那個騎著三輪車勇敢衝向鵝群反被追啄得連滾帶爬衝回他懷裡的小鬼頭，今年快要五十歲了。那張哭得涕泗縱橫的可愛的小臉，說不定都長皺紋了。

警察那邊的長官說過，孩子們一天沒有被找到，資料就會留在檔案裡，只要檔案還在，永遠會持續找下去。

「永遠」這兩字一度令人放心。但快要五十歲的那個「孩子」，真的能夠被誰找到嗎？

陽光斜照在告示板上，老劉眨了眨眼睛，海報上一張張藍色的臉龐忽然都變得模糊了。

張亦賢睡掉了整個白天，黃昏時才懶洋洋的離開宿舍覓食。當他打著睡太多的呵欠路過郵局時，正好目睹老劉背上線條全部消失的那個瞬間。

老劉住在學校附近的社區，學生們偶爾會在郵局旁看到他。

張亦賢對這位體面的老先生頗有印象，因為他總是穿著一件寶藍色的開襟毛衣，站在郵局旁的告示板前，端詳著板子上的告示。每當他視線移向告示板角落的海報，他背上都會有一兩條線明顯的亮起來。

線條變亮或變得鮮明，代表原有的情感趨於強烈，或是產生了採取行動的決心。雖然感情變強或採取行動不見得是好事，但張亦賢覺得以老劉的年紀還能有這麼明亮的線，是件令人羨慕的事。至少他就很羨慕。

然而今天老劉不太一樣。

微駝著背站在海報前的姿勢一如往常，但這次老劉的背上的線條不再亮起，反而一下子全部消失了。

張亦賢很早就意識到這些「線」不是什麼浪漫的東西。每當察覺他人身上的線條發生變化，都會讓他心驚膽跳。

橘黃色的斜陽照在老劉滿布皺紋的臉上，他眯起眼睛，從告示板前轉過身，朝郵局後方的小巷走去。

張亦賢邁開大步追上他，想也沒想就抓住他的手臂。

老劉回頭，神態溫和的看著張亦賢。

「有什麼事嗎？小朋友。」

請你不要尋死——張亦賢很想這樣說，但他嘴巴太笨，有話直說的溝通方式已經失敗過很多次了。見老劉的目光逐漸由疑惑轉為不耐，張亦賢拚命回想先前老劉背上亮起的線是什麼顏色，猜測那顏色可能代表什麼樣的感情，一邊望向老劉常看的那張海報，試圖尋找能讓他的線條重新亮起的話題或線索。哪怕只有一條線都好，只要能在他的回憶中找到蛛絲馬跡，讓他想起一點對人對事對物的掛念，或許就能讓他跟這個世界重新連在一起。

老先生的耐性用完了。他用另一隻手來撥張亦賢的手。

「沒事的話，能不能放開……。」

「爸爸！」

張亦賢看著老劉的臉，情真意切的大喊出聲。

◇　◇　◇

「我整理一下喔。你不認識劉先生，只是臨時起意，想跟他開個玩笑，結果他大發脾氣，用拐杖打你。」

「……對，對。」

鼻青臉腫的張亦賢坐在派出所辦公桌旁，配合承辦員警做筆錄。

他有被打的覺悟，但他沒想到老劉的手提袋裡有一支折疊拐杖。

老劉滿頭白髮，看起來只是個瘦弱的普通老先生，沒想到脾氣和力氣都那麼大，一支拐杖舞得像戲台上的青龍偃月刀。幸好有警察巡邏到附近，否則張亦賢不會只流點鼻血就能了事。

為張亦賢做筆錄的員警姓江，所裡同事都叫他江爺。他打字很慢，邊詢問事發經過邊搖頭，最後忍不住了，直接開口教訓張亦賢。

「玩笑不能亂開啊，你知不知道他有個孩子走失幾十年了？啊對你不知道，唉，反正，勾起人家傷心事，被打就活該嘛……欸，你鼻血又跑出來了。」

江爺抽了一張衛生紙遞過來。張亦賢用衛生紙按住兩邊鼻孔，話音全悶在鼻子裡。

「你說得對。是我不好，下次不敢了。」

「學長，我這邊好了。」為老劉做筆錄的另一位員警從對面座位喊話過來。

「好，再等一下。」江爺朝對面擺擺手，又回頭問張亦賢：「那你要不要提告或是索賠？」

張亦賢捂著鼻子，頭手齊搖。「不用不用，我不會告他，也沒要索賠。」

江爺點點頭，起身走向辦公桌另一端，彎腰對坐在那邊的老劉和員警說了幾句話。

其實老劉一進派出所就差不多冷靜下來了，看張亦賢鼻血流個不停，他似乎也有點後悔。聽江爺轉述張亦賢的決定，老劉同意互退一步，讓事情到此為止。

江爺在和解書上簡單描述這場糾紛的來龍去脈：

立和解契約人張亦賢（以下簡稱甲方）、劉知甫（以下簡稱乙方）。緣甲乙雙方細故發生鬥毆，因傷勢輕微，均無意追究，遂於派出所內達成和解，兩願承諾互不提傷害告訴。所方協助製作本和解契約書，經雙方簽名，各執一式為憑。

簽和解書時，老劉從頭到尾不發一語，沒正眼看過張亦賢，對江爺的各種詢問和確認也都以點頭搖頭作答。

看著老劉背上重新長回來的各色線條，張亦賢隱約覺得自己做了非常糟糕的事。

他只是想要救人，也確實救到人了。

當老劉聽見張亦賢喊他爸爸時，他背上就出現了一條亮晃晃的金黃色線條，讓他重新燃起曾經熾烈燃燒過的希望，把他從失去一切情感的虛無之地拉回人世。

但張亦賢知道自己再次傷了這個早已被傷透的老父親的心。

見老劉拿著和解書準備離開，張亦賢急忙從椅子上站起身，朝他深深一鞠躬。

「劉伯伯，真的很對不起。」

老劉看著張亦賢的髮旋，抿了下嘴巴，滿是白髮的頭左右輕晃。

「算啦，習慣了，你也不是第一個騙我的。」

他說完這句話就走了。

張亦賢心頭酸酸的。不知是否因為維持著鞠躬的姿勢，鼻頭很快也跟著酸了起來。他直起腰，伸手在眼眶旁邊一陣亂揉，沒摸到眼淚，倒是鼻孔又有了溼意。

江爺再抽了一張衛生紙給他。

「你鼻血都不停耶。」

張亦賢接過衛生紙擦鼻血，邊看和解書邊埋怨：「你亂寫，我哪有鬥毆，是他單方面痛揍我。」

江爺哈哈笑了兩聲，往張亦賢肩上一拍。「反正沒有要告嘛……你不要仰頭，流鼻血要低頭才對。坐一下，我拿冰袋給你。」

張亦賢依言坐回長椅上，低頭用衛生紙按著鼻子。

過了幾分鐘，身前有人靠近，另一位員警拿了冰袋過來。

「請用這個冰敷。」

「謝謝。」

聽這人聲音，是剛才為老劉做筆錄的年輕員警。他拿來冰袋後沒有離開，反而拉開另一張椅子，坐到張亦賢對面。

張亦賢低頭冰敷鼻子，視線剛好落在對方黑色短靴的鞋尖上。他正疑惑著為什麼這人要坐下，年輕員警就開口向他自我介紹了。

「同學你好，我是警佐黃士弘。」

「呃，你好。」

張亦賢抬頭，對上一雙炯炯有神的眼睛。

一看到那張臉，張亦賢立刻認出這人就是早上那節新聞裡站在後方的菜鳥員警。不是他記憶過人，而是因為黃士弘長得實在太過顯眼。

均勻的小麥膚色配著稜線分明的臉龐，五官端正又透著點斯文。在電視上的樣子已經很帥了，本人又比電視上更好看一些。

「能不能耽誤一點時間？我有事想請教你。」

「好啊，你說。」

張亦賢回答得乾脆，黃士弘表情仍然嚴肅，眼神卻明顯柔和許多。

「是這樣的，我幫劉先生做筆錄時，發現他三年前和今年年初各有一筆通報自殺的記錄。那是在我到職之前的事，兩次都尚未行動，就接受了戒護。」

冰袋敷在鼻子上，鼻腔裡一陣癢過一陣，張亦賢忍著打噴嚏的衝動，在黃士弘話語停頓間適時朝他點頭。

跟江爺相比，黃士弘的措詞和口吻客氣得近乎生疏。光聽他講話，張亦賢就不自覺想要正襟危坐。

除此之外，還有一件特別的事。

黃士弘背上只有兩條線，而且顏色非常淡，一條是黃色，一條是藍色。

「我要向你請教的是另一件事。前天凌晨在建國高架道路，有一起通報自殺的案件，報案民眾說是鬥毆，但我們到場後查知是意圖自殺的民眾被人阻止，可惜那位見義勇為的民眾已離開現場……。」

張亦賢點頭如搗蒜，心思卻早就不在談話裡頭。

他想起林雅亭。在此之前，她是他見過身上線條最少的人，她也一如他對線條的觀察般表現得淡薄寡欲。但她再怎麼寡淡，身上至少也常駐著五六條線——因為她深愛父母，有兩個好友，關懷著學校那隻黑色野狗，還有一條紅線分給張亦賢。

張亦賢越過黃士弘肩頭，瞇起眼睛，努力看清楚他背上的兩條線，心想不知道那條絕無僅有的黃線會連著或指著誰，不知道那條虛無縹緲的藍線代表什麼信念，不知道這麼淡的兩條線要如何讓他維持人生運作……說話回來，自己身上沒有半條線，不也是活到現在了嗎？

察覺到張亦賢心不在焉，黃士弘暫停說話，喚他回神。

「同學，你有在聽嗎？」

「有啊有啊，我有在聽，你說高架橋上嘛，那個是我。」張亦賢舉手招認。

見他這麼老實，黃士弘微感驚訝。他把手肘靠在兩膝上，雙手十指互抵，身體前傾，向張亦賢坐近了點。

「果然是你。」

張亦賢搔搔頭。「對啊是我，不過你怎麼會知道？警察應該沒看到我才對。」

「報案民眾有錄影。你那天也穿著這件衣服，黃色很好認。」

黃士弘看著張亦賢身上的黃色帽T。

一年級時某次班會決議要作班服，不知為什麼大家投票選出了宛如小雞毛色般鮮亮的黃色帽T款。投票結果出來時，班上同學全無異議；而當比設計圖更加鮮豔的成品做好後，卻沒幾個人敢穿出門；只有張亦賢成天穿著到處跑，讓負責設計的同學頗為感動。

沒想到這件全班都嫌棄的班服會成為自己被認出的關鍵。張亦賢有點不好意思，把冰袋重新按回鼻頭。

「這件……很好穿啊。」

「你為什麼不等警方到場就先行離開？」

「因為我隔天要交的報告還沒寫完。」

張亦賢只是實話實說，但黃士弘又向他再靠近了點。

「謝謝你，你很勇敢。」

「沒什麼啦……。」

黃士弘望向他的眼睛裡有光，讓他想起了早上的林雅亭。張亦賢手足無措起來，發現自己對這些線很少的人真的是完全沒輒。幸好黃士弘身上沒長出什麼新的線——

才剛這樣想，黃士弘背上就多了一條線。

張亦賢如遭雷殛，傻愣愣的看著他背後。

「怎麼了？」黃士弘側了下頭。

「沒……沒什麼……冰袋有點太冰。你還要問我什麼嗎？」張亦賢放下冰袋，裝模作樣的揉了揉鼻子。

黃士弘的確還有話想問。他垂睫看著自己互抵的手指，雙眉微微聚攏，說話速度比剛才慢了許多：

「其實我會認出你，還有一個理由。我昨天查另一起案件，調閱了高架橋附近超商的監視器，發現那個意圖自殺的男子當晚曾經停車下來買菸。」

黃士弘小心斟酌用詞，張亦賢卻聽得馬耳東風。他此刻全副注意力都放在那條多出來的線上了。

那是一條泛著金屬光澤的銀灰色線，張亦賢不知道它代表什麼感情，因為他不曾看過這種顏色的線。它彷彿原本就存在一般，從虛空中漸漸現形。

「然後我看見你從店裡尾隨他出來，他發動汽車離開，你就騎車跟著他，一路跟上高架橋。看到這個畫面，我就在想……。」

張亦賢緊張兮兮，吞了口口水。

那道銀灰色的弧線如橋梁般跨在他和黃士弘頭頂上，隨著他每次眨眼，變得愈來愈亮、愈來愈明顯。

他心跳如擂鼓，耳裡早就聽不見其他聲音。

從來沒有哪個人的哪條線能夠離他那麼近，近到讓他開始期待是否可以體會一次身上有線的感覺。

黃士弘仍低著頭，不知道張亦賢的無線人生正在發生巨大變化。他一手托向下巴，微微皺起眉頭。

「你是不是早就知道那個上班族想自殺，所以才一路跟著他？加上今天打傷你的劉先生也曾被通報過自殺，兩件事兜在一起，我不覺得是巧合。所以我想問你——」

黃士弘抬頭時，銀灰色的線正好在張亦賢頭頂亮起。

他還來不及把話問出口，就看見張亦賢嘴巴大張、兩眼發直，中邪般的仰頭盯著虛空，整顆頭由上向後勉強轉了半圈，脖子發出連串細碎的卡啦聲響。

「張同學？」

張亦賢轉頭看著自己的背，然後轉回來看了看黃士弘，接著又再次轉頭看向自己背後。

沒錯，那條從黃士弘背上冒出來的銀灰色線，另一端真的連到自己身上了。張亦賢確認了一次又一次，簡直不敢置信。

他身上有線了，是沒見過的顏色，而且還跟眼前這個人連在一起。

「耶噫！呀嗚！」

張亦賢從椅子上跳起來，嘴裡發出猿猴似的怪叫聲，把冰袋「啪」的一聲丟在桌上。

黃士弘嚇了一大跳，見張亦賢激動得滿臉通紅，連忙伸手去拉他，反而被順勢一把抱住。

「阿弘我們該出發了……喂喂你幹嘛，襲警啊？」

江爺從後面準備室裡走出來，就目擊到張亦賢像隻猴子般攀著黃士弘肩膀，伸長脖子朝他背後拚命探頭，不知道在發什麼神經。

「放開，快點放開！」

被江爺拉開之後，張亦賢稍微鎮定了下來，他一手撫著胸口，一手按著眼角，聽見江爺叨唸黃士弘。

「你怎麼會被抱住？第一天當警察喔？」

「學長，沒事的，他沒有攻擊的意圖。」

「不是，你那麼簡單就被人抱住，其他民眾如果看到會影響觀感，以為我們警察都是吃素的。」江爺說完，又在張亦賢肩上拍了一下，問道：「你怎麼還沒回去？幹嘛突然抱住我們家阿弘？」

「對不起……我只是……。」張亦賢不知該怎麼解釋。

「破少年仔，你這樣不行啦，有的玩笑不能開，才剛被揍還不學乖，警察是能讓你隨便戲弄的嗎？」

江爺擅自解讀張亦賢的異常行為，張亦賢只好欣然接受「破少年」的人物設定，邊被罵邊點頭裝乖。

「是是，是我不好，下次不敢了。」

「好啦，沒事快點回去。阿弘緊來準備。」

「唉，你又流鼻血了。」黃士弘嘆口氣，把整包衛生紙捧到張亦賢面前。「還好嗎？」

張亦賢抽了張衛生紙壓住鼻血，用力點點頭。

不知是失血過多還是終於連線的感動，他光是看著黃士弘的臉，就覺得熱淚盈眶兼頭昏腦脹，沒辦法好好說話。

江爺從準備室裡探出頭來連聲催促，黃士弘一臉無奈，對張亦賢說道：「抱歉，硬留你下來，結果話也沒說完。我要去值勤了，如果有機會……。」

「我再來找你。」

被搶了話的黃士弘先是愣住，接著唇間一鬆，朝張亦賢露出微笑。

看見他的笑容，張亦賢這才注意到黃士弘雖然眉宇軒昂，笑起來時眼角卻是微微下垂的。

從派出所走回宿舍，張亦賢整路都在想那條連接在他和黃士弘之間的銀灰色線。

「我終於有線了」的驚喜很快就過去，隨之而起的是「為什麼是黃士弘」和「銀灰色代表什麼」這兩個疑問。

下次見面，別說黃士弘還有話要問，張亦賢也有一堆事情想向他打探。比如說他們以前是否見過面，或是他對自己有什麼感覺之類……等一下，這種話問不出口啊，根本是笨拙的搭訕。

到底是什麼原因導致他們之間長出了一條神祕的銀灰色線？張亦賢確定自己和黃士弘素昧平生，不可能對他有什麼感情，頂多只覺得他長相很帥。

覺得很帥就會長出銀灰色的線嗎？他們的線是連在一起的。

「難道……他也覺得我帥嗎？」

◇　◇　◇

「賢賢，你的臉怎麼會帥成這樣？」

「會帥成這樣，當然是被打的。」

面對大呼小叫的高中死黨，張亦賢搓著雙手手臂，心情一陣鬱悶。

昨天晚上洗澡前照了鏡子，他才知道自己被打得有多慘。左邊額角和顴骨高高腫起，鼻梁上橫著一道傷，兩隻手臂上散布著交錯的紅痕。到了今天，傷痕周圍就開始浮現深淺不一的青紫色。

「到底怎麼了，你說清楚一點。」

阿徹坐在電算中心門前，招呼張亦賢坐下，塞了一塊雞排給他。

「幹嘛給我雞排？」張亦賢莫名其妙。

「奇怪，這也要問，我就不能請我的多年好友吃塊雞排嗎？」

張亦賢和李懷徹兩人高一同班，那時座位坐得近，又同樣是離家求學的外宿生，互相照應下，很快就變成死黨，後來還考上同一所大學。

阿徹是這世上唯一知道張亦賢擁有特殊能力的人，也是張亦賢看過身上帶著最多線的人。

小時候因為一句「姨姨背上有東西」被外婆抓去吃香灰喝符水的記憶太過慘痛，張亦賢對自己的能力一向三緘其口，從沒想過讓人知道。

但在高三那年，阿徹失戀了。張亦賢察覺他背上的線一下子淡到看不見，擔心他出事，就守在他身邊陪他喝酒。

兩人醉醺醺的聊了一夜，張亦賢什麼都說了，說自己看得見別人的感情線，說自己身上一條線也沒有，說阿徹伸過來的橘色友情線其實從來沒有連到自己身上過，阿徹根本是落花有意流水無情。

他以為阿徹不會相信，或是相信了就不會再理他。畢竟有誰會相信這種鬼話，又有誰會願意對一個與世界沒有感情連繫的人付出感情？

沒想到阿徹相信了，而且繼續理他，一直理他，對他的態度跟平常一樣，完全沒有改變。

張亦賢想了又想，認為可能是阿徹身上的線太多了，這世界充滿著他想要的、他關心的、他喜歡的和他相信的人事物，在那麼多明亮鮮麗的線條之中，不差自己這一條。

不過張亦賢還是很注意阿徹那條伸過來的橘線，要是發現它有變淡的趨勢，他就會密集約阿徹出來吃飯。

「救人反而被揍，你也太衰了吧！這樣就和解喔？你應該要求償的啊！看你好好一張臉被打得像調色盤一樣。」

聽完他昨天的遭遇，阿徹義憤填膺，抓皺了雞排的紙袋。

「我在想，會像這樣弄巧成拙，是不是我講話太白目的關係。」

「你哪會白目，我覺得你這樣很好。」

張亦賢心頭一熱，感激的看著阿徹。

「謝謝，不過你的評語我不太信任……。」

「喂，什麼意思。」

張亦賢拿起雞排大口咬了下去。

他本來想告訴阿徹接下來發生的事，跟他分享自己終於有線了的驚訝和迷惑；但一抬眼，看見阿徹那條朝他指過來的橘線仍然消失在半空中，他話還沒到嘴邊，就又嚥了回去。

阿徹吃完雞排，隨手把紙袋揉成一團，擺了個跳投的動作，將紙團丟向垃圾桶。

「遜欸。」

「人有失蹄嘛。」阿徹撿起彈到牆角的紙團，把它丟進垃圾桶。「走吧，雞排吃完了，幫我找個東西。」

張亦賢站起身，也把自己手上的雞骨和紙袋丟進垃圾桶。

「人有失足啦。你又弄丟什麼了？我不太擅長幫你找東西，之前那個鑰匙圈我也沒找到。」

「沒關係，有找有希望，沒找到我也不會怪你。」阿徹眉開眼笑，伸臂勾住張亦賢肩膀。「幫我找隨身碟，它是我的寶貝，應該掉在這附近。」

「又是寶貝……。」

利用能力幫冒失鬼阿徹找東西，對張亦賢來說是家常便飯，但其實找到的機率並不高。就像以前做過許多次的那樣，張亦賢牽著阿徹，開始在電算中心裡裡外外走來走去。

這有點類似古代的水源探測術，只是古人靠的是樹枝或金屬棒，張亦賢靠的是失主身上的線。他一邊觀察阿徹背上的線，一邊要求阿徹描述隨身碟的樣貌，回想他對隨身碟的重視與喜愛。

可是阿徹身上的線實在太多了，多到像是背著一團巨大毛球在背上；任憑張亦賢仔細觀察，都看不出那顆毛球裡是否有哪根毛正在產生任何足以指引方向的變化。

「停，我覺得這太蠢了。」張亦賢當機立斷，喊停了這場漫無目的的尋寶任務。「你去問過櫃台沒？說不定有人撿到。」

阿徹搖搖頭。「沒有，我只相信你。當年小白不見了，也是你一出馬就找到牠。」

小白是阿徹高二時養的倉鼠，牠離籠出走三天三夜，阿徹擔心得茶飯不思，是張亦賢沿著阿徹背上珍珠色的線條一路尋找，才在書櫃和牆壁的夾角間找到小白和牠的戰地小窩。

「那是因為你愛小白，可是你根本沒有多愛那個隨身碟吧！你的線都沒在動啊！」

「有啦，我很愛它，裡面有我精心收集的實用小說文字檔，上看百萬字。」

「給我先去問櫃台——」

張亦賢拖著阿徹回到電算中心一樓，逼他去服務處詢問。阿徹千百個不願意，卻也乖乖的走近櫃台。

「請問一下，有沒有人撿到一個綠色的Doshiba隨身碟？」

值班的女學生抬起頭。

「嗨！雅亭同學，怎麼那麼巧……。」

「亦賢，你的臉怎麼了？」

阿徹的招呼聲和林雅亭的驚呼聲同時響起。

原來林雅亭這時間在電算中心打工。張亦賢微感狼狽，還沒來得及說話，阿徹就代替他回答了：

「賢賢他喔，好心沒好報，昨天被人揍了一頓，超冤枉……幹嘛，幹嘛啦？」

張亦賢在阿徹後面狂戳他背要他閉嘴，但是已經來不及，林雅亭想起了昨天早上的告白，還有她用托特包痛毆張亦賢的事。

她看著張亦賢，臉龐一陣蒼白，眼裡很快就蓄滿了淚。

「我……我幫你看一下有沒有……。」

林雅亭丟下這句話，飛快逃離櫃台，跑到擺放失物的大鐵櫃前面，背對門口低頭抹著眼淚。另一名值班的學姊跑到她身邊，輕撫她的背，跟她低聲交談起來。

阿徹這才看出事有蹊蹺，回頭投以疑惑的視線。張亦賢欲哭無淚。

過了幾分鐘，學姊拿著阿徹的隨身碟回到櫃台，向他索取證件登記姓名，再讓他簽名領回失物。

張亦賢不敢靠櫃台太近，倒是阿徹好奇得要命，拿到隨身碟還不肯走，頻頻以關懷的眼光望向仍然站在失物櫃前的林雅亭。

「學姊，她怎麼了嗎？」

學姊推推眼鏡，以冰冷的口氣回道：「學弟領回東西就可以離開囉。」

阿徹還想再問，張亦賢抓住他手臂，硬把他拖了出去。

「欸……不是吧，你怎麼都不關心你同學，她好像在哭耶。」

面對阿徹的指責，張亦賢深呼吸了幾次，才開口說道：「她會那個樣子，大概是我害的。因為她昨天……。」

「她喜歡你喔？」

張亦賢還在想要怎麼婉轉說明昨天早上的事，阿徹就丟了一記直球過來。張亦賢震驚的瞪著他，阿徹兩手一攤。

「很明顯啊，你們常常一起行動，連我都看得出來了。你不是看得到線嗎？」

「我是沒想到她會有膽子直接說出來。」

「你這句話就很白目了。」阿徹將後背包甩到胸前，把失而復得的隨身碟收進內袋裡。「幹嘛拒絕呢，她滿可愛的。」

張亦賢搖搖頭。「我沒有拒絕。」

阿徹皺眉。「所以你也喜歡她？不對啊，那她幹嘛哭。你到底怎麼回答她的？」

「她很認真，我也就老實跟她說，我不知道要怎麼回答，因為我不確定我喜不喜歡她。」

阿徹表情瞬間扭曲了一下。「我要收回前面說『你這樣很好』那句話。你很白目，超白目，爛死了。」

張亦賢搭上他肩膀，整個人脫力的靠在他背後，發出長長的嘆息。

「沒辦法，因為我身上沒有線嘛。哪像你的線多得數不清，又不分我。」

「分你啊，拿去用啊。頭髮也可以分你。」

阿徹作勢從身上拔東西下來插到張亦賢頭上，被他一掌拍開。

見死黨意志消沉，阿徹不忍苛責，卻也沒辦法放置不管。他頓了一頓，又開口勸道：「重點不在有沒有線啦。你要用心關懷人家。」

「我有啊，難道你沒感覺到我的關懷嗎？」

張亦賢這樣反問，阿徹竟也困惑起來。他歪著頭想了一下其中的分別。

「可能……友情跟愛情的標準不一樣吧？」

張亦賢挺直背脊，看向阿徹難得正經的表情。

「阿徹。」

「幹嘛？」

「聽你這麼嚴肅的講這些話，我覺得好噁心。」

前幾天被馮傑揍過、昨天被林雅亭和老劉揍過的張亦賢，今晚又被阿徹多揍了一拳。

◇　◇　◇

結果他還是沒告訴阿徹黃士弘的事。

和阿徹分開後，張亦賢徒步上山，走回男生宿舍。時間剛過八點，還有很多學生在校園裡走動，夜色裡，每個人背上的線都發出微微的光芒，像是每個人都背了一朵小小的煙花。

回到宿舍，經過交誼廳的大鏡子前面時，張亦賢停了下來，看向鏡中的自己。鼻青臉腫，雙眼無神，背上只有一條很淡很淡的銀灰色線。

他昨天晚上就發現了，這條線從他離開派出所後開始變淡；今天早上睡醒時，它已幾乎淡到看不見。

張亦賢一度陷入驚恐。

明明已過了二十年的無線人生，明明沒有線也長到這麼大了，他卻在擁有這條線之後害怕起來。要是這條線淡到消失，他會不會像馮傑或是老劉那樣突然不想活了，直接就從宿舍五樓跳下去？

雖然昨天對黃士弘說會再去找他，但到了今天早上，當他背起背包踏出房門時，又瞬間彆扭起來。他既不知道這條銀灰色線代表什麼，也不知道再見面時這條線是否還能連在一起。那他究竟要用什麼心情、什麼身分去找黃士弘？

想到這裡，踏出房門的腳又縮了回來。

於是張亦賢花了一個上午在網路上搜尋黃士弘的名字，找到他的考試成績和就職資料，還找到一節花邊新聞。

幾個月前，黃士弘在路邊臨檢，被攔下來開單的民眾偷拍了他的照片，放上某個分享帥哥警察的臉書粉絲團。那張照片賺到了好幾萬個讚。

新聞媒體找到黃士弘本人，但他拒絕受訪，結果在值勤時被偷拍了第二次，只是這次被拍成了新聞影片，還搭配故作活潑的冗長標題——「一八〇鮮肉刑警開單惹暴動，女孩們凍未條嬌喊快來逮捕我」。

張亦賢把那段新聞影片反覆看了很多次。

他很喜歡看影片，因為影片或照片拍不到人身上的線。只有在影片或照片裡，他才會覺得眾生平等，自己並沒有比誰無情或低劣。

影片中的黃士弘正在值交通勤務，身形看起來比現在清瘦些，頭髮也比現在長一點，一張臉臭到不能再臭，但還是很帥。

查完資料、看完影片，張亦賢轉頭觀察自己背上那條線，感覺它好像變亮了些。於是他又開始回想黃士弘的臉，黃士弘的聲音，以及黃士弘背上那兩條線的顏色，甚至還打開色譜網頁，在各式色票裡尋找最符合那兩條線的顏色名稱。

黃士弘的藍線是皇家藍色，黃線是金麒麟色。

張亦賢喜孜孜的把這兩個顏色名稱抄在筆記本上。寫到金麒麟色的麟字時，他忽然意識到自己的行徑相當古怪。

與其花時間做這些宛如戀愛中少年少女的偏執行為，還不如直接衝到派出所去見黃士弘吧？但他終究沒有出門。他選擇合上筆記本，把新聞影片再看一遍。

下午上完課，阿徹就傳訊息來約他見面，要他幫忙找隨身碟。

有了這第一條線，張亦賢偷偷期待見到阿徹時也可以接上他的橘線。可惜事與願違，那條橘線仍舊毫無變化，一端接在阿徹身上，另一端依然在碰到張亦賢身體前就消失在半空中。

唉。而且林雅亭還哭了。

張亦賢愈看鏡裡那個鼻青臉腫、只有一條淡淡銀線的人，愈覺得面目可憎。他離開交誼廳，蹣跚走上樓梯，穿過長廊，回到自己房間。

他決定明天要去找黃士弘聊天。回想著黃士弘昨天露出的微笑，至少比新聞影片裡的臭臉好得多吧？畢竟他們兩人中間有線連著嘛！他們的關係跟那些陌生人是不一樣的。

張亦賢蜷縮在棉被裡胡思亂想。直到入睡前，他都還在用那條線和那個笑容，為膽怯的自己加油打氣。

◇　◇　◇

出門時，張亦賢特意穿上那件被戲稱是「數學系小雞」的黃色帽T。

他邊走邊想，要用什麼藉口才能若無其事踏進派出所，跟黃士弘講到話。突然想上廁所？掉了錢包需要借車錢？或是來個拾金不昧……

經過公園時，張亦賢看見了老劉。他穿著跟前天一樣的寶藍色開襟毛衣，拎著同一個裝了折疊拐杖的手提袋，在公園入口處徘徊張望，不知道在找些什麼。

頭上臉上的瘀青仍隱隱作痛，想起老劉和他的拐杖，張亦賢身心都還留著創傷。但他強忍住繞路的衝動，朝老劉走了過去。

因為老劉背上的線又變少了，而且顏色也變得很淡。其中包括那條被他喊一聲爸爸就騙回來的金黃色線。

懷抱著殘餘的愧疚感，張亦賢走上前，開口對老劉打招呼。

「劉伯伯，午安。」

轉頭看到是他，老劉不但沒生氣，還不計前嫌的湊上來，握住他手臂。

「小朋友，你有沒有看見我太太？」

張亦賢一愣。「你太太？」

老劉神色倉惶，看起來很焦慮。「她說要買東西，一個人跑出去了，可是她腦子不好使，大半天沒回來，我很擔心。」

說到找人就是張亦賢的強項了，他看著老劉背上的線，問道：「你太太長什麼樣子？」

「捲頭髮，長度到這裡，穿黑色高領衫，瘦瘦的，大概這麼高……對了，我有照片……。」老劉邊說邊比劃，伸手在口袋裡摸了半天，卻沒找到照片。

張亦賢找人是不用照片的。

在老劉描述妻子長相的時候，他背上那些顏色極淡的線條裡，有一條漾起了粉嫩的桃紅色，直直指向公園裡。

這比阿徹的隨身碟容易多了。張亦賢牽起老劉的手。

「劉伯伯，我陪你去找。」

「公園我找過了。」老劉向他抗議。

「這個方向一定對，我跟你打包票。」

兩人並肩走向公園，張亦賢轉頭越過肩膀，看了看自己背上的銀灰色線。那條線指著公園外派出所的方向，他猜黃士弘現在應該在派出所裡備勤。只好晚一點再去找他了。

張亦賢回頭正要走進公園，卻看見自己的銀灰色線一下子變長又變亮。

「張同學！劉先生！」

那條線像流星般畫出一道弧線，接到從對街跑過來的黃士弘身上。

張亦賢感動得猶如目睹神蹟，雙手不由自主交握在胸前，兩眼發亮的看著黃士弘大步奔來，跑到自己和老劉身邊。

太好了，他的線也還在，而且仍然跟自己的連在一起。

黃士弘看著張亦賢的臉，又看了看老劉，微微皺起眉。大概是想起了那天的鬥毆事件。

「兩位怎麼會在這裡？有什麼我能協助的地方嗎？」

「警官啊，我太太不見了，你有沒有看到她？她頭髮是捲的，這麼長……。」老劉抓住黃士弘，重新描述了一次妻子的長相。

黃士弘向張亦賢投以探問的視線，張亦賢靠近他，小聲說道：「他太太可能有失智症，所以走失了，我正要帶他去找。」

黃士弘雙眉微揚。「我跟你們一起找，請等我一下。」

他說完就跑回對街，向搭檔巡邏的江爺報備，得到允許後，再回到公園入口和張亦賢他們會合。只這一來一回，老劉就有些不耐煩了，不住連聲催促。

「不是說要幫忙找嗎？」

「好好好，我們快點去找。」

張亦賢牽起老劉的手，跟著他背上桃紅色的線，走進公園裡。黃士弘不發一語，走在兩人身後。

「公園我找過了，沒有在這裡。」

樹蔭下的石板路冰冰涼涼的，老劉邊走邊埋怨。張亦賢沒回應，專心盯著他的線，黃士弘只好出言安撫，說我們三個人一起，可以找得仔細一點。

桃紅色的線指向右邊，張亦賢牽著老劉轉了個彎。

「劉爺爺！」

一道清脆的嗓音從旁邊傳來，老劉停下腳步，望向聲音來處。

公園廣場的兒童遊戲區在這時間還不算熱鬧，有個綁著藍色蝴蝶結的小女孩叫住了老劉。她看起來大概七八歲，站在兒童攀岩器材前，雙手抓著面前的兩個岩點，一邊朝老劉大聲喊叫，一邊抬起一隻腳抵上牆面。

「劉爺爺你看！我現在可以……爬到最上面了喔！你看！我很厲害吧！」

她手腳並用的向上移動，三兩下就爬到最高處。踩上連結平台後，她從另一邊的溜滑梯溜回地面，站起身子雙手叉腰，望向老劉的小臉紅噗噗的，滿是得意之色。

「好棒好棒！」老劉用力拍手。「怎麼這麼厲害！誰教你的？」

「我自己就會了，這超簡單的啊！」

劉爺爺的讚美令小女孩無比振奮，她一溜煙跑回攀岩牆，再次爬到牆上，證實這件事對她有多麼輕而易舉。見她努力攀爬的樣子，老劉又是鼓掌歡呼，把她誇得像是明天就可以加入奧運代表隊。

張亦賢看了看遊戲區的小女孩，又看了看樂在其中的老劉，接著看向黃士弘。黃士弘也正在看他。

黃士弘小聲徵詢：「要催他嗎？」

「等一下吧……他看起來很開心。」

張亦賢發現，老劉背上那些極淡的線條中，有一條線亮了起來，顏色是可愛的檸檬黃，跟攀岩小女孩身上的嫩綠色線條接在一起。

黃士弘點頭。「好，那等他一下。」

於是他們兩人陪著老劉站在遊樂器材旁，看小女孩爬上溜下表演了四五次，才再度踏上尋人的路途。

桃紅色的線指向公園側門，張亦賢搶先一步走在前頭，帶著老劉走出公園，來到附近社區。

才走了幾步，老劉又開始踅踅唸，說「我太太不會來這裡」。

「迷路的話，跑到哪邊都有可能呀。」

張亦賢陪著笑臉走在前面，只有他能看見那條線指向哪裡，卻又不能直接說出來，心裡恨不得老劉能走得快一點。

「喵。」

電線桿後方繞出一隻三花大貓，發出撒嬌的叫聲，歪著圓胖身體朝老劉褲管上蹭。

「唉呀，小咪，今天有吃飯嗎？來來來，我摸摸肚子，有有，有吃飽……。」

黃士弘目瞪口呆，伸手指著蹲下來摸貓的老劉，再次望向張亦賢。迎上他探詢的視線，張亦賢露出苦笑。

「沒關係，就讓他摸一下貓吧。」

因為老劉背上有一條米色的線正在發亮，指到貓咪身上。

張亦賢看不到動物的線，但見那隻三花大貓像融化了似的攤平在老劉腳邊任他翻過來揉過去，他想如果牠身上有線的話，一定會跟老劉那條米色線連在一起。

摸完貓後，老劉神清氣爽，連走路速度都變快了些。

張亦賢追著桃紅色線，帶老劉和黃士弘穿過社區。一路上，老劉不停跟鄰人、鄰人的小孩、鄰人的寵物打招呼話家常，每停下來一次，他身上的線條就有一或兩條恢復色彩。

但三人在社區裡繞了一圈，又回到公園入口，還是沒找到他太太。

此時那條桃紅色的線指向原本的反方向。

「這邊，我們往這邊走吧……。」

張亦賢硬著頭皮指路，黃士弘不置可否，老劉也沒什麼意見。

走沒幾步，老劉突然抬起頭，盯著張亦賢的臉。

「你的臉怎麼傷成這樣？痛不痛啊？」

不就是你打的嗎——張亦賢瞠目結舌的看著老劉，黃士弘憋不住笑，從鼻間發出嗆咳般的氣音。

◇　◇　◇

最後老劉身上那條線帶著三人回到了老地方——派出所。

「唔——」看見自家辦公室大門，黃士弘沉吟道：「如果要報案的話，我建議一開始就先過來，至少比較順路。」

張亦賢也有點尷尬。「對……對不起，我剛剛才想到，劉伯伯的太太也有可能被善心人士送來警察局……。」

桃紅色線亮晃晃的指向前方。老劉邁開腳步，熟門熟路的跑進派出所，一進門就放聲高喊妻子的小名。

「小娟！總算找到你了，你跑來這裡做什麼啊？」

張亦賢跟在他身後進門，正為他找到妻子感到高興，卻看見老劉雙手牽著的並不是他想像中捲髮黑衣的老太太，而是一位年輕漂亮的女警。

「嗨，學姊。」黃士弘從張亦賢身後進門，朝女警打了聲招呼。

「嗨，士弘。」

張亦賢不可置信的看著老劉。他背上那條帶著他們奔波了老半天的桃紅色線，此刻正堅定而興奮的指著那位女警。

搞什麼啊！這個老色鬼！不是說要找太太嗎？結果唯一的紅線指著的居然是派出所裡的漂亮女警？那他太太要又分給哪條線去連？藍的？白的？

張亦賢頹然跌坐在長椅上，黃士弘幫他倒了杯水，在一旁觀察他的反應。

方靜芝是個膚白眼大的高瘦女生，及肩的長髮綁成馬尾；她被老劉抓著直喊小娟小娟，臉上卻沒有半點不耐或困擾，似乎很習慣這種狀況了。

「劉伯伯，您又忘啦？」她的聲音低低的，十分溫柔。「劉媽媽已經在天上了啊。」

聽見她說的話，老劉先是一怔，接著緩緩放開了抓住她雙臂的手，茫然退離半步，低頭苦思起來。

半分鐘的沉默無比漫長，連空氣都彷彿凝結。張亦賢屏著呼吸，看見老劉背上的桃紅色線慢慢變淡，在虛空中失去方向，縮成了短短的一小段。

「啊，對，對……沒錯。小娟已經走了，我怎麼又忘了呢……。」

老劉右手虛握成拳，在自己滿是白髮的頭上敲了兩下。

方靜芝正好要出門進行家訪，可以順道送老劉回家。她對同仁交代了一下，便牽著老劉一起離開派出所。

「怎麼會這樣……。」

目送老劉微駝的背影，張亦賢覺得自己也快要哭出來了。

「我看過照片，學姊跟他太太年輕時長得很像，都是瘦瘦高高的。他偶爾會像這樣認錯。」黃士弘低聲向他說明。

「唉，可憐吶。」江爺的聲音從茶水間方向傳來。「小孩不見那麼多年，老伴也走了，現在還失智，一個人不知道要怎麼過下去……也難怪會想自殺。換作是我，也會覺得活著沒意思……。」

「不會！活著不會沒意思！」張亦賢腦子一熱，不假思索的出聲反駁。「他……他不是只有小孩老婆而已，還有很多人關心他，鄰居都會跟他打招呼，有小孩會叫他劉爺爺，還有……還有貓，很胖的貓，有三種顏色……。」

張亦賢說著說著又難過了起來，有點語無倫次。

江爺不太在意他的反駁和情緒，轉頭問黃士弘：「這個算走失協尋嗎？要不要做個記錄？」

「不用，劉先生沒有迷路，也沒人報案。」黃士弘微微一笑。「而且我快下班了。」
江爺嘖了一聲，微胖的身形又閃進了茶水間。
黃士弘坐到張亦賢對面，就像那天拿冰袋給他時一樣。
「你早就知道他老婆不在了嗎？」張亦賢揉著鼻子，搶先一步開口。
「……抱歉。」
見黃士弘乾脆承認，張亦賢哀號起來。
「知道就早說啊！幹嘛還跟我們一起找，你不累嗎？」
「因為你說你要『帶他去找』，而且方向很明確。我想知道你掌握了什麼訣竅，才能把話說得那麼滿。實際上你也找到他想找的人了。你是怎麼做到的？」
「我……我就是，那個……。」
張亦賢眼光上飄，看著兩人之間相連的銀灰色線，不知該怎麼回答。
「我上次就想問你，你會對劉先生喊爸爸，應該不是惡作劇。你想阻止他自殺，對不對？還有之前高架橋的事件，你從便利商店就開始跟著那個男人，是否因為你在他實際行動前，就看穿他有自殺的意圖？」
說到這裡，黃士弘停頓了一下，身體向前傾，整個人靠近張亦賢。
「可以請你告訴我嗎？我真的很好奇。」
黃士弘一口氣丟了一堆問題出來。他說話時神態溫和，語氣平淡，望向張亦賢的目光卻十分銳利。
被他這樣直勾勾盯著看，張亦賢口乾舌燥，心跳加速，活像是做了什麼虧心事。
要說嗎？他想起了外婆帶他去「關天眼」的那個小神壇。

不說嗎？他又想起了告訴他「重點是用心關懷」的阿徹。
迎著黃士弘閃閃發亮的熱切眼神，張亦賢陷入了掙扎。

第二章 小雞幼兒園

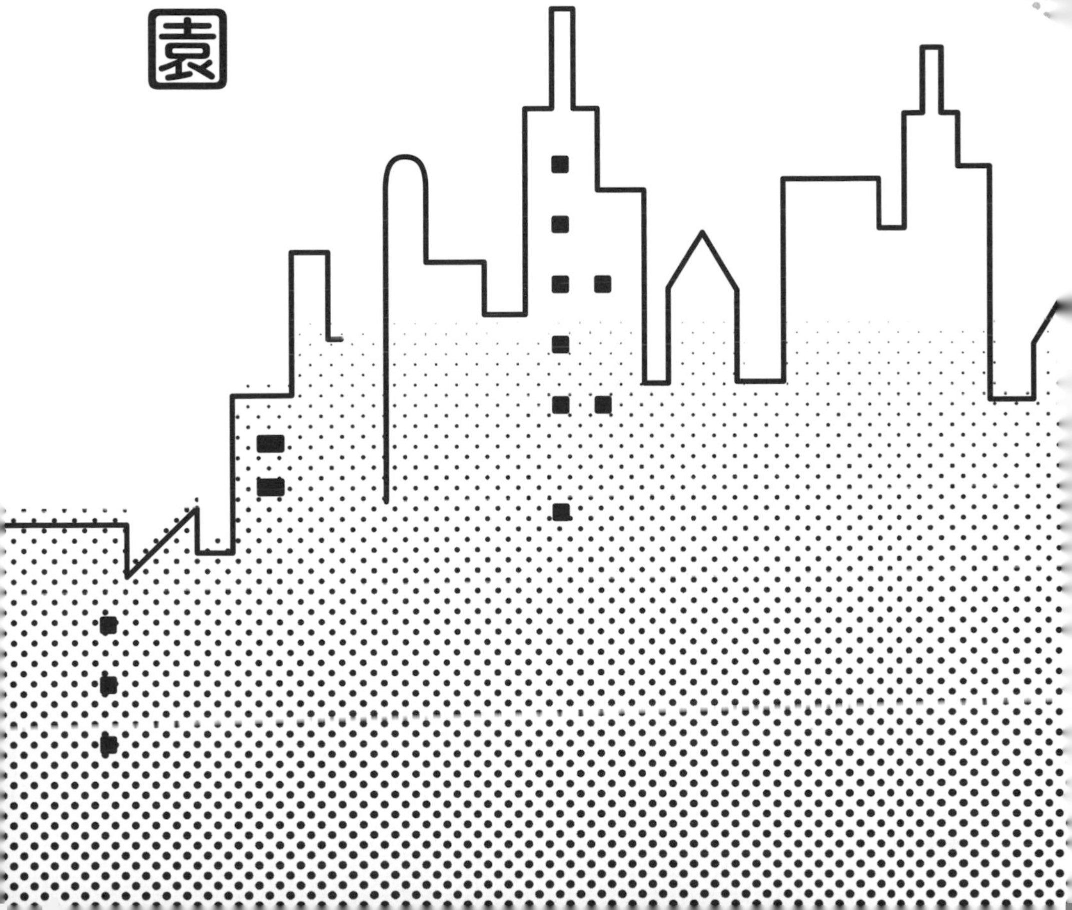

和黃士弘坐在便利商店外的露天座椅上，晚風很涼，張亦賢卻覺得全身上下每個毛孔都在冒汗。

黃士弘雙手握著罐裝咖啡坐在他對面，身體又向前傾過來。

張亦賢發現這人習慣湊近身子看人。不管是那條連過來的線，或是那雙直勾勾盯過來的眼睛，都讓他如坐針氈，感覺接下來說什麼話都不對勁。

因為他不知道黃士弘在想什麼。

那條線是銀灰色的，他從沒看過這種顏色。

黃士弘也不知道他內心正在拉扯，只是一臉無辜的看著他，無意識的轉動手裡的咖啡罐。

張亦賢深呼吸好幾次，才鼓足了開口的勇氣。

「我……看得到某些東西。」不等對方搭腔，他立刻接著說：「不是陰陽眼，我看到的跟靈異那類的東西無關，是人身上的感情，每個人都有的……線。」

「線？」

「對，線。」張亦賢忐忑得要命。「這是我這輩子第三次告訴別人這件事，我嘴巴很笨，如果說得不夠清楚，希望你不要見怪。」

黃士弘點了點頭。

張亦賢斟酌措詞，雙手在兩人背上比劃著，從線的形態講到線的顏色，試圖精簡而詳細的說明他擁有的特殊能力。

「……那些線從人的背上向外伸出來，有點像電影《露西》、《星際效應》裡的『弦』，一根一根發著光，有不同的顏色。但它們比電影特效暗淡許多，白天的話，我得伸手遮光或瞇起眼睛才能看清楚。我也沒辦法像電影主角那樣用手指撥動它們。它們沒有實體。

「觀察出那些線各自代表什麼之後，我常想，最早說出『月老會在小指上綁紅線』的人，說不定也跟我一樣能夠看到那些線。不過我看到的線沒辦法預測未來，也不像故事裡那樣，只要有線就能牽起姻緣。

「那些線只代表人的欲望，可以說是這個人對世界的聯繫和牽掛，比起線是什麼顏色或連著誰，線的數量、型態和生滅更能代表這個人的狀況。舉個例子，如果一個人身上所有的線突然變淡甚至消失，那就會很麻煩。」

一直靜靜聽著的黃士弘在此時提出了問題：

「比如說……想自殺？」

「對……有的線會暫時消失，那不見得是不喜歡或不想要了，只是暫時忘記或是一時灰心而已。但灰心過頭，全部的線都消失的話，那個人會以為自己失去一切，以為自己跟這個世界已經沒有連繫，就會想尋死。」

「為什麼要說『以為』？你怎麼知道那是暫時的？」

黃士弘的問題頗為尖銳，但張亦賢不以為忤。

「因為我看過好幾次。」

他第一次發現到線和生存意志的關聯，是在國中時。而確認這種關聯性，只要一次慘痛的經歷就已經足夠。

「我國二時，有個三年級學姊喜歡我們班導，她告白被拒絕的事不小心傳開來，弄到全校都知道，常有人在背後談論她。她應該很難過吧，我每次在走廊看到她，都能察覺她身上的線愈變愈淡。

「出事那天，班導在我們班上數學課，那個學姊就跑到對面大樓的樓頂，選了正對著我們班門口的位置，爬出圍牆外。她是偷偷跑上樓的，一點動靜也沒弄出來，直到我們班坐窗戶邊的女生發出尖叫，大家才一起轉頭過去看，結果就看見她從四樓跳下來的那一幕。

「她個子很小，掉下來時好像布娃娃一樣。那時她身上已經看不見任何線了……不要露出那種表情，我還沒說完。她先撞到二樓的遮雨棚，再掉進一樓的花圃，身上有幾處嚴重骨折，休學了一年才復學。

「她掉進花圃時，意識還很清楚，斷斷續續的發出呻吟。我們班的學生跟班導一起衝下樓，還有別班的人也跑出來看。我動作比較慢，被攔在人群外面，但是當我們班導大聲喊她名字時，我站得遠遠的也能看見她的紅線從花圃裡伸出來，直直指向他。長回那根紅線之後，學姊開始哭著叫爸爸媽媽，說她不想死。救護人員過來把她抬上擔架，我就看見她身上其他的線又都長回來了。

「上次那個上班族也是，我在便利商店看到他時，他身上一條線也沒有，但他女兒打了通電話給他，他的黃色線就立刻長回來，然後白的綠的其他線也慢慢現形……跟學姊的那條紅線一樣，只要長回一條線，其他的線就會重新浮現。」

一口氣說了這麼一大堆，張亦賢口乾舌燥，打開手上的運動飲料喝了一口。

「只要長回一條就夠了？」

「對。一條就夠了。一條線就可以把人從地獄拉起來，讓他們願意留在人間。」

張亦賢停了一秒，飛快看了頭上那條銀線一眼，繼續說道：

「學姊跳樓那次，是我第一次看到沒有線的人會出什麼事。她從樓上跳下來的畫面讓我好幾天睡不著覺，每次想起她哭著喊痛的聲音，我就覺得很後悔。那次之後，我開始注意身邊的人，如果他們身上的線一下子變淡或變不見了，我就會想辦法……嗯……提醒他們。」

黃士弘瞇起眼睛，看著張亦賢瘀血未消的臉頰。

「就算是陌生人？」

「對啊，既然被我看到了，總不能裝作不知道。要是裝作沒看見，搞不好過幾天會在新聞上再會。一想到這點，我就沒辦法放手不管。」

「被揍到進警察局也甘願嗎？」

「你說劉伯伯啊。」張亦賢抓了抓頭，訥訥的道：「我就說我嘴巴笨嘛，那時只想著好歹讓他先長回一條線，哪知道他脾氣那麼大。反正他的線都長回來了，我也不算白白挨揍。」

黃士弘嘆了口氣，有點無奈的樣子。

「聽你說了這麼多，我倒不覺得你嘴巴哪裡笨。」

這是稱讚嗎？張亦賢腦袋一時轉不過來，黃士弘卻在嘆氣之後露出了微笑。

看黃士弘笑得眼角微彎，側著頭轉動手裡那罐咖啡，張亦賢沒來由的想起日本某位知名遊戲設計師是如何沉迷於角色原型的丹麥演員抽菸時的美貌，而忍不住修改人物設定，把對方抽菸的模樣加進遊戲裡的軼事。他再度感到口乾舌燥。

張亦賢抓著運動飲料的瓶子，掌心的汗水和瓶身外凝結的水珠混在一起，小小的瓶子突然變得很滑溜。

他在等黃士弘問問題。

「那我身上有幾條線」、「我的線是什麼顏色」之類的問題，誰都會想問的吧。傾心吐膽的說了這麼多祕密和往事，張亦賢卻仍不知道，若黃士弘問起，他該不該提起那條連在他們之間獨一無二的銀灰色線。

黃士弘仰頭喝乾咖啡，把空罐放到桌上。

罐底在玻璃桌面碰出的輕響和他說話的聲音同時傳入張亦賢耳中。

「我不相信。」

「喔，你不相——咦咦？」

張亦賢一僵。飲料瓶脫手滑落，在地上滾了半公尺。

黃士弘伸手撿起瓶子，抬頭對上他眼睛，發現他一臉錯愕兼挫敗，連忙解釋道：「不是，我不是不相信你，我的意思是，我從小就不相信這種事。」

他的解釋讓張亦賢更加茫然：「那，那你還是不相信……。」

講了這麼多，講了這麼久，黃士弘卻不相信他。

張亦賢想起那個狹窄昏暗的小神壇，想起廟祝喃喃的禱唸，想起香灰和符水的味道。他雙肩垂了下來，沮喪得像第一次被外婆帶去收驚的那個夜晚。

黃士弘皺起眉頭，把運動飲料塞回張亦賢手上，雙手包住他的手握了一下，讓他把瓶子拿好。

帶繭的掌心溫熱而粗糙，張亦賢微微一驚，如夢初醒般睜大眼睛，看著湊到自己面前的黃士弘的臉，還有那條銀灰色的線——

它還是亮晃晃的，像座拱橋般連在他們兩人中間，沒有變淡也沒有變不見。

「我不是否定你。我的意思是，我天生對無法親身體驗的事情缺乏想像，可能需要多一點經驗才能……才能確定。」

黃士弘也開始斟酌用詞了。他停了一下，又補充道：「我真的很沒想像力。」

「那……那我可以幫忙你，你多看幾次，就會知道我說的是真的。」張亦賢重新振作起來，積極提出各種方案：「像今天那樣幫忙找人，或是幫人找東西都可以，如果說這附近還有人想自殺的話，我也會——」

「等等。」黃士弘伸手制止他說下去。「無論是什麼情況，請務必先報案。總不能讓你一直被揍。」

「幹嘛說得好像我一定會被揍，我今天沒被揍。」
「今天有我在。」
「你不在我也不會被揍！」
「好，好，你不會。」
黃士弘又笑了，看起來明顯鬆了口氣。

◇　◇　◇

黃士弘表明不相信張亦賢的能力，張亦賢也就順水推舟裝出不服氣的樣子，以「爭取證明能力的機會」為理由，要求和他互加Line好友。
「要加是可以，但我不常回訊息。」
黃士弘一邊這麼說，一邊拿出手機。
他終究沒有問關於自己的線的事，張亦賢最後也決定三緘其口。
沒有人會喜歡被人看穿的感覺，他也還不清楚那條相連的銀灰色線究竟代表什麼。黃士弘身上的線那麼少，感覺一個沒弄好，那條線就會變不見了。
總之慢慢相處，再想辦法調查。面對著二十年來絕無僅有的這條線，就算它顏色特殊、成因不明，相連的對象又不容易親近，張亦賢仍極度珍惜。
黃士弘說的「不常回訊息」不是客套，他是真的很不愛回訊息。

「嗨，今天有沒有走失的寵物或迷路的兒童呀？」

「沒有。」

張亦賢悶悶的盯著手機螢幕。

現在是晚上九點十分，他和黃士弘一問一答的訊息中間隔了足足十一個小時。

雖說多少懷抱私心，張亦賢仍自認是誠心誠意想提供協助，也對自己的能力有幫得上忙的信心。無奈黃士弘每次回覆都慢得像是從時空隧道裡不小心掉出來的漂流物，不但早就過了時效，還零碎又短小。

這樣下去別說觀察或調查，就連想多聊幾句都很難接話。

張亦賢拿著手機側躺在床上，看著那等了半天的兩字回覆，忍不住回頭望向自己背後，確認背上那條連著這個冷淡傢伙的銀灰色線是否依然存在。

幸好，還在。

他愈想愈不甘心，伸出手指打字。

你是不是不想給我證明的機會。

打好的訊息還沒送出，黃士弘就傳了一張照片給他。張亦賢一陣興奮，一看是一個咖啡色的男用皮包，他馬上就洩了氣。

黃士弘接著傳來說明：

「這是昨天有人撿到的失物。」

果然是撿到的東西。

東西不會有線，我只能帶著人去找東西，沒辦法靠東西找人。還有照片或影片裡也看不到線。

張亦賢沮喪的打下這句話，正要送出，黃士弘又傳了訊息過來。

「今天有兩個民眾來局裡，都聲稱是皮包的失主。」

「這個我可以！」

張亦賢整個人從床上翻起來，背脊坐得直挺挺的，手指如電，迅速傳了語焉不詳的五個字過去。

「可以什麼？」

「可以幫上忙啊！你怎麼沒有叫我？這種情況正是適合我發揮的時候。」

「你要怎麼發揮？」

「用看的，看他們身上的線。」

「喔，具體是怎麼看？」

黃士弘打字速度不快，張亦賢被他一句接一句不痛不癢的問題弄得急了起來，一連打錯好幾個字，刪刪改改才送出。

「人對物品的感情或欲望也會產生線條，真正的失主身上會有線指著他的皮包，冒領的人對皮包不熟悉也沒有感情，不會有線，我一看就能分辨。」

「這樣啊。你上次說過線會有不同的顏色，要找東西的人會有什麼顏色的線？」

「應該是白色或是很淡的顏色。」

「原來如此。」

交換Line帳號後，這是張亦賢第一次和黃士弘聊超過三句話。雖然對方有點被動，但話題進展的方向還不錯，顯然有助於提升自己的評價。張亦賢微感得意，傳了個粉紅兔兔叉腰拍胸的貼圖過去。

「所以說你應該叫我去幫忙。」

「可是以今天的情況來看，你的能力反而會造成誤導。」

張亦賢對著手機螢幕叫了一聲，這下他是真的不服氣了。他手指在手機螢幕上戳來戳去，回傳了氣勢萬鈞的三個字：「為什麼？」

黃士弘慢慢打字，告訴張亦賢，那兩個「失主」今天分別來到派出所。先來的那個人把皮包的夾層設計和內容物說得鉅細靡遺，但沒辦法提出和皮包裡的洗衣收據姓名相符的證件；後到的那個人則是拿了證件過來報遺失，卻說不清楚皮包是什麼牌子、裡面裝了什麼東西，連皮包的顏色都記錯。

「拿證件來的是失主的弟弟，他替哥哥過來報案。另一個是拾獲者的丈夫，他在太太報案前把皮包翻了一遍，當然比失主的弟弟熟悉它。如果你的能力是真的，你會在冒領者身上看到指著皮包的線，而失主的弟弟身上不會有。」

「你這樣說也沒錯……。」

張亦賢愣了好久，才不甘不願的回話表示同意。

雖然不想承認，但在黃士弘舉出的案例中，他的能力的確不夠可靠。而黃士弘那句「如果你的能力是真的」也讓他受到一點打擊。

你都不給我機會，我要怎麼向你證明我的能力？你是不是壓根就不相信我？

張亦賢手指停在半空中好一陣子，最後還是把這些問句給刪掉了。他重新打了一個句子。

「你們怎麼知道那個來冒領的不是失主？他不是先來的嗎？」

「前面說過了，他拿不出證件。我們再問得仔細一點，他就心虛了。這是失物協尋時常會遇到的狀況，有經驗的員警不會輕易被糊弄過關。」

噢，對，證件，這個不用能力也能辨認。張亦賢耳根微微發熱，忽然覺得很丟臉。

黃士弘不太使用貼圖或表情符號，張亦賢和他傳訊息時總是有點緊張。沒有貼圖，打字也慢，用詞又嚴謹得像在寫文章，他完全想像不出對方是什麼表情或心情。

但他覺得黃士弘現在一定在笑。

他自暴自棄的快速打字：

「算了算了，你們有沒有缺掃地倒茶或是打字跑腿的小弟，讓我去打工好了。」

「目前所裡沒有這方面的職缺和預算。」

「我不介意打黑工啊。」

「不行，編制外的人員沒有保障，再說勤務也有保密條款。」

啊啊，有夠官腔，電視電影裡的偵探不是都可以在警局和刑案現場進進出出、呼風喚雨嗎？難道歐美和我們亞洲的情況不一樣？張亦賢把新世紀福爾摩斯和他的神槍手搭檔趕出腦海，開始回想久遠以前曾經看過的香港警察電影。

「那線民呢？我當你的線民總可以吧！」

黃士弘連續傳了三個饅頭人大笑的貼圖過來。

◇　◇　◇

「就是……很難聊，超級難聊。」

「那麼難聊喔，那你有沒有問他老家住哪？」

「老家？你是指用別的話題打破僵局嗎？」

「你可以問他，他那麼難聊，老家是不是在南寮漁港，哈哈哈哈。」

張亦賢找聊天高手阿徹諮詢，原本以為能得到實質建議，哪知老友只提供了尷尬的冷笑話。他忍不住翻白眼。

「不過你幹嘛硬要聊，談不來就算了啊。」

「你不懂，我朋友很少，難得跟他人建立關係，我不想輕易放棄。」

兩人邊說邊走進水餃店，坐定點餐之後，阿徹搶走了話題。

「你說不想放棄建立的關係，那雅亭同學呢？你們和好了沒？」

真是哪壺不開提哪壺。聽阿徹說起林雅亭，張亦賢心中一陣酸苦。

從她告白至今快要兩個星期，張亦賢一直沒機會跟她說話。就算跑去以前常常偶遇的早餐店和小吃店，也沒能像平時那樣輕易就遇見她。

一起上課時，她總是跟朋友同行；張亦賢坐門口，她們就坐角落，張亦賢坐右前方，她們就坐左後方。換句話說，林雅亭在躲他，躲得既明顯又徹底。

「聽起來你完蛋了。」

「可是她的紅線沒有消失。」

「那更加完蛋。」

張亦賢聽不懂那句更加完蛋是什麼意思。他開口問為什麼，得到阿徹憐憫的眼神。

「說到底你也有點逃避心理吧？雖然她在躲你，但你也可以寫信或是傳訊息給她。」

「你說得沒錯……我很想向她道歉，畢竟害她哭成那樣，可是我不知道向她道歉之後還能說些什麼，想著想著，就一天拖過一天。」

阿徹摸了摸下巴。

「我覺得你還是早點跟她把事情說開比較好。她最近有事在煩惱，不管是不是因為你，你再拖下去都不是辦法。」

聽阿徹一副跟林雅亭很熟的口氣，張亦賢斜眼看向他。「你怎麼知道她在煩惱？」

店員送來熱騰騰的水餃，阿徹夾起一顆塞進嘴裡，咀嚼吞嚥後才答道：「她跟我說的。」

「她怎麼會跟你說這個？」

「我約她去看電影，而且是她最喜歡的恐怖片……你說過她喜歡恐怖片對吧？結果她回說不想看，所以我猜她有煩惱。希望不是失戀的煩惱啦……。」

「你什麼時候跟她熟到可以約……手機拿來！」

張亦賢搶過阿徹的手機查看，果然在Line的好友列表裡找到林雅亭的名字。沒想到阿徹的觸角竟然已伸進自己的朋友圈裡，張亦賢有點不是滋味。

「唉，你這樣好像愛吃醋的老婆，我又沒有出軌。我會特別關心她，也是因為你，我們不常聊啦……。」

阿徹邊嚼邊說，口齒不清的風涼話聽起來格外欠揍。

橫豎承擔了吃醋老婆的污名，張亦賢點開聊天視窗，檢查阿徹和林雅亭的對話記錄。

事情正如阿徹所說，他傳了過兩天要上映的恐怖片預告給林雅亭，說他有優惠券，問她要不要一起去看，她客氣的回絕了。

謝謝你，但我沒有心情看電影。

她這麼回覆阿徹。阿徹再問她煩些什麼事、能不能幫上忙，她就不說了。

「看吧，我和雅亭同學是清白的。」

阿徹伸手過來，奪回了手機。

林雅亭喜歡恐怖片，只要有新片上映都會買票去看。幾個親近朋友沒人有她的好膽量，所以她常常一個人跑電影院，偶爾也會在臉書的電影社團貼文章，徵人一起看片。

張亦賢記得她還滿期待這部電影的。以她的觀影習慣來說，拒絕阿徹的邀約是很反常的事。

她果然……還在生他的氣嗎？

阿徹放下胡椒罐，開始喝他的酸辣湯。張亦賢食不知味，用筷子戳著盤邊的水餃，讓它跳進醬油碟裡。

阿徹托著腮幫，對張亦賢投以哀憐的視線。

「唉，不知道雅亭同學在煩惱什麼。你說過她超愛恐怖片，這部也算話題大作，但她煩到不想去看欸。人在煩的時候，不是都會想要看個電影轉換心情嗎？她一定是很煩很煩吧……。」

水餃破在醬油碟裡，張亦賢苦著臉把皮肉分離的水餃撈回盤子裡瀝乾。

雅亭不跟他說話。雅亭拚命在躲他。雅亭不想看恐怖電影。雅亭心情很不好。

張亦賢很擔心，阿徹說的每一句話都化成了無形的小牙籤，反覆戳刺他的良心。但他又難以分辨心頭被戳得痛痛的那塊到底掌管的是哪一種感情。

是罪惡感嗎。是獨占欲嗎。是友情嗎。或者其實是愛情呢？他能用什麼態度來擔心她？要是弄錯了怎麼辦？

「阿徹，你們有線真好……。」

「你是笨蛋啊。」

阿徹眉毛一挑，挖了兩大匙辣椒醬到張亦賢的水餃上頭。

含淚吃完太辣的晚餐，張亦賢從阿徹手裡得到兩張電影優惠券。

「這部好像真的很恐怖，你就忍耐一下，為了雅亭同學，應該沒關係吧？去約她啦，你說過的，不要輕易放棄已經建立的關係啊。朋友都那麼少了。票錢不用給啦。她躲你？啊你是不會傳Line喔！不然寄Email或傳私訊也行啊？」

阿徹在這種時候算是積極可靠，張亦賢從以前就羨慕甚至欽佩他這一點。他還逼張亦賢拿出手機，打開Line，說要監督他向林雅亭提出邀約，才肯放他干休。

「快打字，我不看你打什麼，可是你今天一定要傳訊息給她。」

看著幾乎空白的聊天記錄，張亦賢茫然起來。他和林雅亭總是見面說話，很少用Line傳訊息，最近一次記錄是在兩個月前，她傳了通識課的分組報告給他。

「要打什麼？我有票？還是要先道歉？」

「道歉最好當面說。你就直接約她看電影啊，她如果答應就會聽你道歉了。對了，你要讓她知道，你注意到她很想看這部片，所以特別為她準備優惠券……。」

兩個人站在水餃店門口拿著手機竊竊私語，對話宛如情場老手在指點無知菜鳥如何踏出追求的第一步。

「這樣太假了吧，我大一時陪她去看過一次鬼片，嚇到快哭出來，後來她再約，我都拒絕……而且你先約過她了，我再約真的好嗎？連優惠券都是同一組——」

「沒用的東西！想東想西的要怎麼做大事！快打字，快送出！」

臨時上任的人生導師很快就失去了耐心。

張亦賢想了一下，打好字，傳了訊息給林雅亭。

「雅亭，我有《屍情化疫渡假村》的優惠券，要不要一起去看？我記得你很期待這部。」

「哇，我心跳好快喔。」阿徹喃喃自語。

「你心跳個屁……。」

訊息欄很快就顯示已讀。張亦賢盯著視窗，心跳竟也快了起來。

但她一直沒有回覆。

◇　◇　◇

「說不定她在忙，啊哈哈哈，女孩子有很多事情，很忙的。晚一點她一定會回你訊息啦，雅亭同學那麼有禮貌。」

「有禮貌……。」

阿徹擅長裝熟和起鬨，就算被拒絕或冷遇也極少顯露挫折。張亦賢常常覺得他的心靈強韌程度異於常人，應該有一套獨特的調適方法，沒想到一旦事不關己，他的安慰居然會這麼拙劣。

回到宿舍，張亦賢把手機放在桌上，跑進浴室洗了個澡。

他故意洗得很慢，從頭到腳每一寸都仔細搓過一遍。而當他洗好擦完吹乾頭髮，不得不拿起手機確認時，林雅亭對他的邀約卻仍然維持已讀不回的狀態。

被這樣晾著兩三個小時，張亦賢覺得她再也不會回了。

他鬱悶的盯著自己發的那句訊息，正想著要再等下去還是要丟個貼圖給她，應該還在回家路上的阿徹突然傳了好幾個仰天吶喊的貼圖過來。

「大危機！需要好同學賢哥出手拯救！」

仰天吶喊之後是捶地痛哭的貼圖。張亦賢嘆了口氣。

「你又弄丟什麼東西了？」

◇　◇　◇

「小雞幼兒園的小朋友們，來來，看菲菲老師這邊！誰可以回答我，我們今天要去的地方是哪裡啊？」

「派豬所！」

「派——派——手——」

「不是派豬所啦！是派出所！」

「幼佳答對了！是派出所哦！」

前天晚上，阿徹傳訊息來求援，說他阿姨的私立幼兒園今天要舉辦一日派出所參觀活動，流程都確認好，車子也租了，卻有兩個老師一起摔車受傷。

雖然教務主任可以代理其中一位老師，但還是少一個人幫忙。阿姨十萬火急的打電話給阿徹，問他能否協助，偏偏阿徹今天必須上台報告，也是分身乏術。

張亦賢認識阿徹五年多，知道他有個阿姨是私立幼兒園的園長；他們考上的大學就在小雞幼兒園附近，也是阿姨的母校。疼愛的外甥變成學弟，阿姨開心得不得了，入學那天還請他們兩人一起吃飯。

有了這一層淵源，加上阿徹告訴他幼兒園排定要參觀的派出所正是黃士弘所在單位，不等阿徹正式拜託，張亦賢就表示自己可以幫忙。

今天一早，他騎車到小雞幼兒園報到；園長阿姨一看到他來，就拉著他的手頻頻道謝。他花了一點時間才婉拒她包過來的紅包，只從她手裡拿了一份早餐。

「各位小朋友，今天有個新伙伴會跟大家一起出門，這是賢賢哥哥，他是園長媽咪的好朋友，你們除了聽菲菲老師和Lisa主任的話，也要聽賢賢哥哥的話，知道嗎？」

「知道！」

「來，說賢賢哥哥好——」

「賢賢哥哥好——」

園長阿姨挽著張亦賢的手向幼兒們介紹。被喊「賢賢哥哥」時，他得竭盡全力才能忍住抱頭逃走的衝動。

集合整隊後，張亦賢跟兩位老師和二十名幼兒一起搭上遊覽車，朝派出所出發。身為臨時義工，他不必負責車上秩序，便坐在副駕駛座押車，順便吃早餐。

天氣很晴朗，早餐的三明治也很好吃。

一開始，張亦賢還覺得身後車廂傳來的童言童語很可愛，但在承受密集且高頻的童音攻擊十分鐘之後，他只想摀起耳朵，把頭塞進椅墊和椅背的夾縫裡。

開車的司機心情倒是不錯。他是個壯實的中年男人，皮膚因長時間日曬而顯得黝黑，整齊梳向後腦的頭髮在兩鬢有幾絲花白，從眉梢眼角看得出來很常笑。

他似乎早已習慣吵雜的聲音，身後小鬼們吵得快要翻天，他開車時的表情卻一直是放鬆且愉悅的。

張亦賢對他印象很好。他把車子整理得很乾淨，駕駛座旁雖然堆滿東西，但從抹布到水壺都各得其位，擺放得十分妥帖，顯然細心安排過。

此外，他身上的線數量適中、顏色鮮明，特別是那條指著方向盤的藏青色線，形態堅固穩定，就像他開車的風格一樣，不快不慢，不急煞也不暴衝。

幾乎所有的職業人士身上都會有線指著他們慣常使用的工具，有的是一般的白色線，有的則像這位司機一樣，是藍色或綠色的線。

看到這些線時，張亦賢總會覺得心情愉快。

線的顏色和形態幾乎可以直接反映出職人對待工作的心思。

白色的線很好，有顏色的線更棒。線的形態若明亮而穩定，代表這些工具並未被使用者視為死物，代表廚師熟悉他的鍋子、裁縫師珍惜他的剪刀和皮尺、司機重視甚至尊敬他所駕駛的車輛。

張亦賢一向喜歡用心工作的人。

從幼兒園到派出所不遠，但必須繞經市區，車程預計是十五到二十分鐘。路上有點塞車，應該會再多花一些時間。

停等紅燈時，司機開口找張亦賢聊天。「老師，你看起來好年輕哦。」

張亦賢搖頭道：「我不是老師，我只是來幫忙照顧小朋友。」

「這樣喔？難怪，我看你像個大學生。」

「對啊，我還在讀大學……。」

「我不要坐他旁邊！我不要我不要我不要！」

「為什麼不要坐我旁邊——」

張亦賢的後半句話被中班小公主繆繆的抗議聲和被抗議者的尖叫聲蓋過。

見他話講到一半表情突然扭曲，司機露出了同情的笑容。

「我看你講話滿小聲的，你是不是比較怕吵？其實喔，我出車的經驗啦，小朋友算是好客人，大部分都會聽老師的話乖乖坐著，不像大人喜歡換位子聊天，也不會唱卡拉ＯＫ。我跟你說，開車最恐怖的就是有人要唱卡拉ＯＫ……。」

「老師我要唱歌！」

「我也要！我第二！我要唱雷滴夠！」

「老師老師，後面這邊還有一支麥克風耶！」

「俊緯！放下電線！不要爬那麼高！」

「老師！王俊緯剛才已經偷偷拿下來玩過了……。」

司機和張亦賢面面相覷。

「大哥，你們車上……有Let It Go嗎？」

◇　◇　◇

「嗨，大家好，我是鶴林派出所的所長，歡迎各位小朋友前來參觀，警察局裡跟幼兒園很不一樣對吧？今天所長安排了最帥和最漂亮的警察哥哥姊姊來招待你們，桌上這些東西是不是很新奇？先別急，等一下警察哥哥姊姊會為你們一一介紹，也會帶你們嘗試很多平常體驗不到的事，那等一下如果有什麼問題，都可以直接舉手發問，希望小朋友回去之後，都成為我們的正義小尖兵，也都能立下志願，以後一起來當警察！」

看到一群幼兒乖乖蹲在面前，圓圓的小臉向上仰望，所長眉開眼笑，所謂的簡短致詞硬是拉長再拉長，比原先擬的稿子多了好幾句。依依不捨的結束開場白後，所長把擴音器交給方靜芝，讓她接手。

「各位小朋友早安，我是方警佐，今天就由我和另一位黃警佐帶大家參觀我們的派出所，向大家介紹警察究竟都做些什麼工作。」

方靜芝一邊說，一邊伸手比向前方，引導幼兒們轉頭望向派出所大門。

「剛才進門時，有沒有注意到橫在大門前的值勤台呢？那裡是警察局的第一道門面，民眾如果需要協助或是有報案的需求，進入局裡都可以直接告訴值勤台的員警……。」

「她講得有點嚴肅。但你們所長滿厲害的。」

張亦賢站在黃士弘身邊，傾身過去小聲說道。

黃士弘站姿筆挺，也小聲回道：「學姊不習慣這種場合。」

所長安排的「最帥和最漂亮的警察哥哥姊姊」就是黃士弘和方靜芝，張亦賢覺得實至名歸。他們兩人要負責今天兩個小時的活動流程。

十五分鐘前，遊覽車準時抵達派出所門口。

張亦賢跟在老師和小朋友身後走進局裡，微笑接受所長和員警們的列隊歡迎。黃士弘看到他時，拍手的動作一下子停在半空，眼睛睜得很大，表情一言難盡。

來到本人身邊，就像為那條線充飽了電。張亦賢喜孜孜的看著連在兩人之間的銀灰色線變亮變明顯，擅自把黃士弘的表情解讀成驚喜。

「警察姊姊！」

方靜芝正要介紹派出所的其他設施，就被一道嫩嫩的聲音打斷。繆繆直挺挺的舉起了右手。

被叫「姊姊」讓方靜芝很彆扭，她微紅著臉看向繆繆。

「你好，有什麼問題嗎？」

「什麼是『門面』？」繆繆眨著圓潤有神的大眼睛，認真的發問。

「呃——」超出演練範圍的提問讓方靜芝愣了兩秒才接上線。「門面，就是門口的意思，也就是招待客人的地方……。」

她語音未落，繆繆又舉起了手。「警察姊姊，女生當警察可以綁辮子嗎？」

有了上一題的經驗，方靜芝這次沒愣住，微笑回道：「不能綁辮子，女警的髮型以輕便整潔為優先，超過肩膀的長度都要紮起來。」

「噢——」繆繆看著方靜芝的馬尾，伸手摸了摸自己斜編了辮子還綁著蝴蝶結的公主頭。「那蝴蝶結也不可以囉……。」

Lisa主任湊過去她身邊，攬著她肩膀，貼在她耳邊說悄悄話，溫柔的制止她問出更多關於髮型的問題。

「啊。」張亦賢突然發出一聲輕嘆。

黃士弘側過臉看了他一眼。他伸出右手指了指繆繆，再指向方靜芝。「她喜歡她。有一條淺藍色線長出來。」

「為什麼？藍色線代表什麼？」

「不知道，可能覺得她很帥，很崇拜吧。」

「別的小朋友也有嗎？」

「還沒有……。」

黃士弘又朝他望了一眼。

張亦賢正瞇著眼睛掃視幼兒們，邊看邊回答他的問題。

「小孩的線長出來的速度很快，消失的速度也很快。說不定等一下也會有其他小朋友身上長出線來指著你。」

聽他這樣說，黃士弘雙手抱胸，又是一副「我不相信」的樣子。

「……樓上有我們的宿舍和健身房，地下室是偵訊室和拘留室，拘留室就是暫時關壞人的地方，等一下會帶大家一起去看看。會議室呢，是討論重要事情的地方，我們準備了影片，等一下就在會議室欣賞……。」

「老師，王俊緯偷摸那個棍子！」幼佳舉手向方靜芝告狀。

被誤叫成「老師」讓方靜芝笑了出來。

「沒關係，那我們現在就請黃警佐來幫大家介紹這些裝備。等一下有誰想要試試看的，也可以舉手喔。」

方靜芝拿下擴音器，換黃士弘上場。小朋友們在老師的帶領下為她熱烈鼓掌，她因此又臉紅了一次。

黃士弘大步走向台前，向全場輕輕掃了一眼，幾乎每個小朋友都因此挺直了背脊。他對站在一旁的兩位老師點頭致意後，把喊話器拿到嘴邊。

「各位來賓早安。警用器械可以分為防護型、蒐證型、通訊型以及警械這幾大類。我們今天要介紹和示範的，以防護型裝備和警械為主。在左手邊桌面上的背心式防彈衣、防彈頭盔、反光背心等，屬防護型裝備；右手桌上的警棍、警用手銬和防暴盾牌，則是常用的警械。還有警用無線電，則屬於通訊設備。」

黃士弘一開口，張亦賢差點跌倒。

如果說方靜芝的介紹對幼兒來說稍嫌嚴肅，那一口氣拋出連串名詞的黃士弘就是對著小朋友直接唸課本了。

不知是老師規矩教得好，亦或是單純受到「我才不管你們聽不聽得懂」的氣勢震懾，幼兒們全都呆若木雞的聽著介紹；就連剛才舉手發問毫不客氣的繆繆，也只是瞪大眼睛盯向黃士弘——她背上沒有長出線。誰都沒有。

張亦賢望向方靜芝，發現她居然眼帶讚許。

好的，好的，鶴林派出所最帥最漂亮的警察哥哥和姊姊就是這麼認真嚴肅而且樸實無華。張亦賢回頭看向黃士弘。

「這是警棍，這是手銬，那是防暴盾牌。」黃士弘走向右邊桌子，拿起桌上警械，一一介紹其名稱。

「我需要一位助手幫忙，協助我示範這些警械的使用方式。」

黃士弘面無表情的看著幼兒們。

場面一片死寂。小雞幼兒園的孩子們擠在一起默不作聲，預期中的踴躍請纓沒有發生。

菲菲老師左右張望，尋找著可能沒那麼抗拒的孩子；Lisa主任也有些尷尬，她朝繆繆投以鼓勵的視線，但繆繆對她用力搖頭。

張亦賢不忍再看，一個箭步衝上前，跑到黃士弘身邊。

「我！我是歹徒！」

黃士弘看著張亦賢，撲克臉變得柔和了點。看來他比方靜芝還要緊張。

他從桌上拿起警棍。

「好的，首先示範警棍的用法。當員警遭遇攻擊時……。」

「我，我攻擊！」張亦賢舉起雙手，慢動作攻擊黃士弘頭部。

「……可以像這樣手持警棍兩端，以棍身直接抵擋攻擊。再來是擊打。」

黃士弘舉起警棍格擋，向上推開張亦賢捶來的拳頭，接著換成單手持棍，同樣以慢動作將警棍揮向張亦賢的手臂、大腿和臀部，作勢虛打了三下，邊打邊說道：

「警械使用的目的是制服對手，除非情況危急，警棍擊打部位以四肢、臀部等足以造成劇烈疼痛而不致留下永久傷害的區域為主。」

「啊，啊，啊，我被打了，好痛，好痛喔喔喔喔！怎麼那麼痛！」

張亦賢摸著手臂大腿和屁股，反覆扭動身體，慘叫聲幾乎蓋過黃士弘的警棍使用說明。

他浮誇的演技大受歡迎，台下開始爆出咭咭咯咯的笑聲，笑聲中還有幼兒大喊「加油」、「快逃啊」。

黃士弘伸出一根手指，表情依然嚴肅。「當然，不可以讓犯嫌趁機逃走。」

聽到關鍵字，張亦賢只好開始慢動作逃走。黃士弘一手輕扭他手臂，一手按他肩膀，同時伸腳踢向他膝窩。

張亦賢只感覺眼前一花，自己就跪下了；耳裡聽見金屬清脆的交擊聲，雙手就被銬在背後。

看到警察施展真功夫，幼兒們毫不保留的發出讚歎。

「好厲害！」

「抓到了！好帥！」

所以沒有人要幫歹徒加油了嗎？看見幾個小孩背上長出綠線藍線指向黃士弘，被制服在地的張亦賢覺得有點寂寞。

黃士弘拎著他上臂讓他站起身，拿鑰匙解開了手銬。

「這個呢？這是盾牌嗎？它好重。」剛剛還擠在一起不敢出聲的幼兒們現在敢發問了。

「這是防暴盾牌，可以抵擋刀械、液體潑濺和低速子彈。」黃士弘舉起盾牌架在身前。「除了阻擋遠距離攻擊，近距離接觸時，它的重量一方面足以保護員警，一方面也能夠承受衝擊和推擠。」

衝擊和……推擠嗎？張亦賢望向黃士弘。

黃士弘躲在盾牌後面朝他點頭，從透明視窗露出兩隻眼睛看著他。那雙眼睛微微彎著，眼角有點下垂。

這傢伙在笑啊。

張亦賢心一橫，一邊吶喊著「衝啊」，一邊全力推向盾牌。

黃士弘沒想到他會真推，一下子退了半步，但也立刻站穩腳步，施力回推。

感受到盾牌後面湧回的力量，張亦賢呲牙咧嘴的轉頭求救：「快！我需要幫忙！誰快來幫我！」

「我來幫忙！」

搗蛋鬼王俊緯衝到張亦賢身邊，伸出短短的雙手，跟他一起出力向前推擠；盾牌另一邊卻仍紋絲不動。

黃士弘輕鬆擋住一大一小的攻勢，還有空對其他人說明：「這就是防暴盾牌的重要功用之一，可以像這樣輕鬆阻止封鎖線被推進。」

聽他連氣都沒在喘，張亦賢對小朋友喊道：「小雞們，他說很輕鬆耶，你們甘心嗎？快點來幫忙！」

王俊緯也連聲吆喝，又有幾個小男生挺身而出，加入推擠的陣營。

黃士弘刻意讓盾牌搖晃了一下，語氣平板的說道：「唉呀，我好像也需要幫忙。」此言一出，三個小朋友接受了召喚，飛快跑來加入盾牌後面這邊。這麼爛的演技也能成功招募到幫手，不知道是正義的一方討喜，還是帥哥天生有吸引力。

「賢賢哥哥你要用力啊！不可以認輸！」王俊緯拍打張亦賢後腰。

「我很用力了……你們不要全部壓在我身上……。」

「哈哈哈哈！啊哈哈哈哈！」

幼兒不知為什麼一用力就會大叫，大叫就會接著大笑。張亦賢被擠得整個人貼到盾牌上，隔著透明視窗，他看見黃士弘的眼睛又笑得更彎了些。

即使推擠得喘不過氣，在盾牌和黃士弘面前，張亦賢帶領的衝擊行動仍然以失敗告終，一步也沒能前進。更別說黃士弘也找來了一堆小幫手。

經過警盾對抗戰，小朋友們情緒高昂起來，就算黃士弘繼續以宣讀教科書的方式介紹另一邊桌上的防護裝備，他們也相當捧場，一個個上前搶著試戴頭盔、試穿防彈背心，左手叉腰右手比ＹＡ，讓張亦賢和老師得以從各種角度拍下可愛的照片。

◇　◇　◇

結束所內參觀，幼兒園師生們被引導到會議室休息；小朋友圍坐在長桌兩側，從背包裡拿出水壺和點心。

幾個剛在參觀拘留室時自願被關進去的幼兒還沉醉在悲壯氣氛中，不斷重演剛才握著牢門大喊「放我出去」的情景，反覆向牢外的同學強調在那小小斗室裡掙扎的幾十秒是多麼陰暗又多麼刺激的人生經歷。

黃士弘架設好投影布幕和機器，和張亦賢並肩站在台前。等方靜芝和菲菲老師帶去上廁所的幼童們回來就位，就可以播放宣導影片了。

「影片是你們自己錄的？」張亦賢擔心又要目睹嚴肅認真的課本朗讀畫面。

黃士弘搖頭。「這是警政署專案製作的影片，針對兒童宣導反毒及防範誘拐。」

「這樣啊，那影片應該拍得很活潑吧。」

「拍得很吵……。」

「好了，快點找空位坐下，要放影片了！」

黃士弘話還沒說完，菲菲老師的拍手和呼喊聲就在門邊響起。上完廁所的孩子們魚貫入座，最後一個進門的方靜芝拿起遙控器，對台下說道：

「接下來放的影片，小朋友要仔細看，因為看完影片之後，所長會來問大家問題，答對的人可以拿到小禮物。想不想要小禮物呢？」

幼兒們齊聲回答「想要」，方靜芝示意黃士弘關上電燈。

「嘿嘿！嘿嘿嘿嘿！我是香菜怪盜，今天跟大麻小姐約會，我安排了完美的約會節目，首先……要用這些特別的『糖果』，騙一些小朋友來跟我們兩個一起玩！」

影片真的很吵，反派一出場就連聲怪笑。他活躍幾分鐘之後，警察二人組和小朋友戰隊接連登場，展開本片最精華的反毒品防誘拐口號宣導，還兼唱歌跳舞。

張亦賢摸出手機看了一下。雖然在盾牌對抗戰和拘留室體驗時多花了一點工夫，但活動流程並沒有延誤太多。

光。

昏暗的會議室裡，投影機射向布幕的白光同時映照在小朋友們臉上，一張張稚嫩的面容彷彿發著微光。

等一下播完影片，所長登場主持有獎問答，送完禮物後來個全體大合照，今天的活動就結束了。賓主盡歡，快樂賦歸，小雞幼兒園的小朋友們又度過了充實的一天，帶回去好幾條新長出來的線。

張亦賢低下頭，嘆了口氣。

「你不看影片嗎？」

黃士弘突然湊近，刻意壓低的聲音在耳邊響起。張亦賢全身一跳，抬頭對上他的眼睛，看見他那張端正的臉龐也像孩子們一樣微微泛著白光。

「太暗了，人又多，我沒辦法專心。」見黃士弘一臉迷惑，他補充道：「平常還可以視而不見，但在暗的地方，線會變得很明顯；而且小朋友的線又比較亮。」

黃士弘看著他，眉毛向上挑起。「你現在看到的是什麼景象？」

張亦賢環視了一下室內。

「我現在看到的……就像一片會發光的蒲公英花田，而我是一隻在半夜誤闖進花田的柴犬。也像是中秋賞月時，有人在河堤一次放了二十顆不會消失的迷你煙火，而我是河堤邊等不到都更也租不出去的四樓舊公寓。」

他的描述讓黃士弘愣了好一陣子。

「為什麼是柴犬？」

「和蒲公英田相對的高度剛好。」

「租不出去的四樓舊公寓？」

「一樣是高度比例尺，加上一點點寂寞的心情。」

這下輪到黃士弘嘆氣了。「那你要怎麼看電影？」

「我很少進電影院，想看的話就買第一排。但脖子會很痛，也沒有人要陪我坐。」

黃士弘想了一下。「我知道有幾家電影院坐第一排不用抬頭。」

為了不打擾幼兒看影片，他靠得很近，講話聲音也很輕。張亦賢心裡一動，忍不住抬眼去看連在他們之間的線。

即使是這唯一一條來歷不明的銀灰色怪線，也像他所見過成千上萬其他人的線一樣，兩人一靠近就會連在一起，也會在黑暗中變得格外明亮。

所以那到底代表什麼呢？是感情嗎？是欲望嗎？如絲如縷般連在他和黃士弘之間的，到底是什麼東西？是在見面之後才長出來的嗎？或是在他們相識之前就已經存在了呢？繞來繞去的思緒令張亦賢有點恍惚。

「欸，黃士弘，我們以前見過面嗎。」

「嗯……。」黃士弘伸手摸著自己脖子，邊摸邊答道：「應該沒有。」

「我想也是，我也不記得在哪見過你。」

「那你為什麼要問？」

張亦賢嘴巴微開，一時不知該如何回答。他看著黃士弘的臉，又看了看兩人背上相連的線，突然有點火氣上來。

「跟你說有什麼用，你問東問西，最後還不是不相信我。」

黃士弘一愣，正要開口，就被王俊緯的大嗓門打斷了。

「老師，我要尿尿！」

方靜芝聞聲暫停了影片，引起其他幼兒不滿。故事即將進入高潮，大麻小姐落網，急於營救女友的香菜怪盜正要踏入警方的陷阱。

「王俊緯你很煩耶！剛剛為什麼不去！」繆繆伸出食指指責他。

「啊我剛剛就不想尿啊！」

「菲菲老師，我帶他去。」幼佳自告奮勇舉起右手。

她剛才跟老師一起去過，知道廁所在哪；而她洗手時被後面的人催促，洗得有點隨便，她想再洗一次。

「好吧，那就拜託幼佳了。」

廁所就在同一層樓的走廊盡頭，幼佳又是穩重的小大人，菲菲老師對她很放心。

得到允許，幼佳拉著王俊緯跑出會議室。菲菲老師目送他們轉彎進入廁所後，抬手看了看錶，請方靜芝繼續播放影片。

「嘿嘿！嘿嘿嘿嘿！可愛的小朋友，統統來吃我的高級巧克力！」

「不要不要，我們不要！那才不是巧克力！」

香菜怪盜誘拐兒童作為人質的計劃失敗，還被嗆得灰頭土臉落荒而逃。至此他已沒有退路，只能單刀赴會。

黃士弘雙手抱胸靠在牆邊，默默的看著剛才被他評為「拍得很吵」的影片，看了好一會兒。

「其實我第一次在所裡看到你時，也覺得有點熟悉，但後來想想，那是因為我先在監視錄影裡看過你騎車跟蹤馮傑。」

張亦賢愣了幾秒才意識到他是在跟自己說話。

「……馮傑？」

「那個想跳高架橋自殺的上班族。你算是他的救命恩人。還有劉老先生也是。」

「喔……。」張亦賢眨了眨眼睛，不知道他為什麼要說這些。

黃士弘目光仍放在投影布幕上。影片中，警察正把香菜怪盜頭下腳上舉起來搖晃，偽裝成糖果的毒品從他身上各處抖落，花花綠綠掉了一地。

「我每次看都覺得奇怪，香菜到底跟毒品有什麼關係。而且他從頭到尾都沒偷過東西，為什麼會叫怪盜。」

黃士弘突然岔開話題，埋怨起正在播映的宣導影片。張亦賢更加摸不著頭腦，只聽他又繼續挑剔：「還有大麻小姐。大麻跟香菜根本不搭，至少叫九層塔或蔥花小姐吧。」

張亦賢笑了出來。「那樣就跟毒品更沒關係了。」

兩人閒聊間，不知何時離開會議室的菲菲老師帶著正在揉眼睛的幼佳快步跑了進來。她附耳到Lisa主任和方靜芝身邊，低聲說了些話。

黃士弘見狀也走過去。「怎麼了嗎？」

菲菲老師皺著眉：「俊緯不見了。」

「我站在廁所前面，他都沒有出來，我以為他在大便，就一直等一直等，然後菲菲老師走過來，王俊緯就不見了……。」幼佳眼圈發紅，被Lisa主任摟在懷裡，忍著情緒說明事情經過。

方靜芝見幼佳快要哭了，也彎下腰來輕聲安慰：「別擔心，這裡是警察局，他不會不見的。」

「那應該還在廁所裡吧？要不要再去看一下？」Lisa主任推測道。

「我找過了，沒有在廁所裡。」菲菲老師轉向幼佳，連聲問道：「幼佳，你真的一直站在門口嗎？都沒看到俊緯出來？」

幼佳被這麼追問，原先憋著的眼淚掉了下來。她低下頭，雙手十指絞在一起，結結巴巴的回道：

「我……我有去洗手……可是只有一下下……。」

洗手台正對著廁所門口，王俊緯極有可能趁幼佳轉身洗手時偷偷溜掉。

「怎麼辦，那會跑到哪裡去？」菲菲老師顯得更焦急了。

Lisa主任放開幼佳，摸了摸她的頭，站直身子望向菲菲老師。

「菲菲不要急，再找找看，這裡也不大，沒事的。能不能請您協助廣播，詢問其他員警是否有人看見他？」

她後面兩句話是對著黃士弘說的。

不等黃士弘回答，張亦賢向前踏了一步，左手輕拍Lisa主任肩膀，右手拉著黃士弘手臂。

Lisa主任不明所以，黃士弘卻明白張亦賢的意圖，開口說道：

「請主任一起走一趟，由您廣播，小朋友會比較熟悉。」

「啊，好，好的，麻煩您。讓其他小朋友繼續看影片。幼佳乖，不要再哭囉。」

Lisa主任一句話分成了三段，分別對不同的人答覆或叮嚀。她一邊說著，一邊跟黃士弘和張亦賢走出會議室。

一踏上走廊，張亦賢腳步加快，帶著Lisa主任和黃士弘直接往廁所方向跑。

「菲菲說她找過了，應該不會看漏。俊緯，王俊緯，你在裡面嗎？」

Lisa主任雖然這麼推測，卻仍然大步走進廁所，打開每個獨立廁間的門，喊著走失孩童的名字。

張亦賢沒有跟進去。他指著廁所旁的逃生梯，小聲告訴黃士弘：「主任身上的線指向這邊。」

「往上還是往下？」黃士弘也小聲問他。

「太遠了，要讓她再靠近點，我才看得出來。」

黃士弘深深看了他一眼，沒再多問。

「主任，請走這邊。」

走出廁所後就被帶到樓梯旁，Lisa主任疑惑的看著黃士弘。「我們要去哪裡廣播？」

張亦賢站在Lisa主任身後，伸指朝上比了比。

「在……在樓上。」

黃士弘硬著頭皮打開安全門，伸臂壓住門板，讓Lisa主任先走。

Lisa主任快步拾級而上，邊走邊問：「樓上嗎？方警佐不是說三樓以上是宿舍……。」

樓上兩層的確都是員警宿舍，根本沒什麼可以廣播的地方。黃士弘騎虎難下，側頭望向落在兩人後方的張亦賢，卻見他在二樓通往三樓的樓梯間停住了腳步。

「在這裡！」

張亦賢大喊出聲，一把拉開了放在樓梯間角落的掃具收納櫃。

Lisa主任正要打開三樓安全門，聽見張亦賢的叫聲，她飛也似的跑下樓梯，衝到掃具櫃前，把張亦賢擠到一旁。

「俊緯？俊緯你沒事吧……。」

黃士弘伸長脖子望過去，越過Lisa主任肩頭，看見縮在掃具櫃裡的王俊緯。他正抬頭朝門邊的兩個大人傻笑，小小的手裡握著一台掌上型遊樂器。

「王俊緯——我不是說過——不可以再帶電玩來上學——你還躲起來玩——」

看到王俊緯這副模樣，Lisa主任顯然氣到不行，連講話的聲音都微微發抖。

「因……因為我昨天忘記派探險隊出門……。」

「別說了，快點出來！真的很抱歉，讓您費心了。」

Lisa主任一手收繳電動玩具，一手把王俊緯從掃具櫃裡拉出來，還不忘回身對黃士弘鞠躬致歉。

「不會的，小朋友沒事就好了。」

「對啊，我們趕快回去看影片，還趕得上有獎問答。」

張亦賢邊說邊關上掃具櫃。

Lisa主任深呼吸了兩三次，氣到發白的臉頰才稍微恢復一點血色。她拎著王俊緯快步走回二樓，邊走邊碎碎唸，說他這次完蛋了，她一定會寫聯絡簿，請王爸爸好好處罰他。

張亦賢抬腳正要跟上，就被黃士弘從身後拉住。

「為什麼選她？菲菲老師不行嗎？」

張亦賢愣了一下，才想到他是在問循線找人的事。

「菲菲老師的線雖然很多，但幾乎都是散開的白線，也沒有明顯變化；而Lisa主任一聽到王俊緯不見了，身上就有一條黃線亮起來，直直指向外面。所以我拉主任出來找。」

黃士弘皺起眉頭，想像著他所描述的畫面。

「這樣啊……但看起來是菲菲老師比較緊張。」

「對啊，她真的滿緊張的。」

「你說過白線是找東西時要看的線。」

聽他語氣裡強調「東西」兩字，張亦賢為難的看了他一眼。

「線的顏色代表什麼意思，其實也只是我觀察後推測出來的，我想人的感情沒辦法分得那麼清楚吧……但不管主任還是老師，都很照顧小朋友，小朋友也很喜歡她們。」

黃士弘邊聽邊慢慢點頭，沒有再追問。

兩人關上安全門，回到二樓走廊。會議室方向隱約傳來喧鬧聲，不知是歡迎王俊緯歸隊的歡呼還是針對他闖禍的鼓噪。

張亦賢走得很慢，喃喃自語道：「王俊緯應該不會被怎樣吧，主任就算氣到發抖，身上的線還是跟他連在一起。」

黃士弘加快腳步跟他並肩，伸手拍了他一下。

「你剛剛是看見小朋友的線從掃具櫃裡伸出來嗎？」

「不行，隔著東西看不到。」張亦賢抓抓頭。「我要先看到人，才能看到線。多虧Lisa主任，我很少看到指得這麼直的線。」

「也沒錯……。」

黃士弘露出微笑。「看她抓他出來的動作那麼流暢，她應該很熟練了。」

話沒說完，張亦賢就被黃士弘伸腳絆倒了。

突襲來得猝不及防，張亦賢整個人「叭」的一聲趴倒在磨石子地上。他摔得莫名其妙，花了好幾秒才明白發生了什麼事。

「你——幹嘛——」

張亦賢撐起上半身，難以置信的扭頭看向同樣一臉驚訝的黃士弘。

「對不起，我沒想到你會真的摔下去，我來不及拉你，真的很抱歉……你還好嗎？有沒有哪裡會痛？」

黃士弘彎腰過來拉他，嘴裡忙不迭的道歉；明明是害人跌倒的始作俑者，聲音和態度卻又充滿愧疚。

張亦賢聞言更氣了，他撥開黃士弘的手，自己從地上爬起來，咬牙切齒的罵道：「所以你到底為什麼要跘倒我？很好玩嗎？」

「我想說，你如果能看出別人的感情，甚至可以分辨種類，那應該也能看出惡意，就實驗了一下……我剛才還先拍你肩膀，讓你看我這邊。」

張亦賢掌心熱辣辣的痛著，他甩了甩雙手，沒好氣的回道：「實驗個頭，看得出來的話，我上次就不會被揍了。」

黃士弘「啊」了一聲，右手握拳在左手心輕輕一敲，一副現在才想起來的樣子。

再次見識到他的爛演技，張亦賢簡直哭笑不得。

◇　◇　◇

「第三題來囉，大家都知道來路不明的零食不要吃，那水果可不可以？叔叔這裡有切好的芭樂，沾了酸酸甜甜的梅子粉，很好吃喔！」

所長卯足全力主持有獎問答，邊說話邊模仿題目中的怪叔叔，從口袋裡拿出小包糖果和梅子粉，朝幼兒們展示勸誘。

小朋友們齊聲大喊「不可以」、「不能吃」，經菲菲老師提醒後才想起要舉手才能答題，又一個個高高舉起右手。

Lisa主任靠近張亦賢，悄聲對他說道：「亦賢，有事想拜託你。」

「什麼事？」張亦賢放下相機，跟她一起走到走廊。

黃士弘沒有跟上，好奇的看了他們一眼。

「我們的司機突然拉肚子，沒辦法開車，他把車子留著，先去看醫生了。租車公司派了另一位司機過來接替，應該已經在車上等我們，我想請你先過去確認一下，請他十分鐘後把車開過來。」

「好。那照相就麻煩主任。」

Lisa主任接過相機，對張亦賢笑道：「你跑快一點，還來得及回來參加大合照，我們會在門口拍。」

張亦賢點頭領命。他沒有很想參加大合照，但還是加快腳步跑了起來。

早上遊覽車在派出所門口放下乘客後，便移車到附近較空曠的地方停放；張亦賢下樓跟江爺打了個招呼，就跑出去找車。

遊覽車停在十幾公尺外的路旁工地前，不知是否曾移動過位置。

張亦賢走到車旁，車門是開著的，駕駛座上卻沒人。他疑惑的上車，邊走邊朝車內喊道：「哈囉？有人在嗎？」

車裡沒人。張亦賢正想下車再找找，就聽見開關車門的聲音。他連忙跑到車子前方，朝正準備坐上駕駛座的代班司機打招呼。

「嗨！司機大哥他還好嗎？」

代班司機是個清瘦的男子，皮膚白皙，年紀看來比原本那位司機再大一點。他正把幾個裝滿備用水的加侖桶拿上駕駛座，被突然冒出來的張亦賢嚇了一跳。

「你……你誰……。」

「我是小雞幼兒園的，主任說換人開車，叫我先來看一下。」

聽他說明，代班司機才從戒備狀態中放鬆下來。他把加侖桶移到駕駛座下方，笑著說道：「對啊，不好意思啦，臨時出狀況，我本來在放假，也被叫回來。」

張亦賢瞇起眼睛，看著司機排好那幾個加侖桶。

「幸好還來得及，謝謝你……。」

閒聊到一半，Line語音通話鈴聲響起，張亦賢拿出手機接聽。

「你在車上了嗎？」是黃士弘打來的。

「對啊，代班司機已經來了。什麼事？」

「有個小朋友說水壺不見了，也沒在會議室，你看一下是不是還放在車上。」

「好，我找找看。其實等一下就要上車了啊。」

黃士弘的口氣很無奈。「她很堅持要馬上找到。」

「好啦，那我找一下，讓她放心。」

張亦賢也知道小朋友堅持起來是沒什麼道理的。結束通話後，他收起手機往後排走去，在每排座位間張望尋找。

代班司機聽見他講手機的聲音，便關上車門，發動了車子。

「時間差不多了嘛，那我慢慢開過去囉？」

「好，麻煩你了。」

遊覽車停放時就已經先掉頭了，代班司機把車子緩緩開到路上，朝派出所方向前進。

在走道上邊走邊看，張亦賢發現幼兒們遺留在車上的東西還不少，有吃了一半的蘇打餅乾、掛著扣環的綿紗手帕、寫著名字的布製口罩，還有幾件因為媽媽覺得冷而多帶的厚外套。

他走到後方，在最後一排椅子上找到一個粉紫色條紋水壺。

應該就是這個吧？張亦賢拿起水壺拍了張照片，正想把照片傳給黃士弘看，車子就開到派出所門前了。

菲菲老師和Lisa主任帶著幼生在門前階梯等候，所長和幾位員警也熱情的送客到門口。

黃士弘剛好站在外面靠近車尾的位置，張亦賢把臉貼在窗戶玻璃上，舉起水壺朝他的方向搖了搖，但他沒有注意到。

方靜芝打著手勢協助遊覽車停靠。江爺站在警用機車旁，正把王俊緯從機車座椅上抱下來。

車子停妥後開啟車門，老師集合幼兒，整隊準備上車。江爺拍拍王俊緯的背，催他過去排隊。

看著江爺靠在警用機車旁朝小朋友們揮手，張亦賢睜大了眼睛。

他丟下水壺，瘋狂拍打眼前的車窗，一邊大喊一邊跑向車門。

「不要上車！司機是冒牌的！」

重重踏在車體上的腳步聲和氣壓閥啟動的聲音交疊，張亦賢只來得及跑到駕駛座旁，車門就關了起來。

「代班司機」站起身，一把抓住張亦賢的頭髮，拉著他的頭往副座椅背的金屬握把上用力撞了幾下，接著鬆手讓他倒在地上。

隔著車門看見這幕暴行，菲菲老師放聲尖叫，張臂護著幼兒們往後退。

黃士弘和方靜芝立刻拔槍衝上前，大聲喝斥「不要動」。

疼痛來得比驚嚇慢，張亦賢最先感受到的是難以忍受的飽脹感，接著才是皮膚上熱辣的痛覺和腦中強烈的暈眩。他縮在地上抱著頭呻吟，指縫間有溫熱的血液滲流而出。

冒牌司機重新發動車子，試圖開向馬路；但遊覽車起步慢，才剛轉了個彎，黃士弘和方靜芝兩把槍已從未關上的駕駛座車窗指住了司機。

事發地點在派出所，增援來得很快，警車也火速鳴笛開了出來，阻擋所有可能的去路。

眼見挾車逃逸的企圖失敗，冒牌司機伏下身子避開員警槍口範圍，伸手到駕駛座下方拉出他早先搬上車的加侖桶，扭開蓋子，把裡面的液體澆到張亦賢身上。

刺鼻的芬芳令張亦賢暈眩得更厲害，他立刻分辨出那是汽油的味道。

冒牌司機打開車門，勒著張亦賢脖子強迫他站起，把他拖到門邊。

車門一開，濃厚的汽油味就瀰漫開來，門外眾人都是一凜。江爺已先帶著老師和小朋友們進入派出所裡躲避。

「不要過來！把槍放下！再過來我就幹掉他！我——我要抗議司法不公，叫你們局長過來！快點！」

冒牌司機利用張亦賢當肉盾，自己則躲在他身後，朝著門外咆哮。

「我就是所長。」

所長原本就在現場，他上前一步，張開雙手，表示自己沒帶武器。

「所長？我要找的是局長……叫他們統統把槍放下！快點！不然這個小鬼沒命了！」

「好好好，你不要衝動。」

所長語帶安撫，轉頭示意包圍的員警解除持槍姿勢。

「你是所長？你夠大嗎？最大的是誰？」

「這裡最大的就是我。你有什麼冤屈儘管跟我說，我來替你作主，不要牽連年輕人。」

所長一面說話，一面走近車門。

「後……後退！不然我——呃呃呃——」

冒牌司機話講到一半，被人從身後鎖住了脖子。

方靜芝利用他跟所長談判的空隙，從駕駛側的車窗鑽入車中偷襲；她一出手，所長立刻抓住張亦賢，把他拉下車。

人質獲救後就沒什麼顧忌，冒牌司機被拖倒在副駕駛座上進行壓制，不知道方靜芝用了多大的力道，在某人扶持下被帶離人群的張亦賢即使走遠了，也都還能聽見那個男人呼痛的慘叫聲。

被冒牌司機扁了一頓，又被所長用老師傅甩麵的力道拉扯，張亦賢頭痛如擂鼓，覺得自己像個沒用的沙包。

額上流下的血讓他睜不開眼睛，也不知道被誰帶到什麼地方坐了下來；耳裡聽見小雞幼兒園的幼生們吱吱喳喳的講話聲漸漸遠去，他猜測自己應該又回到派出所那張長椅上了。

「別睡，撐著。」

有隻手伸過來撥他瀏海。是黃士弘的聲音。

「我沒有要睡。我好臭。」

「那是汽油的味道。你要不要先換衣服？」

「汽油……對，汽油，汽油好臭……。」

見張亦賢頭上有外傷、渾身都是汽油味，又有幾分胡言亂語的樣子，黃士弘一時有些慌張，不知道該先處理哪一邊。因為傷口沒有繼續出血，他最後決定先幫張亦賢換件乾淨的衣服。

「手舉起來，你叫什麼名字？」

「……我叫張亦賢。」

張亦賢乖乖抬起雙手，充滿汽油臭味的上衣被脫掉，接著一件柔軟的運動T恤罩回他頭上。他笨拙的將雙臂穿進袖子裡。

「出生年月日？手機號碼幾號？」黃士弘幫他拉好衣服下襬。

「呃……我意識很清楚啦……只是頭暈暈的而已。」

「好吧。那我先看一下你的傷。」

黃士弘拿來了急救箱和毛巾，一邊讓張亦賢擦臉，一邊用手指小心梳開他的頭髮，露出他頭上的傷口。

「看起來只傷到頭皮，我要幫你清理傷口，會有點痛。」

黃士弘用浸了優碘的綿球擦拭傷口。張亦賢瑟縮了一下，卻連哼都沒哼一聲。

「痛嗎？」

「還好……。」

「先休息，救護車等一下就過來了。」

可能是頭部受傷，也可能是因為吸了太多汽油味，張亦賢一直處於頭昏腦脹的狀態，感官變得有點遲鈍。

但他卻能夠清楚感覺到黃士弘在他髮間撥來撥去的手指、他隔著藏青色制服透過來的體溫，還有他胸腔裡傳來的，稍快的心跳聲。

冒牌司機是租車公司老闆以前的合夥人，半個月前因盜用公款被趕出經營團隊。他心有未甘，便趁換班時打昏代班司機，企圖挾持乘客報復；除了淋在張亦賢身上那一桶，駕駛座旁的幾個加侖桶裡裝的也全是汽油。

警方後來在遊覽車的行李艙裡找到被綁得像個粽子的正牌代班司機；冒牌司機則以傷害罪和公共危險等罪嫌移送。

◇　◇　◇

張亦賢的筆錄是在醫院做的。

他頭上的傷口如黃士弘說的只傷到頭皮，不必縫合，但皮下出現血腫，未來幾天會腫得更厲害，疼痛也會增加。雖然頭暈的狀況逐漸好轉，他也沒有想吐的感覺，院方還是建議他留在醫院多觀察半天。

挾持事件發生在警察眼皮底下，前後不過幾分鐘，張亦賢是被害者，做過的事也只有被揍、被淋汽油和被當人質而已，加上黃士弘體諒他負傷，沒問太多問題，筆錄很快就做完了。

黃士弘抽起複寫紙，把寫好的筆錄遞給張亦賢。

「看完沒問題的話，在這邊簽名，兩張都要。」

「你字好醜……。」

黃士弘橫了他一眼，看在他既是英雄又是受害者的分上，沒多跟他計較。

張亦賢簽好名，把筆錄還給黃士弘，想著他待會兒就要回去局裡，心裡不免有點寂寞。

黃士弘收起筆錄，如釋重負般垂下兩肩，長長吁了一口氣。

「你躺下休息吧。還會暈嗎？」

「有一點。」

黃士弘把病床的角度調低了些，讓張亦賢由坐姿改為仰臥。

「你怎麼知道司機是假冒的？」

剛才的筆錄裡只寫張亦賢「察覺異狀，發出警告」，黃士弘把疑惑留到私底下再問。

「因為線啊……假司機身上的線不多，但沒有線指著方向盤。職業司機不可能對車子毫無感情……可惜我一開始沒想到，只覺得他哪裡怪怪的。」

說到這裡，張亦賢極為懊惱，沒注意到黃士弘聽話時的表情。

「車子開回派出所之後，我看到江爺身上指著警車的線，才想起這件事，結果只來得及提醒大家，又挨了一次揍。還有……。」

「還有？」

「那個人的臉和手都很白。開大車的司機皮膚不會那麼白吧？」

「沒錯！你的觀察很敏銳。」黃士弘大聲附和。「他的確不像以開車為業的人。」

張亦賢愣愣的望著黃士弘，第一次看到他這麼喜形於色的樣子，原來他高興起來會變得容光煥發。

雖然不知道他在高興什麼，但他看起來真的很高興。

是天黑了嗎？還是頭部傷口影響視力讓他產生了錯覺？那條連在他和黃士弘中間的銀灰色線似乎瞬間閃現出淺黃色的光芒。張亦賢緊緊抓著棉被，不敢眨眼。

「那你知道為什麼學姊敢冒險爬窗進去制服嫌犯嗎？」

高興起來還開始考試了！張亦賢沉吟了一會兒，回想被挾持的經過。

「呃……因為他沒拿武器？」

「對。」黃士弘雙眉一軒，狀甚滿意。「他的打火機放在口袋裡。」

「等等，他有帶打火機？」張亦賢僵住了。

「嗯，可能是因為太緊張，他沒有拿出來。」

張亦賢全身寒毛直豎，一絲不知哪來的汽油味鑽入他早應嗅覺疲勞的鼻腔裡。

回想起被汽油當頭淋下的感覺，又想起上車時看見的那幾個加侖桶，他手腳冰冷起來，後知後覺的恐懼如海浪般一波波湧上。

黃士弘繼續說著：「你說你的能力無法看出他人懷抱惡意，但你還是從假司機身上看出異常之處，而且立刻行動，及時阻止小朋友上車。要不是你機警，他會把大家騙上車，到時全車的小朋友和老師都會變成人質。你這次又救了很多人你知道嗎？」

黃士弘態度略顯激動，張亦賢還是第一次聽見他用這麼快的速度說話。

這次不是錯覺了，他們之間的線由銀灰色變成了象牙色，從連在黃士弘身上的那一端開始變色，如傳染般蔓延過來。

張亦賢一陣惶然。

黃士弘在稱讚他，黃士弘相信他的能力，黃士弘對他的感情可以分類了……但他卻是被動的，他仍然覺得自己什麼都不知道，什麼都沒感覺。

既然不知道也沒感覺，為什麼連在他這一端的線也跟著變成了象牙色？

「不管是否依靠能力，其實你很勇敢，也很聰明……。」

明明換過衣服擦過頭髮，汽油也該揮發掉了，那股刺鼻的味道卻愈來愈濃，簡直像要鑽進他所有臟器裡。張亦賢頭痛得厲害，難以順利呼吸，藏在棉被裡的雙手無法控制的顫抖起來。

黃士弘的眼睛因興奮而明亮，對他投以他先前一直想要的關注與信賴。
此時此刻張亦賢卻只想從那雙眼睛前面逃開。

第三章

親愛的女孩

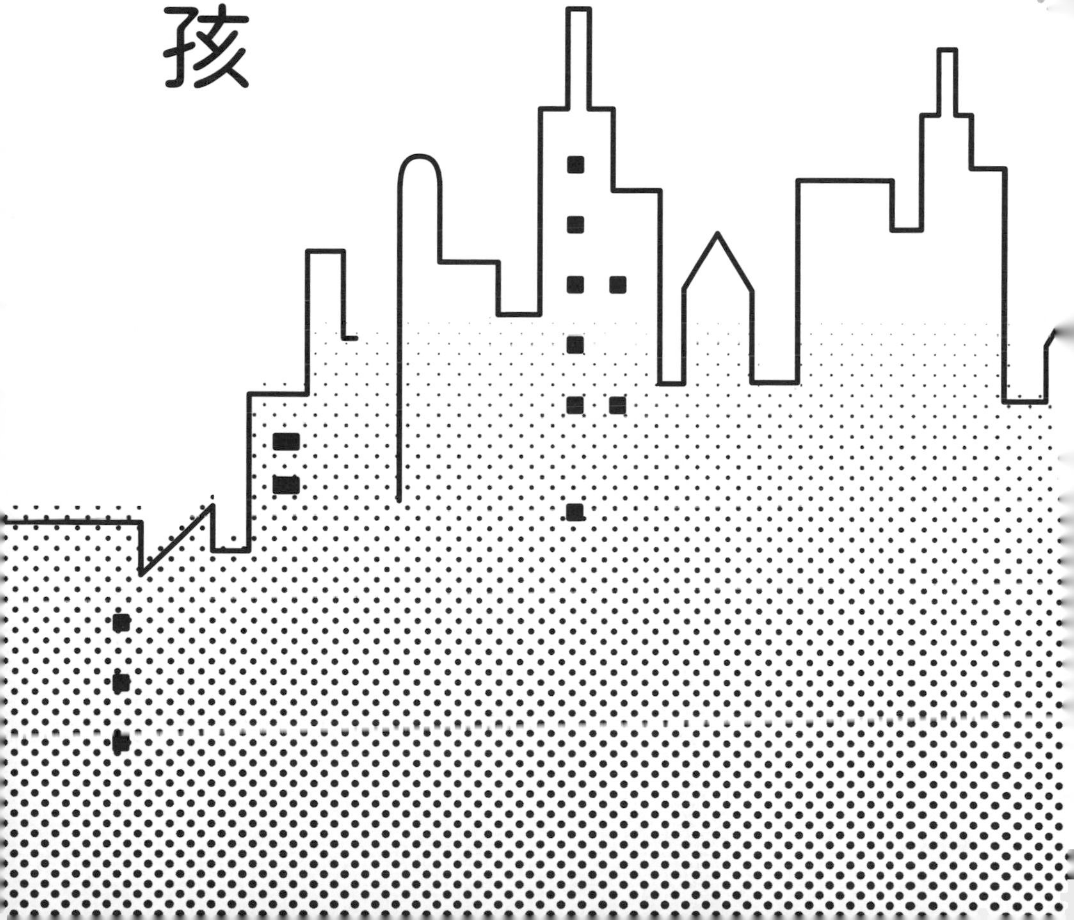

張亦賢在醫院待了半天，傍晚出院時，阿徹和園長阿姨一起過來接他。早上推辭過的那個紅包變成三倍厚，被這對姨甥以不容拒絕的氣勢硬塞進了他口袋。

園長阿姨看著張亦賢頭上的繃帶，兩眼含淚，緊緊握住他的手。

「亦賢，阿姨不知道該怎麼感謝你才好……。」

張亦賢面紅耳赤，侷促得要死。他一向拙於應付這種場面，而阿姨身上朝他指過來的那條線顯然跟阿徹那條系出同門，既亮又直，顏色還橘得很類似。

「我沒事啦，阿姨，我很高興能幫上忙。」

他拚命朝阿徹使眼色；阿徹會意，靠過來輕拍阿姨的背。

「阿姨，好了啦，你比傷患還激動，這樣賢賢會害羞。先讓他回宿舍休息吧，我這兩天會好好照顧他的。」

阿徹邊說邊拎起手上的旅行袋搖晃，宣示他貼身照顧傷患的決心。

大二生的宿舍是雙人房。張亦賢的室友學期初就搬出去和女友租房同居，偶爾才會回來午休；他的床平時閒置著。阿徹有時會像今天這樣，帶著換洗衣服過來借宿。

「賢賢你好臭。」

阿徹一踏進房裡就發難。張亦賢從臉盆裡拿出洗髮精遞給他。

「幹嘛？」

「幫我洗頭，我也覺得很臭。」見阿徹一臉不甘願，他加碼說道：「還有吹頭髮和換紗布。你說要好好照顧我的。」

泡。

兩人帶了一把小凳子擠進淋浴間。阿徹粗魯得很，兩三下就在張亦賢頭上搓出一堆充滿汽油味的泡泡。

張亦賢數度在被碰痛傷口時懷念起黃士弘細心梳開他頭髮的手指。

「我說賢賢，你還真不是普通的衰。」

張亦賢沒好聲氣。「我是很衰，但那是代替你去衰，本來是你該去幫忙的。」

「唔──」阿徹拉來蓮蓬頭，打開熱水沖洗張亦賢的頭髮。「如果是我，大概就會跟小朋友一起被那個假司機載走了吧，也不知道後來會變怎樣，他好像帶了很多桶汽油。」

黃士弘也說過類似的話。張亦賢聞言陷入沉默，淋浴間裡瞬間只剩下水聲。

「總之……真的很謝謝你，我阿姨剛才那樣子是誇張了點，但是我的心情跟她一樣……唉，不知道怎麼跟你說才好。」

阿徹很不習慣吐露心聲，一段話說得結結巴巴；張亦賢也很不習慣老友這麼感性，從頭上淋下的熱水又不斷流向他脖子下巴，他整個人扭來扭去。

「欸你不要亂動啦，還沒沖好──」

「幹！我的眼睛！你白痴啊！」

「你才白痴，眼睛不會閉上嗎？」

混著泡沫的熱水終究還是流進了張亦賢眼睛裡，他爆出髒話，讓兩人回到彼此都比較習慣的對話模式。阿徹停頓了一下，也大罵了一聲「幹」。

「你真的超臭，渾身汽油味有夠恐怖的，幹，幸好沒事。你被潑汽油時有沒有很怕？」

「我──」張亦賢直覺想要回答「我不知道」，但只說了一個字，阿徹就打斷了他。

「沒關係！不用怕，這幾天有我陪你，陪你吃飯，陪你睡覺，陪你上廁所。」

「也沒有那麼怕……。」

「不用擔心！有我在！」阿徹八成又不知道要怎麼說話了，音量又再放大了點。

洗好頭之後，張亦賢接著把全身上下仔細刷洗過一輪；離開浴室回到房間，阿徹再幫他把頭髮吹乾，換上新的紗布。

「好了，不臭了。」阿徹湊近他身邊深深吸了口氣，以行動證明他現在香氣宜人，已無異味。

張亦賢把黃士弘借他的衣服揉成一團暫放在門外鞋櫃上，也早就打開窗子通風；但他仍不滿意，抬手聞了聞自己的手臂。

「我覺得還是有汽油味。」

「我聞是沒味道了。會不會是汽油滲進你鼻毛？」

「汽油沒潑進鼻子裡啦！」

聽他這麼回答，阿徹不知想起什麼，露出了愁苦的表情。張亦賢怕他又要開始感性，連忙拿出手機滑來滑去，一邊試圖轉移話題。

「那個……雅亭還沒回我訊息。怎麼辦。」

阿徹不想接招。他朝後跨坐在宿舍標配的寫字椅上，雙臂交疊靠在椅背上緣，歪頭看著張亦賢。

「你要告訴你外婆嗎？」

「這種小事不用報告吧。」

「怎麼會是小事，你差點就那個了耶。」

「反正我沒事，不用讓她多操心，她要煩的事已經很多了。」

阿徹抿了抿嘴唇。「如果我是她，我會想知道……而且她如果看到新聞，還是會知道啊。」

「不會啦，記者不會找到我，只有所長會出來說明。」

阿徹嘆了口氣。「算了，你就是怕被唸。」

張亦賢沒有回答，打了個長長的哈欠。

「我想睡覺了，關燈囉。」

◇　◇　◇

接下來幾天，張亦賢睡得很不安穩。

他時常夢到被扯著頭髮毆打和被潑灑汽油的情景，夢裡的冒牌司機高大得如同巨人，抓下來的手掌幾乎能蓋過半邊天空。

夢境很混亂，充滿各種陰影和噪音，最後總是結束在某個人的擁抱裡，而張亦賢身上的汽油也總是把那雙抱著他的手臂沾染得溼淋淋的。

張亦賢直覺認為那是黃士弘的手，可惜夢醒前的擁抱很短暫，僅有片刻的溫暖扶持對他的恐慌幫助甚微。

夢中的嗅覺理應只是大腦感知的假象，張亦賢卻總在夢醒後還能聞到汽油的味道，有時甚至在白天也出現疑似幻嗅的狀況。

幾天下來，他被自己的鼻子弄得疑神疑鬼，為了避免靠近加油站，他連機車都不怎麼騎了。

阿徹是個好睡的人，每晚都是一沾枕就睡到天亮；每次都要等到隔天聽見抱怨，他才知道張亦賢前夜又被怎樣的夢境驚醒、又翻覆了幾次才能再睡著。

「我半夜踢翻臉盆你也沒醒，還說什麼代替阿姨照顧我。」

「唉唷，所以我說你是被嚇到了啊。要不要看醫生，或是收驚……啊，我忘了你討厭收驚。」

聽阿徹這麼說，張亦賢覺得很沒面子。

「我真的沒怎樣，只是睡不好而已，過幾天就沒事了。」

「心理狀況又不像感冒自己會好。你也不是只有這次這樣……。」

阿徹一直覺得他逃避成性不是好事。

「真的啦，我今天就比昨天好很多，我今天一覺到天亮，只有作一次惡夢，醒來時也沒聞到汽油味。」

今天早上起床時，他確定夢裡那雙抱住他的手臂是屬於黃士弘的了，因為他在夢醒之前抬起頭，看見了黃士弘的臉。

那張即使在夢裡也帥到驚人的臉，有點生氣的樣子。

◇　◇　◇

「果然還是看到臉比較安心嗎……。」張亦賢深深吸了口氣。

輕微的油煙臭味、青蔥入油鍋的香味、從大飯鍋裡被整團挖出的米飯甜味……很好，沒有汽油味。

張亦賢和阿徹坐在快餐店入口附近的座位用餐。店家把廚房設置在門邊，各種煮食的香氣和熱氣混雜在一起衝向門外和走道，所以大家都不喜歡接近門口的位子。但現在張亦賢覺得這裡就是他的最佳座位。

他又吸了一口氣，聞到蔥花微焦的氣味。

「你說什麼？」阿徹坐在他對面，正在滑手機傳訊息，沒聽清楚他的自言自語。

「沒事沒事。」張亦賢也拿出手機。「欸，我受傷之後，雅亭肯理我了，她問我怎麼又受傷了，還跟我說《屍情化疫渡假村》不好看……我們約好明天要去看另一部電影。」

「哼，居然用苦肉計，沒出息。」

「我又不是故意被打的。」

「因禍得福也不錯啦！你想好要怎麼跟她說了嗎？」

張亦賢思考了一下。「我會先向她道歉上次說錯話，再告訴她我不想失去難得的朋友……這樣行嗎？」

「不錯喔。」超狠的。阿徹手托腮幫看著張亦賢，心想雅亭同學又要再失望一次，但至少這傢伙誠實面對了。「你們要看哪部？明天幾點？」

「《崇崇平安》，下午一點二十。」

張亦賢滑著手機查詢，看見了黃士弘傳來的訊息。今天中午傳的是「昨天睡得好嗎」。他飛快關掉訊息視窗，不由自主感到心虛。

他這幾天都對黃士弘傳來的訊息已讀不回。

出事隔天，黃士弘傳了一句「頭還痛嗎」；第二天是「傷口好點沒」；第三天是「味道都消了吧」；昨天是「我有事想跟你商量」……張亦賢統統都沒有回覆。

這次劫持事件，張亦賢親身體驗了一次什麼叫生死關頭。雖然在阿徹面前嘴硬，但他真的是被嚇到了。他覺得自己很蠢。日常生活裡的麻煩就已經夠多，何必硬要去接近那個世上唯一一個有條線連著自己的人。

對，根本沒必要……張亦賢轉頭，看了看自己背上的線。

那天在醫院裡，從黃士弘那端開始，原本的銀灰色線轉變成淺淺的象牙色線。如今好幾天沒見面，它變得細了點也淡了點。

張亦賢再次點開聊天視窗，重讀這幾天黃士弘傳來的訊息。

黃士弘在關心他，但他的關心會讓張亦賢不斷想起那個惡夢、想起如影隨形的刺鼻氣味，讓他每次抬起手指，都不知道能回些什麼。

再這樣已讀不回下去，連在他們之間的這條線就會慢慢消失了吧？張亦賢心情矛盾，一方面覺得害怕，一方面又捨不得，不想放棄這條好不容易出現的線。

昨天睡得好嗎。

託你入夢的福，昨天終於稍微睡好一點了。看著手機螢幕上的文字，張亦賢嘆了口氣。這種不得要領的問候法簡直像青少年在追不熟的女孩子，鐵定要失敗的吧，他就不能選點輕鬆日常無壓力的話題嗎——想到這裡，張亦賢靈光一閃，抬頭望向阿徹。

「他怎麼知道我睡不好？」

「啊？誰？誰知道你睡不好？我聽不懂，哈哈。」

「黃士弘啊，那個警察。我會作惡夢的事只跟你說過而已，他怎麼會問我睡不睡得好？別裝傻，你是不是又入侵我的交友圈了？」

「唉唷，你講話真難聽，什麼入侵不入侵的，我又不是異形外星人。」

「就叫你別裝傻了，有沒有啦！」

「做人不要那麼小氣，四海之內皆兄弟好嗎……。」

阿徹既不承認也不否認，一邊裝傻，一邊加快進食速度，三兩下掃空了盤子裡的咖哩飯，勾起包包就要離座。

「我吃飽了，先回去洗澡，你坐著慢慢吃。」

「等一下！」張亦賢拉住他手臂。「我要看你手機……。」

「賢賢好壞，不要老是想看人家手機嘛。」

阿徹滑溜的掙脫他的掌握，丟下一聲「拜啦」就快步離開了快餐店，消失在店門外的暮色中。

張亦賢的炒飯還有三分之一。他來不及細想為什麼阿徹急著溜走，答案就自動出現在他面前。

「帥哥要吃什麼？」

「海鮮燴飯。我可以坐這裡嗎？」

黃士弘點完餐，把手機收進胸前口袋，拉開阿徹剛剛坐過的椅子，在張亦賢對面落座。

張亦賢很心虛，一時不敢抬眼，只能壓低視線看著他的T恤領口。

「這家的燴飯不好吃……。」

「什麼好吃？」

「炒飯。」

「好，那我下次點炒飯。」

現在是晚上六點三十五分，黃士弘應該是從派出所下班後直接換上便服，徒步走過來店裡的。他穿著黑色T恤和牛仔褲，頂著露額短髮混在覓食的大學生裡，除了有點太帥之外，看起來沒有半分突兀。

張亦賢瞇起眼睛，觀察從對面伸過來的那條線。

那條象牙色的線從黃士弘身後連到自己背上，顏色鮮明、形態穩定，即使在燈光明亮的快餐店裡，也能看得很清楚。

「是阿徹叫你過來的嗎？」

「我剛剛傳訊息問他，他說正好跟你在這裡吃飯，我就過來了。」黃士弘拿起阿徹留下的空盤和餐具交給店員。「抱歉突然出現，但我比較習慣當面說話。你不回訊息，我只好找人幫忙。」

「你怎麼有阿徹的聯絡方式？」

「我去問園長，她告訴我可以找阿徹，說你們兩個很熟。」

「他……他沒跟我說你在找我。」阿徹這個叛徒。張亦賢不由得腹誹起死黨。

「我只是問他你這幾天狀況怎麼樣而已。畢竟你都不回訊息。」

聽他說了兩次「不回訊息」，張亦賢望向黃士弘，發現他臉上雖然帶著微笑，眼神裡卻沒有半點笑意。

不知為何，這副皮笑肉不笑的表情讓張亦賢看了有些高興。

黃士弘收起笑意，把話說得很客套。

「如果打擾你的話，我可以換去別桌，但吃完飯希望你給我留一點時間，我有話跟你說。」

「不用不用，不用換桌。」

張亦賢頭手齊搖。逃避了這麼多天，再度看見黃士弘和那條依然與他相連的線，他發現自己比想像中還要開心。

黃士弘微微一笑，這次是真的笑了。他把雙臂靠到桌上。

「頭還會痛嗎？」
「不痛。」
「傷口復原得怎樣？」
「好得差不多了，結的痂都快掉光了。」
短短交談間，黃士弘點的不好吃海鮮燴飯熱騰騰的端了上來。他半垂著眼皮，用湯匙小心把溢到盤子邊緣的芡汁刮向盤子中間，繼續問道：「汽油味很難洗，都消了吧？」
「……都消了……。」
黃士弘正在把過去幾天遭到忽視的訊息一句句重新提出來詢問，沒有一件事漏掉。張亦賢有點傻眼，沒想到他是這麼記仇的人。
還有一句，今天中午傳的還沒問到。
張亦賢一陣忐忑，臉頰明顯熱了起來。
「昨天睡得好嗎？阿徹說你一直作惡夢。」
啊啊啊好丟臉。張亦賢雙手抱頭，迭聲否認：「沒有沒有——我沒有——」
他唯獨這件事情不想讓黃士弘知道。
「沒有睡？沒有作惡夢？」
「沒有『一直』作惡夢啦，愈來愈少了，昨天只有夢到一次而已……。」
張亦賢愈說愈小聲。
黃士弘沒有要嘲笑他的意思，他挖起燴飯送進嘴裡，邊嚼邊問：「你都夢到什麼？」
「夢到……夢到被揍，還有被潑汽油……。」張亦賢目光左右飄移，本能的不想細述那些重現受害經驗的惡夢情節。

黃士弘點了點頭。「我一開始也一直夢到。」

「欸？」一開始？夢到什麼？

「我第一次處理死亡車禍時，連續作了一個星期惡夢。」他又吃了一大口燴飯。「詳細情形我就不說了，吃飯時間不適合……不過後來慢慢習慣了，前輩說累積經驗和自我調適一樣重要。」

張亦賢愣愣的看著他的吃相，摸不清楚他講這些話是什麼用意。

「你炒飯都涼了，不快點吃嗎？」

張亦賢回過神，看見對方盤裡的燴飯在三言兩語間消失了一大半，連忙拿起湯匙。

黃士弘等他吃了幾口，才繼續說道：「所長想要頒感謝狀和禮券給你，你什麼時候有空？來所裡泡個茶。」

「感謝狀？」

「就是獎狀，表揚你熱心勇敢，協助警方阻止犯罪。其實只是留個紀念，但禮券倒是滿實用的——」黃士弘扳著手指，唸了幾個禮券適用的店家名稱。「郵局旁邊那間超市就可以用。」

「不錯啊，我從小到大沒拿過什麼獎狀。」

張亦賢嚼著炒飯，想起老家書房牆壁一角那被外婆珍而重之張貼起來的四五張獎狀。他偷偷希望黃士弘他們所裡的感謝狀面積可以比小學領的那幾張獎狀再大一點，至少看起來氣派些。

黃士弘吃完最後一口燴飯，輕輕把湯匙放在空盤上。

「對了，感謝狀附有精緻原木裱框，你想要淺色的還是深色的，可以先告訴我。」

張亦賢想了一下。「可以選啊？那，那深色的好了，跟宿舍的桌子顏色比較搭。」

見他認真回答，黃士弘露出笑容。一見他笑，張亦賢就知道自己被耍了。

「對不起，我開玩笑的，框已經裱好了，不能選。」

「你很無聊耶。」

「你住學校宿舍？」話才問完，黃士弘想到剛才那句「跟桌子顏色比較搭」，忍不住又笑了出來。

「對啦怎樣。」張亦賢恨恨的用湯匙刮著盤裡的炒飯。

「沒有，沒怎樣。所以說，你會來所裡領感謝狀？」

張亦賢點頭。「嗯，都做好了嘛。什麼時候去都可以嗎？」

「盡量早上來，我早上比較閒，會幫你們拍照。」

黃士弘說到這裡又笑了，還笑得露出了牙齒。見他這樣笑，張亦賢手心冒汗，莫名有種侷促的感覺。

「你說有事要找我，就是這件事嗎？」

「對，不過除了感謝狀，我還有事想問你……。」

黃士弘拿出手機，邊說邊在螢幕上移動手指。張亦賢伸長脖子偷看，發現他正開著Line，在他們兩人的聊天視窗裡查找過去的訊息。

張亦賢耐不住性子，追問道：「什麼事？」

黃士弘停下指尖，垂睫看著手機。

「你之前說過想要打工，想當我的線民，現在還算數嗎？」

「什……線……。」

張亦賢正在吞嚥最後一口炒飯，一下子順不過氣，噎得面紅耳赤。

他努力把卡在喉嚨的飯吞進肚子裡，無視黃士弘好心推過來的湯碗，拍桌說道：「還敢提線民，你那天傳了三個貼圖笑我！」

「我沒有笑你。」

「你現在就在笑。」

被民眾當面指控態度不佳，認真看待工作的黃士弘很重視這個問題。他坐挺身子，收起笑容，盡量擺出誠懇的樣子。

「現在所裡有缺人，你還有興趣嗎？」

「缺什麼？你說過沒有需求⋯⋯。」

「我們約聘的工友提早退休了，臨時排不到人替補，所長打算外聘人手來幫忙。他對你印象不錯，也暗示過內部介紹優先，我想說暑假快到了，就先來問問你。」

「⋯⋯工友？」張亦賢斜眼看他。

「對⋯⋯工友。」黃士弘講話速度忽然變慢。「其實他已經退休兩個星期，雜務我們都分攤得差不多了，不會讓你太累。雖說是外聘，但你也不用擔心待遇⋯⋯。」

「奇怪。」張亦賢放下湯匙。「你怎麼突然改變態度了？」

「什麼意思？」

「你自己看你上次回我的這些。」張亦賢拿出手機，朗讀先前黃士弘回覆他的文字。「不能打黑工，編制外的人員沒有保障，勤務有保密條款，巴拉巴拉巴拉。」

「巴拉巴拉？」

「呃⋯⋯就是⋯⋯諸如此類，省略的意思。」

黃士弘查看著手機。「嗯，我知道是省略，但你省略了什麼嗎？你每句都唸出來了。」

見他如此計較細微末節，張亦賢反倒困窘起來。

「那個……那個只是比喻。我要說的是，你前後態度也差太多了吧？上次那麼無情的拒絕我，為什麼今天主動提議？」

「因為你在劫車事件表現得很勇敢，加上所裡剛好有缺人，你又說過想來幫忙，我覺得這是很棒的——」話說到一半，黃士弘停頓兩秒，選擇措詞。「警民合作。」

黃士弘說話時似乎習慣看著別人的臉。

每次被那雙黑白分明的眼睛直直盯著，張亦賢總會陷入輕微的慌亂。他下意識避開對方的注視，吶吶說道：「我又不是為了警民合作才想幫你忙……。」

黃士弘搔了搔頭。「我也不是因為警民合作才想找你……那你要來嗎？我很希望你能來。」

張亦賢深吸了口氣，明顯感覺到自己心跳加速，但與此同時，似有若無的汽油味也朝他鼻端纏繞上來。

「感謝狀我會去領，工友的事就算了吧。」

黃士弘眉毛微微上揚。「為什麼？你先前不是很想到派出所打工嗎？」

張亦賢露出苦笑。「就……這幾天一直作惡夢啊……現在想起那天的事，我就好像又聞到汽油的味道。」

「你會怕？」

黃士弘上身朝前傾斜，雙肘靠上桌沿，定定的看著張亦賢。

剛剛還想逞強的心情至此已經完全消失，不管黃士弘這副態度是刻意挑釁或是單純坦率，張亦賢都決定實話實說。

「嗯，我怕，被抓頭去撞柱子和被潑一身汽油差點燒死，都不是我想像過的事。那天剛受傷還沒什麼感覺，但我這幾天愈想愈怕……不去想也怕。」

聽他這麼說，黃士弘垂下眼皮，看起來有點鬱悶。

「我們只會安排一些雜務、跑腿或文書工作，不會讓你遭遇危險的事。我還想說你來所裡工作的話，以後若發生類似馮傑或劉先生的情況，你可以就近叫我出面，不必再自己面對衝突。」

張亦賢搖頭。「那個……也不做了……我不會再多管閒事了。」

「多管閒事？」

聽見這四個字，黃士弘表情有點驚訝。張亦賢牙一咬，把過去自己各種自動自發的救人行為清算了一次。

「對，人家又沒拜託我，是我看見了原本不該看見的東西，自己跑去惹麻煩，那就是多管閒事。說不定有我沒我根本就沒差……總之我以後不會多管閒事了。」

「……所以你真的不來應徵嗎？」

「嗯，不要。」

「是嗎。那真可惜。」

黃士弘側著頭看他。張亦賢抬眼，發現對方神情如常，並沒有表現出失望的樣子，那條線也還是穩穩的伸過來，跟他連在一起。

看著那條線，張亦賢忽然有點後悔。卻聽黃士弘接著說道：「你如果發現什麼異狀，突然間又想管閒事了，還是可以聯絡我，我都很歡迎。」

從這句話裡嗅出了一絲挑釁意味，張亦賢壓下後悔的心情，嘴硬道：「不會，我絕對不再多管閒事——」

「請問有沒有撿到一個錢包？是布做的，深藍色，大概這麼大……。」

張亦賢和黃士弘一起轉頭，看見一個綁著馬尾的女生站在門口，朝正在料理台前忙碌的師傅大聲詢問，神情焦急的伸手比劃著。

師傅轉頭問了一下店員。

「我們沒有人撿到喔。你要不要進去找找看？」

馬尾女孩快步跑進店裡，在桌椅之間繞來繞去；她試著問了坐在靠內側幾張桌子的學生，每個人都朝她搖頭。

「不可能啊，我只有在這裡付過錢……才幾分鐘而已……。」

她略帶哭腔的聲音像是喃喃自語，也像是說給旁邊的客人聽。

張亦賢瞇起眼睛，環視店裡的客人。有幾個學生彎下腰，查看桌腳和店內堆著備品的角落，然後帶著遺憾的表情直起身子。

大家都以同情的目光看著那個找不到錢包的女孩，唯獨黃士弘一直看著張亦賢。接收到他的視線，張亦賢坐立難安起來。

女孩又向周遭詢問了一次有沒有人撿到錢包，答案還是沒有。她垂著眉毛咬著嘴唇，看起來真的要哭了。

「怎麼會這樣……那我要怎麼辦……。」

女孩囁嚅的聲音飄進張亦賢耳裡。而黃士弘仍然只看著他這邊，還朝他微微傾身，擺出一副隨時洗耳恭聽的姿勢。

張亦賢嘆了口氣，主動靠近黃士弘，在他耳邊說道：「右邊裡面數過來第二桌，穿紅色格子襯衫的男生。」

「背包還是口袋？」

「太遠了看不出來。」

坐在右邊第二桌那個單獨用餐的男生，此時正拎起背包，準備從椅子上起身。見他似乎要離開，黃士弘迅速朝他走去，伸手按住他肩膀，把他按回座位上。

從張亦賢的角度只能看見黃士弘的背影。

只見他緊挨著那個男生坐下，勾著對方肩膀不知說了些什麼；十幾秒後，他彎下腰伸長手臂，從地上「撿」起了一個小巧的藍色錢包。

「同學，是不是這個？」

馬尾女孩火速轉頭，看見了黃士弘手上高舉的錢包。她有點踉蹌的跑到他身邊，盈滿淚水的眼睛在一瞬間轉憂為喜。

「對，對，謝謝你！」女孩接過錢包，拚命朝黃士弘鞠躬道謝。

「下次別再弄掉了。」

馬尾女孩走出店裡，穿紅格子襯衫的男生也背起背包低頭離開。

黃士弘等他們兩人都走遠，才起身走回張亦賢這桌，在他對面坐下。

張亦賢從沒見他笑得這麼開心過。

那雙微微彎曲的眼睛熱切的朝自己望過來，眼裡有光芒有笑意有讚許有期待，還有其他一大堆不知道該叫什麼的東西……張亦賢被笑得六神無主，拿起湯匙才想起炒飯早就吃完了，只好訕訕的放下湯匙。

「亦賢，你想喝什麼？我請你。」

黃士弘心情真的超級好，臉上和眼裡都有光，每多說一個字，朝張亦賢連過來的那條線的顏色就鮮明幾分。

張亦賢目光上飄，看著那條線。他現在可以確定它是黃色系的了。它泛著偏冷調的黃光，與黃士弘自己原有的那兩條線——皇家藍和金麒麟色的線並列，彷彿原本就存在，也彷彿以後會永遠在那裡。

不行了，那條線實在太過耀眼，合作助人的成就感也很棒。

張亦賢至此已輸得潰不成軍，什麼不再多管閒事、不想惹麻煩，才剛下過的決心瞬間都變成過眼雲煙。他認命的跟在黃士弘身後，離開了快餐店。

兩人並肩站在便利商店的飲料櫃前，櫃上明亮的日光燈照得張亦賢一時睜不開眼。他發了一會兒愣，才想起有事要問黃士弘。

「欸，你剛才坐過去那桌，跟那個男生說了什麼？」

黃士弘拿起一罐新品區的咖啡，翻轉到罐子背面，邊看成分表邊回答：「我向他出示我的員警服務證，小聲告訴他『我看到你撿走錢包』。」

張亦賢睜大眼睛。「你看到他撿了？什麼時候？」

黃士弘搖頭。「我沒看到，是你看到的。」

「你就不怕我說謊騙你嗎？」

「你為什麼要說謊騙我？」

「我只是假設……那要是我看錯了呢？你根本沒有他拿走錢包的證據，還敢讓他看你的證件？要是我看錯了，害你被投訴怎麼辦？」

黃士弘微笑。「我相信你不會看錯。」

「可，可是……那個……。」

面對這樣的黃士弘，張亦賢簡直是無計可施。他還想再找些說詞來指責對方剛才的行為有多莽撞，卻聽黃士弘淡淡說道：「我跟你說過了，你想做什麼就去做，衝突我來承擔，你不用害怕再遇到危險。」

黃士弘略作停頓，伸手拿起另一罐相同的咖啡，轉頭問道：「我想喝這個，你要不要？兩罐有特價……亦賢？」

張亦賢沒辦法回答。

他雙頰發燙，額邊冒汗，「咚」的一聲把頭撞在飲料架上。

黃士弘說的是真的。他真的相信他。

張亦賢閉上雙眼，任開放式飲料架的冷空氣拂向他的臉。即使不用眼睛去看，他也能篤定那條神祕又獨一無二的線正穩穩連在自己和黃士弘之間。

不必猜測對方心思與情緒是否有落差，也不必懷疑自己有沒有能力回應相等的期待，能跟人連上線的感覺，真的是太好了啊……

◇　◇　◇

看電影之前，張亦賢和林雅亭先約在電影院附近吃午餐。

林雅亭上午滿堂，稍微遲到了幾分鐘。她跑著過來，一落座就塞了一本小冊子給張亦賢，嘴裡忙不迭的介紹著，一雙眼睛閃閃發亮。

「這是我在官方粉絲頁索取的宣傳手冊，代理商很有誠意，印了幾百本，免費送給首輪的觀眾……你看這頁，是越洋連線的獨家導演專訪，只有這本手冊裡看得到……。」

從她手裡接過那本從封面到內頁都血淋淋黑糊糊的宣傳手冊，張亦賢瞬間有種錯覺，覺得兩人回到原先的狀態了；他和她之間那場因告白而產生的衝突似乎沒有發生過，他醞釀了一整天的那些話好像都可以不用說。

他們現在不就像以前一樣，很平常的談話說笑嗎？

但是下一秒，張亦賢就想起了林雅亭站在電算中心置物櫃前低頭擦眼淚的樣子。而從她身上伸出來的那條紅線雖然變淡不少，也還是照舊指著他。

張亦賢吸了口氣。

「雅亭。」

「什麼事？」

「上次……在圖書館前那次，我真的很抱歉，我不該那樣回答你。」

聽他主動提起那件事，林雅亭眼睛微微睜大，笑容凝結在臉上。張亦賢按捺著忐忑，繼續說道：「我沒有把你當備胎的意思……你是我很重要的朋友。讓你生氣或難過，都不是我的本意。」

林雅亭看著他，嘴唇用力抿了起來，臉頰和眼眶都慢慢變紅。張亦賢提心吊膽的觀察她的表情；她沉默了一會兒才開口：

「那你希望我怎麼做呢？」

張亦賢實在猜不出她在想什麼，也不知道她現在會想聽見什麼答案，只能誠實告訴她自己的願望：

「我想要像以前那樣，和你一起上課吃飯，還有聊天。」

林雅亭聞言，低頭笑了出來。她伸手撥了撥頭髮，再抬頭時，臉上和眼角的紅暈已經全部褪去了。

「你在說什麼，我們現在就跟以前一樣，正在吃飯聊天啊。」

聽見她這句話，張亦賢心頭的大石總算落地。

進入影廳後，張亦賢再次確認了兩件事，一是雅亭想看的電影果然都很恐怖，二是雅亭的膽子果然很大——每當整個影廳的人包括他自己被電影畫面嚇到掩面扭動時，雅亭都能維持著雙手放在膝上的優雅坐姿，直直盯著銀幕，連動也沒動一下。

◇　◇　◇

看完電影隔天，在夢裡被鬼怪追逐了一整晚的張亦賢帶著浮腫的雙眼，到派出所領取感謝狀。黃士弘臨時有勤務要處理，一早就不在派出所，為頒狀典禮拍紀念照的任務就由方靜芝執行。

她伸出手臂指揮著，請所長和張亦賢站到窗邊向陽處，兩人一左一右捧著感謝狀拉開笑容，背後還安排了另兩位員警擔任背景。

關於打工的事，黃士弘已經先知會過所長，所長簡單為張亦賢面試，問了一些基本資料後，就跟他約好，暑假開始到所裡幫忙。

「唉呀，太好了，張同學不但勇敢，還這麼熱心，這可真是一段佳話。」

所長顯得很開心，口中連聲讚美；事情談妥後，他笑瞇瞇的搭著張亦賢肩膀，從所長室送他到大門口。

張亦賢對鶴林派出所算是熟門熟路，但今天黃士弘和江爺都不在，被所長和方靜芝夾在中間一路恭迎進場又一路歡送出門，讓他覺得很彆扭。

「謝謝所長……。」

「那下個月就等你來報到啦！我很期待你的表現。」

怕所長在門口目送太久，張亦賢幾乎是用跑的離開派出所。他邊跑邊想起昨晚黃士弘在Line上告訴他的話。

不必想太多，有很多文件等著你打字建檔。

看所長笑容如此燦爛，那些文件大概真的很多吧……

轉出派出所大門，張亦賢緊貼著圍牆行走，利用牆內伸出的樹蔭遮擋尚未入夏就已有些毒辣的太陽。

「所以你覺得報警沒有用嗎？」

尖銳的女聲很耳熟，張亦賢停下腳步，望向聲音來處。

派出所旁的便利商店外，林雅亭和同系好友余初晴一坐一站，似乎正在爭執著什麼。張亦賢聽到「報警」兩字，心裡一怵，連忙朝她們走去。

「對，我查過了，光憑那樣的文章是沒辦法成案的，再說我又沒受到什麼實質騷擾。」

林雅亭的聲音還算冷靜。

「可是你被跟蹤了啊！」

「我沒有感覺到有人跟蹤……。」

「是你太遲鈍了吧！我很怕耶！」

小晴氣到跳起來，當張亦賢現身準備向她們打招呼時，她正咬牙切齒的在地上用力跺腳。

「嗨……嗚哇！」

一看到張亦賢，小晴就抓住他手臂，激動的問道：「張亦賢，你有沒有看到那篇告白文？」

「咦？啊？什麼告白文？」張亦賢摸不著頭腦。

「小晴，不要跟他說！」林雅亭忽然也激動起來，倏地從長椅上起身，抓住小晴的衣襬。

「為什麼不能跟他說？」

「因——因為很丟臉——」

「什麼東西很丟臉？對了，我剛剛聽到你們說要報警，發生什麼事了嗎？」

張亦賢的目光從小晴移到林雅亭身上。

一和他對上眼，林雅亭就放開雙手向後退，臉頰一下子變紅——跟她朝他指來的紅線一樣紅。

「沒事，沒沒沒事，一點事也沒有，我沒有要報警！」她結巴起來，邊說邊向後退。「小晴你不要再擴大事端了……亦賢你不用擔心，我沒事的……我有事先回去了拜拜……。」

林雅亭迅速遠離現場，話尾語音未落，她已經跑到下一個街口了。

「呃……。」

發生什麼事了？雅亭的態度很奇怪。昨天不是已經和好，還一起看了電影嗎……張亦賢看著她愈變愈小的背影，發現她真的用盡全力在逃走。

「可惡，逃走了！這個沒用的東西！」

小晴雙手抱頭，把原本就常常亂翹的一頭短髮抓得更亂。

「她為什麼要逃走？到底發生什麼事了？」

「你有沒有在看我們學校的匿名粉專？以前大家會在上面投稿笑話的那個。」

張亦賢「啊」了一聲。「最近沒在看，怎麼了？」

小晴拿出手機，打開臉書頁面遞給張亦賢。「你看這篇。」

親愛的女孩，上星期三的電影好看嗎？櫻花戲院第三排G號，冷氣有點太強了對吧？你總是一個人去看恐怖片，總是喜歡坐在第三排。呵呵，關於你的一切，我什麼都知道。我實在太愛聽你坐在我前面小聲尖叫的聲音了，好像小貓被掐住一樣，總能讓我興奮起來。你是不是覺得尖叫聲被聽見很去臉，才喜歡一個人看電影呢？但是我全部都聽到囉。

親愛的女孩，你留在圖書館桌上的橡皮擦，我幫你收起來囉。我不打算還你了，抱歉呢。黃色的紙殼裹著白色的橡皮擦，小小的放在我掌心，讓我想起你那天穿著黃色洋裝的模樣。也許我會買新的橡皮擦給你，你願意為我穿上深紫色睡衣嗎？我會像剝掉紙殼那樣幫你也剝掉它。

親愛的女孩，你今天也過得好嗎？一定會很好吧，因為有我在守護著你。即使對妳而言我只是陌生人，我也會一直看著你。

我期待著貼身守護妳的那一天，可能是後天，或許是明天。

「這個……。」

文章的標籤是「匿名告白」，但就算是暗戀，這篇文章給人的感覺也太陰沉了，特別是最後那句，比起訴情更像威脅。張亦賢還沒來得及發表意見，小晴就搶先一步發出「嗚嗚噁噁」的慘叫聲，邊搓手臂邊在他身邊跳來跳去。

「愈看愈噁心，很噁心對不對？根本是跟蹤狂嘛。我拖雅亭過來報警，但是她一會兒說沒證據，一會兒又說對方或許不是在說她，而且還說報警很丟臉……。」

「等等，這是在說雅亭？」

在急驚風小晴面前，張亦賢永遠是後知後覺的那一個。

「對啊對啊，你看，這傢伙很賤！他沒有指名道姓，可是他寫了雅亭上星期去看電影的事，電影院名稱和座位都有，一定是偷偷跟蹤她……。」

「他寫的號碼就是雅亭那天的座位？」

小晴點頭。「票我幫她訂的，你看，這是我訂票之後傳給她的截圖……。」

小晴拿回手機，找出購票證明的截圖給張亦賢看。日期和座位號碼都跟那封匿名告白信上所寫的一致。張亦賢背後微微發毛。

「早知道我就陪她去看，可是那種血肉亂飛的片我實在沒辦法……還有，還有橡皮擦，雅亭前天才在說她的皮卡丘橡皮擦不見了，原來是被這個變態偷走，嗚啊啊不行了，真的好噁心……什麼黃色小洋裝……啊！」

小晴喋喋不休的發洩一陣之後，突然又大叫了一聲。

「怎怎怎麼了？」

「雅亭跑掉了！這種時候怎麼能放她一個人……我先去追她，等一下再傳連結給你，有什麼線索記得跟我討論！拜！」

「等一下，小晴，我……。」

不等張亦賢回話，小晴追在雅亭後面，跑掉了。

再度目送少女飛快奔馳遠去的背影，張亦賢愣在原地，花了一點時間才整理出這短短幾分鐘裡接收到的龐大資訊。

學校匿名粉專上出現一封可疑的告白信。信中羅列了只有親近的人才知道的生活細節，描述的對象可能是林雅亭。但林雅亭不想報警。然後小晴大爆炸。

對了，阿徹曾經說過「雅亭有事在煩惱」。

◇　◇　◇

「我找到雅亭了，她已經安全回到宿舍。連結在這。」

張亦賢回到宿舍後，還沒放下背包，手機就發出叮咚聲。

小晴在Line上建立了一個名為「林雅亭身心安全維護委員會」的群組，邀請張亦賢和林雅亭作為群組成員，並把那封匿名信的網址連結和截圖都丟了進來，設為置頂資訊。

張亦賢一加入群組，小晴立刻傳送訊息：「亦賢你有什麼線索嗎？」

「我還在看。」

他點開連結，再讀了一次那封匿名告白信。讀沒幾行，系統顯示雅亭也加入了，接著群組的名稱就被改成「林雅亭說沒那麼誇張同樂會」。

她們兩人現在應該待在一起吧。張亦賢立刻就能想像林雅亭沉著臉要小晴修改群組名稱的畫面。

「亦賢你也覺得報警比較好對吧？」

小晴爭取盟友的意圖十分明顯。三人群組裡，只要有兩人站在同一陣線，就可以倚多為勝。

林雅亭則是充滿耐心的重複她下午在派出所外面曾說過的話。

「沒那麼嚴重，我覺得不用。首先我沒有受到實際傷害，再者我也不知道那個人是誰，就算報警也不能成案。」

「怎麼會不用！不先預防的話，要是真的受到傷害就來不及了。就是不知道對象才要報警，警方應該會幫我們調查的吧？」

兩個女孩在對話視窗裡辯論起來。

雅亭習慣把整句話打完一次發送；小晴傳訊則跟講話一樣又快又急，一段話斷成好幾個短句，一個接一個訊息框在聊天視窗裡迅速堆疊成焦慮的高塔。

「警方應該沒辦法調查，一來線索太少，二來若光憑這封語焉不詳的告白信就要動用國家機器，那也太罔顧人民隱私。」

「他是小偷，他侵占你的橡皮擦！」

小晴傳了一個抱頭大叫的貓咪貼圖。張亦賢覺得貼圖上那隻看起來十足暴跳的虎斑小貓根本就是小晴本人擬貓化。

「你確定警察會為皮卡丘橡皮擦失竊案開啟調查嗎。」

「那那那告他性騷擾。」

「就說他沒有指名道姓了呀。」

「那個噁人對著你的橡皮擦意淫你耶，他搞不好正把橡皮擦的紙殼拆了幻想你裸體，自己在那邊嘿嘿嘿嘿，天啊，想到就噁心，幹！」

小晴的焦慮高塔建成不到三秒又一層層被她拆下收回，八成是用詞太露骨被雅亭罵了吧。

張亦賢臉頰微熱，努力遺忘剛才一段段映入眼簾的文字，以及被它們連帶勾起的模糊想像。

「亦賢，你怎麼都沒說話，你覺得呢？」

節節敗退的小晴想起了原先的目的。

她和林雅亭現在正待在一起，沒必要用打字的方式在群組裡爭論，她們是吵給張亦賢看的。

成為關鍵少數的張亦賢此刻正忙著在兩個視窗間切來切去。

他把視線從黃士弘回傳的那句「林同學說得沒錯，她查得很清楚」移開，切回不知何時又改名成「友誼像麵線一樣長」的三人群組，回覆小晴的質問。

「抱歉，我剛剛在諮詢專業人士。就像雅亭說的那樣，他說以目前的條件，很難訴諸公權力來阻止。」

「怎麼會這樣，那要怎麼辦。」小晴傳了貓咪大哭的貼圖。

林雅亭沒再打字，只傳了一張白貓伸爪輕拍虎斑貓頭頂的貼圖作為回答。張亦賢覺得女孩們真是使用貼圖的高手。

「亦賢謝謝你，小晴實在太大驚小怪了，幸好有你幫我背書。昨天忘了問你，你的傷好點了嗎？」林雅亭私訊來道謝。

「張亦賢你這個叛徒，怎麼沒幫我說話，虧我還把你當盟友！」小晴的責難同時送達。

「亦賢，你看這個。」黃士弘也傳了個連結過來。

三個視窗叮咚作響，張亦賢左右支絀。他先回覆林雅亭「傷口好多了謝謝」，接著點開了黃士弘給的連結，哪知畫面還沒出來，小晴又傳了訊息過來，還附帶氣到跺腳的虎斑貓貼圖。

「你難道不擔心雅亭嗎？」

看著小晴丟來的這句話，張亦賢想了一想，把視窗切回三人群組。

當然擔心，怎麼可能不擔心。

「雖然沒辦法報警，但是我滿擔心的，如果真的被跟蹤就糟了，偷橡皮擦也很煩。」

講到橡皮擦，張亦賢想起小晴剛才收回的那些文字，他的手指在螢幕上方停頓了一下。

他記得那個皮卡丘橡皮擦。

林雅亭長相偏幼，個子也不高，因此她在穿著打扮上和選擇隨身物品時，都會避免太過可愛的風格，以免讓自己看起來更像小孩子。但其實她很喜歡可愛的東西，每次在商店裡看到印有可愛角色的文具或飾品，她都會拿著它們不停深呼吸，嘴裡唸著「這個不實用」或是「這不適合我」，以強忍購買的欲望。

那個皮卡丘橡皮擦是某大廠牌文具的聯名商品，熱銷數十年的經典款白色橡皮擦，換上了印有皮卡丘大頭的黃色紙殼，既實用又低調，才得以突破林雅亭心防，進駐她的鉛筆盒。

剝去橡皮擦的紙殼意淫什麼的……小晴描述的情景很荒唐，張亦賢原本覺得尷尬，但一想到林雅亭挑選橡皮擦時的心情，他忽然有點生氣。

與此同時，他也回想起以前和林雅亭走在校園裡時，他曾不止一次從錯身而過的學長學弟或是其他男同學身上，看見指向她的各色線條。

寫下這封匿名信的人，指向雅亭的線會是什麼顏色？會跟雅亭指向自己的那條線一樣嗎？不，怎麼可能一樣……想到這裡，張亦賢移動手指，繼續打字：

「不能就這樣算了，我想把那傢伙找出來。」

不是想而已，他有能力找出來——如果那個人真的敢接近雅亭的話。

「耶耶耶耶，亦賢最帥了。」小晴在私訊視窗裡刷了一排貓咪歡呼放鞭炮的貼圖。

「那你打算怎麼找？」幾分鐘後，林雅亭才傳訊息到群組。

「我會護送你上下課，如果有什麼可疑的傢伙，我一看就知道。」

張亦賢打出這句話後，小晴立刻貼出三隻小貓圍著大魚陶醉膜拜的貼圖，還把群組名稱改成「亦賢亦賢得第一」。這次雅亭似乎沒空管她了。

「你要怎麼看？」

「反正我能看出來就對了。就算找不到犯人，也可以就近保護你。」

即使擁有異能，張亦賢也不是那麼喜歡窺人隱私。走在路上或面對朋友時，排除有意觀察的情況，他很習慣對他人身上的線條視而不見。

線條只代表感情，無法區分行為好壞。張亦賢皺起眉，再度回想以前跟雅亭一起行動時所見的光景。雅亭身上的線不多，但從旁人身上伸向她的橘線、紅線甚至白線其實不少，同班同學、助教、學弟妹……光是他有印象的，就有好幾條。

希望犯人不在他記得的那些線條之中。張亦賢開始煩躁起來。

「你同學是不是滿受歡迎的？」黃士弘傳來的訊息彷彿會讀心一般。

張亦賢沒來得及回答黃士弘，因為三人群組裡又掀起了另一波爭辯。

「這樣太麻煩你了，我覺得沒必要。」

「幹嘛那麼嘴硬，亦賢都主動提議了。」

「我自己的事自己能解決，拜託你們不要管。」

「你要怎麼解決？敵暗我明欸，我們真的會擔心。」

「謝謝，但真的不用，我希望你們尊重我。」

無論小晴怎麼說，林雅亭都堅持自己不需要陪伴或保護。見她如此固執，張亦賢疑惑起來。

「為什麼？我只是陪你走路或是一起吃飯而已，就像以前一樣。」

「對啊對啊，不然讓亦賢幫忙當煙霧彈也可以嘛！」

不知道是哪個人的哪句話讓林雅亭理智斷線，她連回都沒回，就把張亦賢踢出了群組。

看著空無一物的群組畫面，張亦賢一時還摸不著頭腦，私訊視窗又分別跳出了通知。

「亦賢！我被踢了，是你手滑嗎？」

「亦賢，連結你看了嗎？」

「亦賢，小晴是不是跟你提議了什麼？你不必勉強配合她。」

「等一下，不會吧，雅亭她居然翻群，還給我裝傻！」

「這中間有很大的差距，不知道是不是故意的。」

「到底為什麼啊？我們不是討論得好好的嗎？」

「我們昨天說好了，對吧？我不需要你的同情。」

小晴、林雅亭和黃士弘傳來訊息的提示聲接連響起，微微發燙的手機熨著掌心，張亦賢坐在床沿，不知不覺間滿頭大汗。

從上次告白事件後，他對林雅亭一直懷著困惑和愧疚；困惑於自己對她的想法，愧疚於難以回應她的心意。昨天他們把一切都說開了，但他發現自己在面對她時也還是帶著一點忐忑。

雅亭說她不需要同情。她一向這個樣子，明明看起來乖巧柔弱，倔強起來卻比誰都頑固。

張亦賢深吸幾口氣，慢慢移動手指，一字一字的回覆她：

「小晴沒有跟我提議什麼，我並不勉強，也沒有在同情你。我們昨天說好了沒錯，所以我只是想要幫朋友的忙，你是重要的朋友，我希望你平安。」

送出的訊息很快就顯示已讀。

雖然林雅亭遲遲不回覆，張亦賢仍感覺自己心跳逐漸趨緩，呼吸也變得平順。那些困惑與愧疚忽然煙消雲散，他再也不忐忑了。

小晴傳了貓咪慌張噴汗的貼圖過來。

「喂喂，怎麼回事，雅亭哭了……。」

◇　◇　◇

「原來如此，所以你才會一直沒回我訊息，從昨天到現在。」

「對……對不起，昨天很忙亂，今天我又陪著雅亭……。」

晚上十一點半，依山而建的住宅區已經十分安靜，只有便利商店的燈光亮如白晝。黃士弘最近下班時間晚，張亦賢只能利用這時間約他出來諮詢。

兩人像之前一樣，一人拿著一罐飲料，在便利商店外的鑄鐵圓桌旁相對而坐。

「你陪了她一天，有發現什麼不尋常的地方嗎？」

張亦賢搖頭，沮喪的回道：「沒有。一切都跟平常一樣，雅亭也說她不曾感覺到什麼異樣的注視或多餘的接觸。」

「就算用你的能力也看不出來嗎？比如說陌生人有紅線或白線指著她之類。」

黃士弘邊說邊伸出右手食指，手腕流暢的旋轉，以指尖在空中畫了條長長的線，作勢把那條想像的線從自己肩後拋向張亦賢面前。

不不，弧度沒那麼平，要更高更彎才對。張亦賢把視線從連在兩人之間那條真正的線上移開，再次搖了搖頭。

「也沒有，至少我沒在其他人伸向她的線上看到什麼變化。而且她大概是不想讓我和小晴擔心，她本來就很文靜了，今天變得更加孤僻，除了我和小晴外幾乎不跟其他人說話，也沒跟任何人對上眼睛。要不是她媽媽打電話來，她連手機都沒拿出來幾次。」

「那就奇怪了……。」

「哪裡奇怪？」

黃士弘沒有回答，他拿出手機，手指在螢幕上點按滑動，像是在找什麼資料。張亦賢看著他被螢幕光線照亮的臉龐，靜靜等他再度開口。

溫暖的夜風一陣陣吹在臉上，兩人之間沉默不到一分鐘，張亦賢就有點想睡了；而坐在他對面的人明明才剛下班，看起來卻還是精神奕奕。

黃士弘放下手機，突然換了話題。

「我昨天傳的連結你看了嗎？」

「呃，啊，還沒，我現在看。」

張亦賢拿起手機打開Line，找到黃士弘昨天傳來的連結。

「……刪除了。」

「嗯？」黃士弘微微一怔，朝張亦賢這邊湊來。

「你看，它說這則貼文已經刪除了。你有截圖備份嗎？」

「沒有。原來是刪除了……我還以為是我手機網路有問題。」

「那篇貼文寫了什麼？」

「是另一封匿名告白信。」

黃士弘告訴張亦賢，他昨天在同一個匿名粉專的舊貼文裡看到另一封情書，發表時間大概在一個月前，信件開頭和行文方式都跟這次的信很類似。

「那篇也沒很長，內容大概是……親愛的女孩，你今天也跟往常一樣美麗且輕盈。雖然每天都見面，但你永遠也不會明白近在咫尺的我的心意。我願意為你做任何事，除了不敢陪你去看你愛看的鬼片，括號苦笑。在你身邊既幸福但也痛苦，可是我心甘情願，能守著你多一天，就是一天……之類的。」

括號苦笑是什麼鬼啊。見黃士弘面無表情卻又鉅細靡遺的重現告白信中酸酸甜甜的暗戀心情，張亦賢忍了又忍，才勉強壓下吐槽的衝動。

背誦完那封情書，黃士弘接著又問：「你們有向粉專管理員打聽投稿人的身分嗎？」

「小晴有去問過了，但對方不肯透露，說是有保密義務。」

「我想也是。」

張亦賢滑著手機，重讀昨天黃士弘在兵荒馬亂中傳來的訊息。

「你昨天傳了連結，說『這中間有很大的差距』是什麼意思？」

黃士弘眉毛輕揚。「很明顯吧？比較早的那封信應該是認識她的人寫的，跟後來那封疑似偷窺的角度不一樣，內容給人的感覺也差很多。第一封信的作者會想把文章刪掉，大概是因為不想被當成同一個人。」

聽他如此推論，張亦賢喜形於色。「對，沒錯，你也看得出來嘛！」

「什麼意思？你還瞞著我什麼？」

見黃士弘神色不善，張亦賢頭手齊搖，連聲否認道：「沒有沒有，我沒有要隱瞞啦……你聽我說。」

◇　◇　◇

昨天下午翻群事件過後，小晴傳訊息給張亦賢，說她被雅亭趕出宿舍了，但雅亭也答應她，這幾天出門會盡量不落單。

張亦賢還沒來得及回覆，小晴又傳了雅亭的課表和兩人輪值站崗的班表過來，意思是她要跟張亦賢排班，輪流保護雅亭的出入安全。

看著那張連睡覺時間都不足五小時的班表，張亦賢忍不住向她提出質疑。

「雖然雅亭太不緊張，但你也太緊張了吧，你平常有這麼激動嗎？」

「我是她朋友，我擔心嘛。」

「你這已經超過擔心的範圍了，冷靜點，不然要怎麼幫忙。你排這種班表被雅亭知道，又要挨罵了。」

「好吧。」

小晴收回班表，換成一張垂頭喪氣的虎斑貓貼圖。隔了半分鐘，她又傳訊息過來。

「雅亭有沒有跟你說什麼？」

張亦賢失笑，怎麼這兩個人都來問他相同的問題？

「沒有，她只跟我說你太焦慮了，我也這麼覺得。你幹嘛緊張成這樣？」

小晴一反常態，隔了很久才回傳訊息，久到讓張亦賢隔空也能想像她打字時的百般掙扎。

「因為……我真的很怕她以為那封信也是我寫的……。」

◇ ◇ ◇

「『也是』？」聽張亦賢轉述對話，黃士弘先是皺眉。「……被刪的第一封告白信是她寫的？她暗戀林雅亭？你早就知道？那林雅亭知道嗎？」

「欸，對，是她寫的，因為她有紅線指著雅亭……總之跟你說的一樣，小晴不想被當成同一個人，就申請刪文了。反正這個不重要！忘了那封信吧！我們把重點拉回來，對，拉回來……。」

張亦賢原本想稱讚黃士弘反應快，但黃士弘連續拋出太多問題，他一邊回答一邊驚覺自己正在一點一滴暴露朋友隱私，說到最後不由自主心虛起來，只想趕快轉移話題。

黃士弘雙臂在胸前交抱，身體向後靠上椅背。

「不，你這麼一說，我就懂了。」

「什麼？」張亦賢無意識的向前伸長脖子，完全不懂黃士弘懂了什麼。

「這兩天聽你說這件事，有幾個點我覺得怪怪的。」黃士弘伸出食指。「第一，林雅亭不願意報警。」

「呃，因為她知道憑現有的情報，報警也沒有幫助。你親自認證的不是嗎？」

「第二，」黃士弘沒有接腔，逕自伸出第二根手指。「她朋友過度緊張。」

「因為她怕被誤會啊，而且她本來就很喜……很關心雅亭。這個剛才應該也弄清楚了吧？」

彷彿故意表演給張亦賢看，黃士弘食指與拇指相抵成圈，其餘三指向上張開，將手勢由二改為三。

「第三，林雅亭沒有受到其他騷擾。不但她本人說周遭沒什麼異常，你陪著她，也看不出旁人對她的線條有什麼變化。」

黃士弘講到這裡略作停頓，等張亦賢點頭，才繼續說道：「這一點最奇怪，嫌犯寫了針對性那麼強、又隱約帶有脅迫意味的信件，張貼在大家都看得到的地方。無論目的是追求或是騷擾，他都應該會期待對方有所回應，甚至直接進一步在生活中與她實質接觸才對。但是你和她都說跟平常沒什麼不同。加上第一點，她既不恐慌，也不願意報警……。」

黃士弘欲語還休的樣子讓張亦賢微感不悅。「所以呢？」

「我在想會不會有自導自演的可能，青少年為了引起他人注意，還滿常做出這類事情。」

「雅亭才不會，我們都二十歲了，不是什麼青少年。再說她是要吸引誰的注意？」

張亦賢講話的音量比平時大聲了點，像是要掩飾什麼似的。黃士弘伸手摸著自己下巴。

「唔……但你和她朋友現在都很關心她吧？」

「我們本來就很關心她了，而且我和小晴被她拒絕了好幾次，好不容易才說服她讓我們幫忙，總之那封信不可能是她寫的。」

「那會不會是她朋友寫的？你說她叫小晴……她熟悉林雅亭的行蹤作息，電影票是她訂的，她也知道林雅亭弄丟了橡皮擦。」

「那更不可能，剛剛說過了，小晴她有紅線啊，她是真的喜歡雅亭，才不會寫那種騷擾信……。」張亦賢急著辯駁，已經忘了要保護小晴的隱私了。

「嗯，大部分的跟蹤者都認為自己真心喜愛受害者，有些人在目睹對方驚慌或憤怒的樣子時，反而會感受到某種獨一無二的互動；以這個案子來說，還可以趁機接近對方呢。」

張亦賢「喂」了一聲，氣到有點大舌頭：「你不要亂猜，小晴本人就是最驚慌最憤怒的那一個，事情發生才沒幾天，她黑眼圈都跑出來了。不可能，不可能啦！」

「別激動，我只是提供思考方向而已。你找我出來不就是為了這個嗎？」

見黃士弘語氣神色如常，還露出友好的微笑，張亦賢一時語塞，耳根微微熱了起來。

「我……我沒激動……不是啊，你幹嘛隨便說雅亭自導自演？我一反駁，你又說犯人是小晴，明明就都沒有證據……。」

「對，沒有證據，第一封信被她刪掉了。」

「就說不是小晴了！」

張亦賢雙手往桌上一拍。黃士弘歪著頭看他。

「我剛剛說過，我只是提供建議，盡量把所有可能的方向都列出來跟你討論。如果我不認識你，你也會被我列進嫌犯名單裡。」

「我才不會寫那種信！」

「啊，還有一個可能。」

張亦賢咬牙切齒。「你說啊你說說看，還有什麼可能。」

「林雅亭知道寫信的人是誰，所以她絲毫不擔心自己安危，甚至向你們隱瞞情報，以包庇犯人。她不願意報警，也是因為這個理由……。」

黃士弘新一輪推測被張亦賢暴躁的打斷了。

「誰啦！誰面子那麼大，寫了那種變態告白信還能得到雅亭的隱瞞和包庇！我還真想知道是誰！」

「對啊，是誰呢？」黃士弘眨了眨眼睛。「如果能從她嘴裡問出來就太好了。」

「要問你自己去問，我才沒那麼白目。」

「她沒報案，我不能問。那你們兩個要守著她直到畢業嗎？」

「才不會拖到畢業！」

「但照這樣下去應該找不到犯人……。」

張亦賢一陣氣血上湧，他猛然站起身，伸指用力指向黃士弘鼻尖。

「如果我抓到犯人，你要怎麼辦？」

「帶來報警，我會立案。」

「不是說這個啦！我的意思是，如果我抓到真正的犯人，你就要向小晴和雅亭道歉……。」

「她們又不認識我。」

「那……那你要向我道歉！」

「為什麼？」黃士弘露出無辜的笑容。「我哪裡對不起你？」

◇　◇　◇

「嗚呃呃呃……對啊他哪裡對不起我……我是在兇個屁……。」

回到宿舍後，張亦賢足足花了半個小時在床上抱頭打滾，懊悔著今天晚上跟黃士弘的不歡而散——嚴格來說，不歡的只有他一個人，黃士弘只不過是在他恨恨的放話說「很晚了該回去睡覺」時也跟著打了兩個呵欠，回了句「嗯好晚安」而已。

黃士弘提出的疑點其實很明顯，張亦賢也不是沒想過。但正如他在反駁黃士弘時所說的，那封信若真的是雅亭或小晴自導自演，對她們沒有任何好處，而她們在事發後的反應也很矛盾。

張亦賢反手從頭頸下方抽出枕頭，抓到臂彎中用力抱緊，把它壓得扁扁的。

——要是能從她嘴裡問出來就好了。黃士弘這麼說。

對呀，如果報警的話，黃士弘就可以像剛才那樣超級白目又超級失禮的盤問雅亭甚至是小晴了，畢竟他不認識她們，不必顧慮彼此的友誼和對方的心情，說不定很快就能鎖定目標……

手機發出了叮咚聲。

張亦賢撐起上半身，伸手到桌上摸來手機，亮起的螢幕在已熄燈的房裡顯得格外刺眼。他皺起眉頭，心想小晴這麼晚了還不睡，卻發現訊息是黃士弘傳來的。

「剛才很抱歉，我不該那樣說你同學。」

張亦賢翻身坐起，睡意全消，邊打字邊覺得自己心跳加快。

「我才抱歉，是我找你討論的，結果自顧自發起脾氣，對不起。」

「你不要太介意我說的話，我習慣先鎖定目標再進行確認或排除，不是刻意針對誰。」

「嗯，我知道。」

緊繃的情緒放鬆下來，張亦賢拿著手機倒回床上，對著螢幕傻笑。抬眼看見黃士弘傳過來的上一句訊息，他對某段描述感到好奇。

「那，鎖定目標後，你們是怎麼進行確認或排除的？」

「先觀察。」

「調閱通聯紀錄或是跟蹤之類的嗎？」

「大概吧。」

不知是不是睏了，黃士弘的回答忽然變得很簡略。

張亦賢興致勃勃，繼續提問：「要是觀察也看不出破綻呢？你們還會用什麼方式揪出罪犯？」

「該睡了。」

咦咦咦？才剛躺下的張亦賢再度翻身坐起。這話題有什麼不對嗎？

「怎麼了，你還在生氣嗎？」

「沒有生氣，只是真的很晚了。」

「你還沒回答我的問題，我有什麼地方說錯嗎？」

黃士弘隔了好一會兒才傳來回覆。

「有種偵查技巧叫做誘捕式偵查，簡單來說就是設計情境、提供機會，誘使具犯罪動機者暴露其犯罪行為，以進行逮捕或偵辦。如果已掌握犯嫌身分，但沒有事證，我們會考慮採用這種方式。」

張亦賢花了一點時間消化黃士弘的教科書式說明。

「你是說……釣魚嗎？」

「對，但我不太贊成這類手法，你們也沒必要做這種事。」

黃士弘果然不喜歡這個話題。張亦賢瞇起眼睛，從他肩後指向空中的那條黃線在昏暗的房間裡正發出微微的亮光。

他心裡有個點子慢慢成形。

「你不用擔心，我不會做危險的事情啦。」

「我不覺得你這次會遭遇危險，是怕你白忙一場。」

「哼，你還是認為那封信是青少年自導自演嗎？」

「我沒有預設立場，你可以看成是某種職業上的直覺。」

職業直覺認為我會白忙一場啊……被黃士弘這樣看衰，張亦賢反倒燃起了好勝心。他原本就打定主意要找出犯人以保護雅亭，如今又多了一項理由——他想證明黃士弘的推論是錯誤的。

「如果我找到犯人，你要請我吃雞排。」

「雞排就好？那沒找到的話呢？換你請我？你們學校後門旁邊那攤不錯。」

「喂，你是不是故意想讓我生氣？」

「沒有。」

黃士弘否認得很快，但隔了幾秒，他又老實承認。

「好吧有，剛才談話時是故意的。」

張亦賢哭笑不得。

「為什麼？」

「因為我發現一件事。」

「什麼？」

「你發脾氣時會看著我的臉說話，不會盯著我的背和頭頂。」

◇　◇　◇

上午第四堂的講師提早十分鐘下課，張亦賢、雅亭和小晴收拾背包直奔學生餐廳，在冷氣最強的黃金區域搶到了靠牆的四人沙發座位，三個人點了不同口味的咖哩飯。

趁著雅亭去拿餐具，小晴湊向張亦賢。

「亦賢，你是不是沒睡好？眼睛都睜不開了。」

「對，我昨天失眠，現在超睏。」

黃士弘昨晚傳來的那句話讓張亦賢嚇得弄掉了手機。

張亦賢總是在觀察著兩人之間相連的那條線，沒想到黃士弘會注意到這件事，更沒想到他會直接挑明說出來。

啊哈哈沒有啦。看你帥不行嗎。對呀我在看你的線。其實我們有線連著你知道嗎……張亦賢不知怎麼回應，對著手機發愣，愣到螢幕因休眠而轉暗，也還是無法從他腦中轉來轉去的句子間挑出任何一句傳送回去。

最後他放下手機，度過了一個輾轉反側的夜晚。黃士弘也沒有再傳訊息過來追問。

「下午怎麼安排？我陪雅亭，你回宿舍睡一下？」

小晴說話時，雙眼仍然看著雅亭。

雅亭站在離兩人數公尺遠的走道旁，左手握著三人份的筷子和湯匙，右手拿著手機貼在頰邊，正在跟某人通電話。

「你一個人行嗎？」

小晴聞言，眉毛和嘴角一起向下垮。

「嗚嗚我不行，我想要你一起……雅亭這幾天很不開心，我壓力好大。」

「不行就不要逞強啊。裝什麼大方，我還以為真的可以回去睡……。」

雅亭是真的很不開心。

雖然三個人很少湊成堆，但張亦賢和小晴本來就常各自和雅亭結伴吃飯上課，或是在課間空檔待在一起。雅亭和他們彼此陪伴的方式很類似，有時去系館，有時去圖書館或電算中心，在同一個空間裡各做各的事，就算整個下午都沒有交談，也不會覺得尷尬。

這兩天老是三人行動，中間還卡了一封告白信，原本如呼吸般自然的相處一下子變成必須貫徹的責任，不但保護者感到壓力，被保護的人也輕鬆不起來。

「雅亭電話講好久。」小晴看著雅亭。

「應該是她媽媽吧。」

順著小晴目光，張亦賢也望向仍站在走道旁講電話的雅亭，和她背上亮起的那條線。

她每次接到媽媽的電話，都會像這樣拿著手機躲到一旁，小聲且仔細的應答。在與母親對話時，雅亭臉色常常流露出無奈或煩躁，但她背上卻也總會有一條黃色的線變得明亮。

「雅亭她媽媽真的是過度關心，電話每天都要打，我要是雅亭的話，壓力一定會很大。我以後退休，絕對要培養自己的興趣。」

小晴措詞還算含蓄。但張亦賢知道她比誰都清楚雅亭的媽媽有多麼緊迫盯人。

身為雅亭的同性好友，她曾數度從雅亭手中接過手機，向林媽媽擔保雅亭之所以入夜了還沒回宿舍是因為跟她一起參加健全的班級活動，不是在外面跟哪個野男人偷偷約會。

張亦賢抓了抓頭，指尖拂過頭皮上微微凸起的傷痕。

「要是她媽媽知道有那封信，不知道會嚇成什麼樣子。」

「唔……我猜啦，雅亭無論如何不肯報警，大概也是怕事情鬧大了會讓媽媽知道吧，到時她也不好過……。」

小晴用力嘆了口氣，整個人沒骨頭似的趴到桌上，雙臂伸得長長的，十指幾乎要碰到坐在她對面的張亦賢胸口。

「欸，亦賢，我們真的可以抓到那個變態嗎？」

「我看很難，我們像現在這樣陪著雅亭，他根本沒機會接近她，可是他不接近，我們就抓不到他。要是不改變做法的話……。」

「那要怎麼做？」

小晴倏地從桌面上撐起身子，一雙又圓又亮的眼睛望向張亦賢。張亦賢這才發現她身上不知何時多了一條螢光黃色的線，跟她充滿期待的目光一起投向他面前。

張亦賢雙臂交疊，也把上身靠到桌面上。

「那封信上寫到，他看電影時坐在她後排，或是從圖書館偷拿橡皮擦，都是趁雅亭落單的時候做的，對吧？」

「對。所以你是說……說什麼？那我們應該怎麼做？」

小晴急著接話卻接不下去，她皺眉咬唇，看起來十分急躁。

張亦賢轉頭看向雅亭。

燈台照遠不照近，他們先前想錯了，想找出犯人，應該要拉開距離，讓雅亭落單才對。

雅亭還站在原地，低頭垂睫，以單手操作著手機；和母親的對話似乎已經結束了。從這個距離看她，無論她附近有哪個人的線產生什麼變化，張亦賢都有自信老遠就能夠發現。

「我們應該設計情境、提供機會，引誘那傢伙暴露自己。」

再三保證自己過去和未來都會飲食均衡、作息正常並且不會在求學期間進行有違善良風俗的異性交遊後，林雅亭終於結束了和母親的通話。她放下發燙的手機，轉頭回望張亦賢和小晴坐著的位置，心情愈來愈複雜。

那兩個傢伙不知道在聊些什麼，看起來滿愉快的樣子。

林雅亭下定決心要叫他們兩個別再黏在她身邊了。

她受夠了。一群人弄得草木皆兵做什麼？小晴在那邊緊張兮兮就已經很誇張，還把張亦賢也扯進來。

她大步走回座位，把餐具拋在桌上；還來不及開口，小晴就搶先一步，問道：

「雅亭，你下午要去圖書館對不對？」

「對。」想像著在圖書館也要被這兩人包夾，她一陣煩悶，忍不住提高音量：「我有話跟你們說。」

「我下午想去買衣服，亦賢說他要回宿舍補眠。」小晴伸指比比自己，再比比張亦賢。「那我們晚上六點再集合，一起吃飯好不好？」

林雅亭「咦」了一聲，微訝的眼光輪流在兩人臉上游移。

張亦賢補充道：「這幾天下來，都沒看到什麼行跡可疑的人；我和小晴討論過了，老是這樣跟著你也不是辦法……。」

「對對對，沒錯！就是這樣！」雅亭雙手合十，如釋重負的笑彎了眼睛。「我也覺得你們太辛苦了，真的沒那麼嚴重啊！」

「十桌的炸豬排咖哩、茄子菠菜咖哩和海鮮咖哩好囉！」

「我去拿！」

聽見店員的叫喚，不等張亦賢站起來，雅亭就轉身跑向櫃檯，用托盤把三盤咖哩飯端了回來。

音。

「來來來，吃吃看我的豬排！」

「也不用那麼興奮吧……。」

林雅亭眉開眼笑的拿起餐具，把自己盤裡的炸豬排分到另外兩個盤子裡，沒注意到小晴暗自嘀咕的聲音。

◇　◇　◇

釣魚計畫很簡單，就是讓一切照舊，三個人照常上課照常吃飯，但是當雅亭一個人行動時，就由張亦賢偷偷跟著她，進行反跟蹤。

簡單的計畫實行起來並不簡單，張亦賢初出茅蘆就吃足了苦頭。

他在午後的豔陽下躲在圖書館大門柱子旁，眼巴巴的等著坐在館前廣場長椅上的雅亭喝完飲料，才尾隨她進入圖書館。

雅亭找了一個靠窗的座位，窩在椅子上看書。

她附近的座位都有人佔了，張亦賢只好站在不遠處的書櫃中間，一邊假裝找書，一邊偷眼看她。

時間接近期末，在圖書館裡來回走動的人很多；只要有人經過雅亭身邊，張亦賢就緊張得要死——因為那塊慘遭意淫的橡皮擦就是在圖書館被偷走的。

撇去那封告白信不提，學校裡不時流傳女同學在圖書館遇到色狼的消息，而林雅亭這傢伙居然神經大條到頭一歪就直接靠在椅背上睡著……張亦賢躲在書櫃後面，捏著原文書的指節微微泛白。

他守了她一個下午，看著她換了幾本書翻閱、睡著兩次又醒來兩次，都沒看到有人刻意接近她或是盯著她瞧，也沒看見任何人的任何一條線在她身邊產生變化。

雅亭在下午四點多離開圖書館，慢吞吞的走回宿舍。張亦賢一路跟著她，目送她走進女舍大門，看著那嬌小的背影穿過走廊消失在遠方，這才放鬆下來，跑進女舍隔壁的便利商店買飲料吹冷氣。

跟蹤好無聊，跟蹤爆炸累，為什麼會有人想做這種事呢？是不是因為單純跟蹤真的很無聊又很累，所以那個人才會寫下那封信，企圖發揮一點影響力？

「雅亭說要回宿舍睡覺，還有她晚上想吃肉羹麵。」

小晴傳了訊息過來。

「嗯，我剛剛看著她回宿舍了。今天沒遇到什麼可疑人士。」

「那你休息一下，六點在李師傅門口見。」

「我不想吃肉羹，我想吃冰，大碗的剉冰……。」

「好好好，我們吃完麵再去吃冰，我請你啊。」

小晴傳了一張虎斑貓拍打小水獺的貼圖過來以示安撫，接著又傳了一張小水獺挺胸站立、表情充滿自信的貼圖，可能是要為張亦賢加油打氣。

所以我現在是這隻水獺了嗎……張亦賢坐在落地櫥窗前的椅子上，看著畫面裡那隻顯然比虎斑貓年幼軟嫩的小水獺，搞不懂為什麼小晴會選這隻動物來代表他。

曬過太陽的頭很暈，站了半個下午的腿很痠。他打了個哈欠，一邊估算著現在回宿舍能夠睡多久，一邊從椅子上起身，晃出便利商店。

「嗨，亦賢。」

一出便利商店，張亦賢就被人叫住。他望向聲音來處，看見身著員警制服、戴著夏季警帽的方靜芝，正站在騎樓下朝他招手。

「欸？方……方警佐，你怎麼會在這裡？有什麼案件嗎？」

「我們來簽巡邏箱。」

她這麼一說，張亦賢才注意到便利商店門邊有一個嶄新的巡邏箱。

「這個巡邏箱是應民眾要求增設的。」

黃士弘的聲音從背後響起，張亦賢嚇了一跳，轉過身看他。他和方靜芝一樣身穿制服，頭戴鴨舌帽；不知是否因為上半臉都藏在帽簷陰影下，他唇角雖然帶笑，整體表情看來卻有點陰險。

「這是新的？」張亦賢朝牆上的巡邏箱指了指。

黃士弘點頭。「前天才裝上的，這陣子我們會加強巡邏，確保住宿學生出入安全。」

難道是為了雅亭的事嗎？一陣暖流湧進張亦賢胸口，他眨了眨眼睛，側頭看了一下自己身上那條線，發現它因為深受感動而變亮了一點。

他下意識抬起頭，想確認連在對方身上那側的線條是否也一樣變亮，黃士弘卻突然湊近他面前，擋住他的視線。

「你在看什麼？」

「咦？沒沒沒有啊……。」

近在咫尺的那張帥臉皺起了眉。「你剛剛回頭看了你自己背後吧？」

救命啊，他要來追究昨晚那個問題了。

「我有問題想問你……。」

聽見這句話，張亦賢不由自主後退兩步。方靜芝伸手托住他背脊，以免被他撞上，同時對黃士弘揚了揚下巴。

「士弘走吧，不然要簽不完了。亦賢拜拜。」

她朝張亦賢擺擺手，調整了一下帽子，轉身走出騎樓，沿著馬路快步往學校側門方向走去。

黃士弘應了她一聲，又轉身看向張亦賢，以單手拉低帽簷，對他微笑道：

「沒關係啦，我還是會請你吃雞排的。」

雞排？張亦賢一愣，還沒來得及反應，黃士弘已邁開大步追上方靜芝。

直到跟小晴、雅亭會合走進小吃店，目擊她們以手搖飲料為賭注猜測系上學長姊的緋聞真假時，張亦賢才發現剛剛黃士弘是在嗆他。

那句「沒關係啦」的意思是，就算他找不到犯人，黃士弘還是會請他吃雞排……

「可惡！」

我又不是為了雞排！後知後覺的懊惱無處發洩，張亦賢握拳往桌上捶了一下。

「什麼什麼？怎麼了？」小晴放下湯匙，抬頭望向張亦賢。

「沒有，沒什麼……。」

見兩個女生一人捧著一碗肉羹麵吃得滿頭大汗，張亦賢抽了兩張紙巾遞給她們；雅亭伸手接過，甜甜的向他道謝。

經過一個下午的獨處，她的表情和情緒都放鬆很多。

「我明天早上想去看電影，有人要陪我嗎？」

看電影。小晴和張亦賢互望了一眼。

入夏時節正是鬼片旺季，也是林雅亭密集觀影的活躍時光。

她把吃到剩半碗的肉羹麵推到一邊，認真而熱切的向兩人介紹她想看的那部電影：「我想看《怨者上鉤》，雖然沒什麼廣告或宣傳，可是看過的人評價都還不錯。這個導演以前拍的都是賣血腥或純嚇人的鬼片，不過這次有所突破，影評說這部片雖然保留了導演強烈的個人特色，但在運鏡和敘事上多了一種娓娓道來的溫柔氣氛，有種明亮清爽的反差感……。」

「不不不等一下，這預告品味也太差了吧，不管怎樣都看不出半點清爽或溫柔的敘事啊！這個女鬼一隻手就掐斷兩個人的脖子欸！」

小晴手腳很快，一邊聽雅亭大力推薦，一邊用手機在網路上搜到了電影預告。她的評語讓張亦賢火速把片名從自己手機網頁的搜尋框中刪除。

雅亭心情真的很好，沒有計較小晴對她當面吐槽。

「櫻花戲院明天早上十點有場次，看完出來剛好吃午餐……你們真的不想一起去看嗎？」

櫻花戲院。小晴和張亦賢再度互望一眼。

釣魚的好機會，願者上鉤。

◇　◇　◇

雅亭一如往常的對驚悚電影興致勃勃，小晴和張亦賢也一如往常的婉拒了她的觀影邀約。於是明天雅亭將會一如往常的一個人去看電影，應該也會一如往常的挑選第三排中間的座位。

小晴和張亦賢經過討論後分工完畢：一個人先到電影院買票，搶佔第四排中間的座位；另一個人則守在女舍前等雅亭出門，跟在她身後，確保她從宿舍到電影院這段路上安全無虞。

一切都安排妥當，就等明天一決勝負。

張亦賢熄燈上床，把手機放在枕邊充電，才剛插好充電線，就彈出了訊息通知。

「亦賢，我忽然想起一件事。」

是黃士弘傳來的。張亦賢一愣，還沒來得及回覆，下一條訊息緊接著又傳了過來。

「你說小晴喜歡林雅亭，身上有紅線指著她。」

「對……。」

「那她為什麼要拉攏你這個第三者來幫忙呢？這不是她們拉近距離的好機會嗎？」

「小晴才沒那麼心機。再說她們兩個的距離本來就夠近了。」

「喔。」

看到黃士弘傳來的那個「喔」字，張亦賢又感覺到被挑釁了，胸口瞬間升起反抗意識，他追加說明：

「小晴會找我，是因為她很擔心雅亭。她們兩個都是女生，面對來路不明的跟蹤狂，也會覺得害怕吧？有個信得過的男生幫忙當然比較安心。」

「實務上，很多加害者原本都是受害者信任的男性。」

這傢伙果然是來挑釁的。

「我猜你又推理出全新版本了，你倒是說說看。」

「不算全新，只是舊的版本再精進。」

「說說看啊！」

「小晴明明喜歡林雅亭，卻拉了情敵一起行動，這不合常理。」

看見情敵兩字，張亦賢大驚失色。

「你怎麼知道！」

「我不知道，我都用猜的。你們真的是情敵啊？原來林雅亭喜歡你。」

張亦賢追悔莫及，什麼話也回不了。黃士弘也沒打算等他回答，繼續發表他所謂的舊版新修：

「但若針對這不合常理的行為翻轉再思考，動機反而變得明確起來。小晴喜歡林雅亭，但她知道自己的愛情是無望的，可能是為了讓自己死心，也或許是希望喜歡的人得到幸福，她決定利用匿名信製造機會，撮合你和林雅亭。」

說來說去還是要誣賴她們自導自演嘛！而且小晴人設的翻轉也太劇烈了吧？上次才影射她是變態跟蹤狂，從受害者的驚懼中得到獨一無二的互動感，今天就把她說成是寧可壓抑自己的感情，也要讓雅亭得到幸福的守護者了？

張亦賢氣到笑出來，回了黃士弘一個「喔」，就關掉手機螢幕，拉起被子埋頭睡覺，沒再理會黃士弘繼續傳來的訊息。

◇　◇　◇

「我到電影院了，人好少喔。雅亭出來沒？」

小晴傳來訊息。

張亦賢站在女生宿舍旁的窄巷裡，探頭朝女舍門口張望。

「還沒。」

「你有沒有變裝？我今天穿了長裙，超不習慣的。希望電影不要太恐怖，我真的很受不了那類東西。」

「你的任務是保護雅亭，不是看電影吧？」

「銀幕那麼大，會不小心看到啊！」

「那你把眼睛遮住。」

「要是我遮眼睛時犯人現身怎麼辦？」

「那你就不要遮。」

「可是很恐怖！我會怕！」

對話莫名其妙陷入了鬼打牆般的迴圈，張亦賢抓抓頭，心想自己是不是應該和小晴調換位置。畢竟那些線條在昏暗的影廳裡會更加明顯，他也不像小晴那麼怕鬼怕見血。

但如果兩人調換位置，而犯人只在外面跟蹤，沒有進影廳，小晴不像他有特殊的眼力可以察覺異樣，或許會白白浪費這次釣魚的機會。

張亦賢挺了挺背脊，深吸了一口氣，盡量打起精神。

他有種預感，今天一定可以揪出那個寫信的跟蹤狂。

「我買好票了，四排C，好像有點斜。那個變態會不會坐我旁邊啊？我要假裝不小心把可樂潑在他人腿上。」

「雅亭出來了。」

雅亭頭戴橘色貝雷帽，穿著白色T恤和牛仔短褲，邊滑手機邊從女生宿舍走出來。張亦賢收起手機，全神貫注的看著她以及她周遭的男男女女。

上午九點的女舍門口已經很熱鬧了，三兩成群的女學生們來來去去，也有像他一樣守在門口等人的男學生——但沒人像他一樣必須躲在巷子裡，以免被等候的對象看見。

他和小晴曾討論過反跟蹤計劃是否要讓雅亭知情，但按這幾天的狀況來看，兩人都認為雅亭不可能答應，更遑論配合，最後他們還是決定瞞著雅亭暗中進行。

小晴說這就叫螳螂捕蟬，黃雀在後；張亦賢只希望螳螂能快點露出馬腳，他花了一個下午就明白自己完全不是做黃雀的料。

他躲在窄巷裡，背脊貼著女舍圍牆，利用停放在巷口的攤車藏身；等雅亭走出宿舍大門，拉開了足夠的距離，他才小心翼翼的走出來，跟在她身後前進。

櫻花戲院離學校大約兩個站牌，雅亭習慣徒步走過去看電影。

今天一大早就豔陽高照，在路過站牌前，張亦賢都在想著若是雅亭臨時起意要搭公車該怎麼辦。

雅亭走路不算快，即使張亦賢刻意放慢速度，卻還是離她愈來愈近。他好幾次停下來等她走遠點再跟，也因此能有餘裕仔細觀察與她擦身的每一個人。

這個人沒有，那個人也不是。

看著雅亭嬌小的背影，張亦賢不由得微微出神。雖然她毫無所覺，但從她背上遠遠朝他指來的紅線，是他今天看到的線裡頭最醒目的一條。

那條紅線今天看起來……有點橘。

反射進騎樓裡的陽光仍然刺眼，張亦賢瞇起了眼睛。

不是錯覺，真的有點偏橘色。難道雅亭對他的感情有所轉變了嗎？張亦賢瞇眼盯著那條線，不自覺皺起了眉頭。

彷彿回應他的注視，那條偏橘的紅線突然朝他伸長了點，延伸過來的部分顏色顯得更淡，淡到接近黃色，而且愈來愈亮——

張亦賢停下腳步。

他弄錯了，不是那條紅線變成橘色，而是有另一條黃線跟它疊在一起，並且指向同一方向。

當張亦賢發現這件事時，他已經被人從身後一腳踹倒了。

他狼狽的向前撲跌，那兩條線也應聲分開。紅線朝下指著摔在地上的他，黃線則向後指著那個突然冒出來對他動腳，並且開始用長柄陽傘攻擊他的嬌小婦人。

婦人的力量不大，但她那一腳精準的踹中張亦賢膝彎；他摔得很重，一時站不起身。面對婦人持續不斷的腳踢和毆打，張亦賢只能用雙手護住頭臉，避免被陽傘戳中眼睛。

她邊打邊罵，尖銳的聲音微微顫抖。

「就是你這個變態！竟敢跟蹤女生，不要臉！」

張亦賢被揍得頭昏眼花，弄不清怎麼回事，一邊聽見細碎的腳步聲迅速奔來，接著是雅亭尖銳而顫抖的驚叫。

「媽！你怎麼在……亦賢？」

媽？噢……對耶，難怪會有黃線指過來……張亦賢從遮臉的指縫間向外望去，看見雅亭正張開雙手抱住婦人，阻止她繼續施暴；而那條被他誤會的黃線此刻變得又亮又粗，連在她們兩人中間。

雅亭的媽媽被女兒攔住，卻仍衝著張亦賢辱罵不休：

「死變態，不要臉，別以為我女兒像你一樣沒人教！你最好滾遠一點，要不然我……。」

「媽，不要說了啦！亦賢他沒有……他沒有跟蹤我啦！媽！」

看著雅亭媽媽揮舞著陽傘試圖突破防線，張亦賢心裡一陣刺痛。

雅亭她又哭了。

◇　◇　◇

「你怎麼又被揍了？」

黃士弘瞠目結舌的看著張亦賢。

「發生了一點誤會……。」

張亦賢苦笑以對；坐在他對面的雅亭低頭嗚咽，不斷抬手擦眼淚。

江爺拿來一整包衛生紙交給雅亭，對黃士弘說明事發經過。

「我在郵局那邊簽巡邏箱，有學生跑來跟我說後面有人在鬥毆，我就趕快過去看啊，結果一看又是這傢伙。那媽媽說他在跟蹤這個女生，要報案告他性騷擾，可是女生又說沒有，還一直哭，我看她們都很激動，在外面吵也不好看，就先帶回來了。」

鶴林派出所裡，三名當事人分據待客區的長型茶几兩側，林雅亭和媽媽坐在一起，灰頭土臉的張亦賢則坐在她們對面。

黃士弘坐到張亦賢身邊，投以探詢的目光，他卻只回了一句：

「不是鬥毆，我沒還手。」

此言一出，林雅亭就重重吸了下鼻子，眼淚掉得更兇，而她手裡那包衛生紙卻怎麼樣都扯不開封口。

「我來吧。」

張亦賢伸出手想幫雅亭打開衛生紙的封口，林媽媽瞪了他一眼，從雅亭手上拿走衛生紙，拆開來抽了兩張，塞到她手裡。

江爺拍了拍黃士弘肩膀，把這個顯然不會有業績的差事轉交給他，接著就閃身到隔板後面去了。

聽了江爺說的話，加上張亦賢曾經跟他透露過的細節，兩相對照，黃士弘心裡大概有了底。

他端詳著張亦賢。

這傢伙上次被假司機打傷的傷口應該才剛痊癒，如今他手肘膝蓋又添了一些擦傷，額頭頰邊也有新的瘀痕。他現在頂著一頭亂七八糟的頭髮，手足無措的看著正在哭泣的女孩。

「亭亭別哭，不用怕，媽媽在這，沒事了。」

「對啊雅亭，不要哭了，好好解釋一下就好了……。」

「你不要摸她！」

張亦賢伸向雅亭的手被林媽媽一掌拍開，他只好收回手，摸摸自己鼻子，整個人向後貼上椅背，盡量坐得離這對母女遠一點。

黃士弘挪動身子坐向前，側過肩膀擋住張亦賢，試探性的開口喊了一聲「林媽媽」。

這聲招呼讓林媽媽想起了比怒瞪張亦賢更重要的事。她從手提包裡拿出一個牛皮紙袋，雙手拎著袋底一抖，把紙袋裡的東西一股腦全倒在桌上。

「警察先生，你看看這些。」

從紙袋裡倒出來的東西有一支隨身碟、一張對折的A4紙，還有幾張數位沖印的照片。

黃士弘拿起其中一張照片。照片取景巧妙，明亮的陽光下，從學校圖書館的落地玻璃窗外向內拍攝，同時拍到了在窗邊讀書區打瞌睡的林雅亭，以及躲在書櫃後面伸出半個頭偷看她的張亦賢。

「還有，還有這些。」

林媽媽把散放在桌上的其他照片推向黃士弘。那些照片分別是在校門邊、便利商店前和女生宿舍門口拍下的；一字排開的照片如同漫畫分鏡般，縮時重現了張亦賢昨天下午笨拙的跟蹤路線。

「說他是我女兒的同學啦，我一開始還不敢相信，想說國立大學的學生怎麼會做這種事，可是你看，一起上課還不夠，竟然從圖書館到宿舍都一路跟在她後面耶。」

每看一張照片，黃士弘的臉色就陰沉一分。看完全部的照片後，他轉頭望向張亦賢，那張臉只能用面如嚴霜來形容。

林媽媽還在持續她的控訴。

「今天早上也是，他鬼鬼祟祟的躲在宿舍門口等我女兒出門，要不是被我認出來，還不知道接下來會對她怎樣……。」

黃士弘的注視和林媽媽的話語讓張亦賢極為困窘，他胸口後縮，背脊彎駝，只恨不能縮成一顆小球，直接從現場滾走。

照片裡的他矬斃了，縮在便利商店柱子旁的那張甚至有點猥瑣。說什麼螳螂捕蟬黃雀在後，他自己就是那隻蠢螳螂啊。

林雅亭這時已止住了眼淚，她伸手拿起照片，看了兩三張，馬上知道是怎麼回事，臉色也愈變愈難看。

「亦賢……你騙我？」

「對不起，我們想說不要給你壓力……。」

「亭亭不要跟他說那麼多有的沒的。」林媽媽扯了扯雅亭，斜睨張亦賢一眼：「這種沒爸媽的孩子就是沒家教，腦袋不知道在想什麼……。」

「林媽媽。」黃士弘抬手制止她的謾罵，伸指輕敲桌面上那些文件和照片，皺眉問道：「您委託徵信社調查他嗎？」

聽見徵信社三個字，林雅亭呼吸微微一滯，轉頭望向母親。

林媽媽下意識躲避著女兒的視線，微帶遲疑的回答道：「也……也不是針對他去查，我是要查誰在跟蹤我女兒，沒想到查出來是她同學……。」

「媽，你怎麼知道有人跟蹤我？」

林雅亭搶先問出了黃士弘想問的問題。

「就……就在臉書上面看到的啊，你們學校那個專頁……。」

「你又偷開我的電腦了！」林雅亭突然放大音量，胸口劇烈起伏著，才剛止住的淚又湧回眼眶。「你不要這樣好不好，一天到晚打電話就算了，連我的隱私都不放過！」

林媽媽保養得宜的臉龐瞬間漲紅。

「你怎麼這樣跟媽媽說話？」

「不然我要怎麼跟你說話？」雅亭五官微微扭曲，閉緊了眼睛再重新睜開，聲音激動得哽咽起來。「你跑來打傷我同學，還那樣辱罵他，現在都鬧到警察局了……。」

林媽媽猛然伸出手，手腕在茶几邊緣狠狠撞了一下，她卻渾若未覺，一把抓起桌上那張對折的文件，攤到雅亭面前，高聲道：「我哪有說錯？他就是那個跟蹤你的變態！我不打他打誰，報告都調查得很清楚了，你看，一定是因為家庭關係才讓他那麼扭曲……。」

「不是他啦！不是！」

「什麼不是，照片明明就拍到他！」

「不是……我說不是的意思不是不是……是……。」

雅亭語無倫次，雙手揉亂了自己的頭髮。她低著頭短暫陷入沉默，直到紅暈染滿了耳際和頸脖，她才從牙關擠出聲音來。

「沒有。媽，沒有。」

「沒有什麼？」

「沒有人跟蹤我。」

林媽媽一怔，茫然道：「什麼意思？明明就有，就是他啊，照片都拍到了。」

「他是要保護我！他和小晴看到那封信，覺得很擔心，所以他跟在我後面保護我……。」

林雅亭邊說邊搶過那張寫滿張亦賢身家調查資料的紙張，看都沒看一眼，就把它揉成一團丟到地上，接著又伸長手臂，把散在桌上的照片全部掃落。

江爺從隔間屏風後面探出半個頭，朝這邊看了一眼，接著又快速縮回去。

張亦賢從沒見過她這麼激動的樣子，林媽媽也沒有，兩人都因震驚而僵住，誰也沒辦法回話或勸阻。

黃士弘看了看林雅亭，又看了看張亦賢。

「林同學，你剛才說沒有人跟蹤你，是怎麼回事？」

林雅亭抬起臉，眼裡蓄滿的淚水瞬間落了下來。她迅速把眼淚擦掉，啞著嗓子說道：「那封信……是……是我寫的……。」

張亦賢嚇得舌頭都打結了，連聲問道：「怎怎怎怎麼回事？為什麼你要寫那封信？為什麼……。」

問到第二次「為什麼」，張亦賢就知道自己不能再問下去了。林雅亭雙眼含怨的看著他，整個人都在發抖，秀氣的下唇咬得發白，沾滿淚水的臉龐漲紅到令人擔憂的地步。
林媽媽連續眨了幾下眼睛才弄清楚女兒在說什麼。
「你……你為什麼要寫那種信？你知道我看了多擔心嗎？」
迎著母親驚愕的眼神，雅亭沒有說話，只是低下頭，讓淚水一滴滴落在膝蓋上。
「亭亭，你說啊！告訴媽媽，為什麼要寫那種信？」
雅亭雙拳緊握在身側，低垂的頭左右搖了幾下，林媽媽見狀更急了，甚至伸手去搖她肩膀。
「亭亭！」
她怎麼說得出口呢……張亦賢吸了口氣，朝黃士弘靠過去，用肩膀在他上臂輕碰了一下。
黃士弘會意，身子向前探出，輕聲說道：
「林媽媽，這裡人多，雅亭沒辦法冷靜。你們回家再慢慢聊，好嗎？」

「所以沒有報案囉？」
雅亭母女離開後，江爺再度冒出來。他雙手搭在隔板上緣，朝坐在待客區的黃士弘和張亦賢問話，臉看了場好戲的表情。
「沒有，唯一的受害者不想追究。」
黃士弘頭也不回，專心用沾了優碘的棉球為張亦賢消毒傷口。他答話的口氣很平板，張亦賢卻覺得他似乎不太高興。
「也是啦，她都哭成那樣了，換作我大概也告不下去。話說回來，親眼看到照片裡的跟蹤狂跟在女兒後面，哪個做媽媽的還能冷靜……。」

「手抬起來。」

消毒完臉頰上的傷口，黃士弘抓住張亦賢手腕，換了新的棉球，擦向他手肘。手肘皮薄，擦傷範圍又比較大，張亦賢痛得吱吱亂叫。

「輕一點輕一點！」

「不能再輕了，擦傷就是要用搓的，才能把傷口洗乾淨。」江爺說著說著就走了過來，彎腰察看張亦賢的傷勢。「還好啊，你前兩次被打得那麼重都沒喊一聲，我還想說你滿勇敢的，今天怎麼叫這麼淒慘？」

「我對皮肉傷比較沒輒……。」

黃士弘抓住張亦賢另一隻手向內翻折，露出手臂上的擦傷。見他把棉球沾滿碘酒又要擦上來，張亦賢忍不住縮起脖子。

「你實在有夠倒楣的。」江爺雖然把麻煩事丟包給黃士弘，但他一直坐在隔板後面偷聽。「不過她們也很奇怪，明明是母女，感情怎麼會差成這樣，回去還不知道要怎麼吵。」

「不會啦，她們感情很好，沒事的。」張亦賢立刻反駁。

「那樣算感情好？我是看不出來啦。」江爺撇嘴搖頭，明顯不能苟同。「弄完了？那我順便拿去收。」

「麻煩學長。」

黃士弘道謝後，迅速把碘酒和鑷子收回醫藥箱裡；江爺伸手拎起箱子，便轉身離開了。

消毒酷刑終於結束，張亦賢吁了口氣，抬起手肘瞄一下傷口，才意識到黃士弘正在看他。

「你說她們母女感情很好。」

「對呀。剛剛雖然吵得很兇，但是她們的黃線從頭到尾都接在一起。」

說到這裡，不由得想起早上的事，張亦賢拍了下膝蓋，懊惱道：「那條黃線超亮的，她媽媽一接近她，就咻的一下伸長過去。我要是早點看出來，就不會被偷襲得逞了。」

「你不生氣嗎？林媽媽並沒有向你道歉。」

張亦賢抓了抓頭。「還好啦，畢竟她真的看見我在跟蹤雅亭，就像江爺說的，哪個媽媽忍得住。她力氣也不大，大部分擦傷是我跌倒時自己弄的……。」

「我不是說那個。」

「不然是哪個？」

張亦賢回望過來的目光堪稱天真無邪；黃士弘垂下眼睫，看向桌上那幾張照片。

「這些照片你要帶回去嗎？還是我拿去丟掉？」

「丟掉就好了，沒問題！盡量丟！」

一提到照片，張亦賢耳朵就熱了起來。超可恥的，真想潛進黃士弘腦袋裡把自己在照片中的矬樣洗掉啊……

黃士弘勾起嘴角，露出今天第一個笑容。「我今天七點下班，晚上約一下吧。」

他微彎的眼睛有種魔力，張亦賢跟著露出傻笑。「好啊，要幹嘛？」

黃士弘雙手並用，將桌上的照片攏成一疊，再把那支用來存放照片和調查資料的隨身碟壓在上頭。

「我要請你吃雞排啊，我答應過你的。」

「你有時候真的很尖酸耶……。」

雖然很不甘心，但是居然全都被黃士弘說中了。唉。

第四章

逃出森林的熊先生

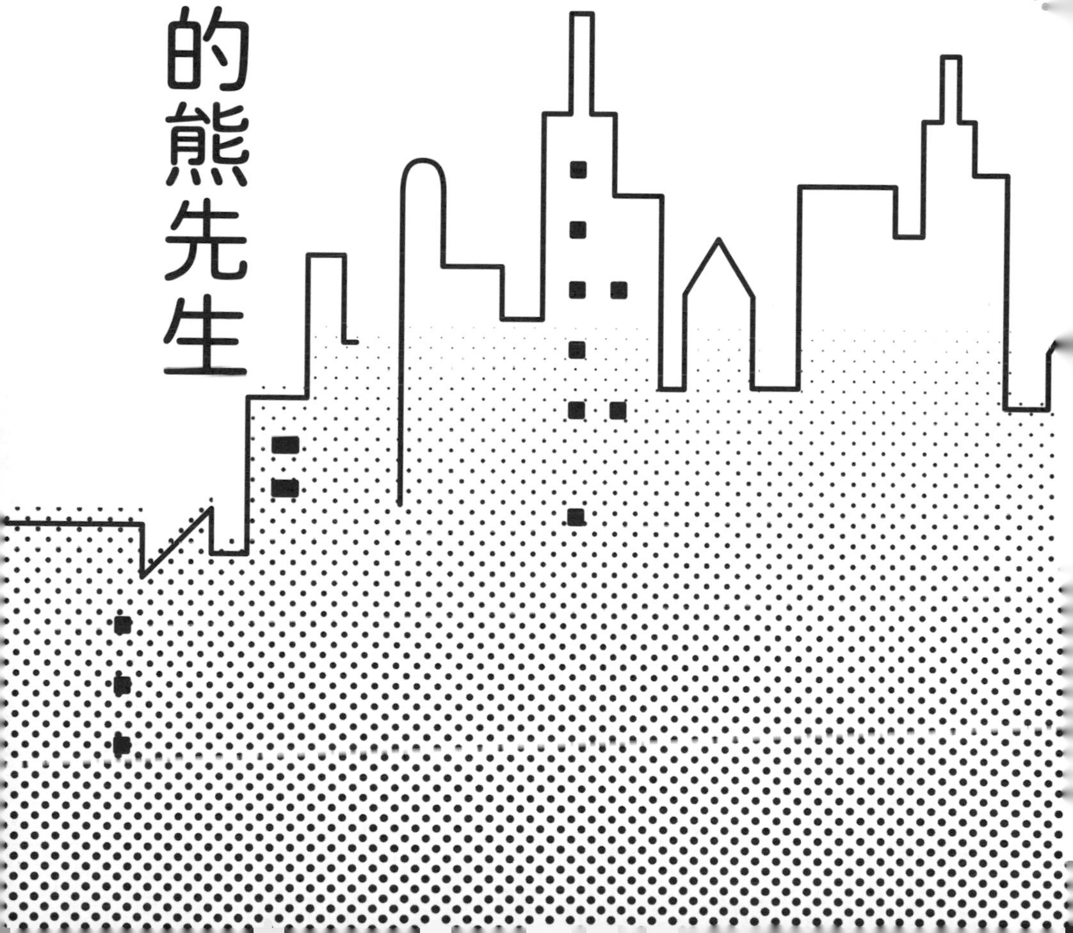

張亦賢離開派出所，沿著圍牆邊的路樹陰影緩慢移動，右手放在褲子口袋，手裡握著那個被林雅亭揉過的紙團。

他還沒看文件，但他能想像自己貧乏的人生裡有哪些東西值得被記錄下來。

單親、非婚生、母親早逝、隔代教養之類的，應該也不是什麼難查的東西。

林媽媽看起來像是斯文人，大概想不到什麼汙言穢語，只好句句都扣著他沒父沒母，說他欠人管教，才會變成跟蹤女同學的變態。

林雅亭顯然對此很生氣。黃士弘也問他「你不生氣嗎」。

張亦賢很感謝黃士弘讓他用裝傻混過去，他一向拙於應對這類問題。

他好像應該生氣，但跟他從小到大聽過的閒話相比，林媽媽基於誤會和憤怒的口不擇言根本不算什麼。他聽了沒什麼感覺。

被生被養的方式從來都不是他選的，張亦賢不明白他的身世有什麼可以拿來嘲笑謾罵的地方；但他也是真的沒有爸媽。

你不生氣嗎。

不氣啊，有什麼好氣的。他們只是陳述事實。

「想想她還沒罵到我媽和我外婆頭上呢……我不止沒有爸爸，連外公也沒有。不知道徵信社有沒有查到這些。」

張亦賢一邊自言自語，一邊握緊手掌，把紙團捏得更小了一點。

單親、非婚生子女，在他母親和外婆之間就像血緣遺傳的詛咒。他不太記得母親的事，但外婆不止一次對年幼的他說過「好佳哉你是查埔囝」[1]。或許外婆也希望詛咒可以斷絕在他身上吧。

接近大馬路就沒有路樹遮陽了，張亦賢被陽光刺得幾乎睜不開眼。

在豔陽下，即使瞇起眼睛也不容易看清楚別人身上的線。他回過頭，看了看自己唯一擁有的那條線。

嗯，還在。

想起這條線另一頭正連著黃士弘，那句「你不生氣嗎」和那張嚴肅起來顯得格外英氣逼人的臉，就又浮現在張亦賢耳際和眼前。

不管怎樣，晚上有雞排吃了啊哈哈哈……張亦賢乾笑了幾聲，發現自己高興不起來。

他頂著太陽，訕訕的走過馬路；走回到上午被踹倒的公車站旁邊時，口袋裡的手機響了起來。

「喂？亦賢？雅亭沒來看電影……嗚嗚嗚電影好恐怖那個女的一開始就啪嘰！然後又卡嚓！接著就噴了好多東西出來……嗚嗚嗚嗚雅亭……雅亭呢……你有沒有抓到……嗚呃……。」

糟糕，忘記小晴還在電影院了。

◇　◇　◇

正午的陽光透過落地玻璃照進來，照得小晴一張臉格外蒼白。她垂頭喪氣的坐在便利商店的座位上，看來被電影嚇得不輕。

但真正令她一蹶不振的並非恐怖片，而是張亦賢轉述的事情始末。

「天啊，連林媽媽都來參一腳？原來我在戲院裡尖叫時，發生了這麼多事……你又被打了，好可

1　幸好你是男孩子。

憐……。」

張亦賢坦然接受她的同情。跟自己遭遇的尷尬場面相比，或許在戲院裡被鬼片驚嚇還算是相對幸福的。

「……雅亭是不是很傷心？」

「嗯，她哭得都在發抖了。」

小晴扁扁嘴，握緊手上的紙杯，盯著自己手指看了好一會兒，才把杯子移近唇邊，喝了一口熱可可。

「先跟你說喔，我不知道信是雅亭寫的，我真的以為有個變態在暗戀她。」

她的自清宣言讓張亦賢笑出聲音。「我相信你不知道啦。」

「那封信居然是她自己寫的……害我還緊張得要死，根本就像白痴一樣。她也太狠了，悶不吭聲的看我們兩個在那邊瞎忙……。」

「她可能也很後悔吧，回想起來，她阻止我們好幾次……換作是我，八成也說不出口。」

「也是。」小晴尖起嘴巴又喝了口熱可可，毫不介意讓張亦賢聽見吸吮的聲音。「不要看雅亭好像乖乖的很軟弱，她自尊心超高的。寫那封信，大概是她人生中第一次拋棄形象。我猜她一貼出去就反悔了，本來你也沒看見，結果被我鬧大……她實在滿衰的。」

小晴語帶埋怨，神色卻瞬間變得柔軟，眼睛慢慢的眨了兩下，唇角幾乎要帶笑。

見她這副表情，張亦賢沒來由的想起雅亭向自己告白時的情景。

「嗯，雅亭她自尊心真的很強。」

「偶像包袱那麼重，才會什麼都說不出口。」小晴嘆了口氣，望向張亦賢身上的擦傷。「亦賢，你會不會生氣？」

怎麼又是這個問題？張亦賢苦笑反問她：「那你呢？你生氣嗎？」

「我？我還好。」小晴把紙杯貼到自己頰邊。「雖然我也被矇在鼓裡，但你會這麼倒楣，都是因為我故意把你拖下水的關係。換個角度來看，我也算是共犯。」

雅亭寫那封信的理由，大概像黃士弘推測的那樣，想要引起喜歡的人注意——張亦賢和小晴都決定把這個理由藏在肚裡，就算你知我知，他們也不想直接宣之於口。

那小晴呢？小晴的理由又是什麼？

看著她背後那條珊瑚色的線，張亦賢想起昨晚黃士弘的「舊版新修」。

「你把我拖下水，是為了讓自己死心嗎？」

小晴對雅亭的感情，是他們心照不宣的另一件事。聽見張亦賢這麼問，小晴瞪大眼睛，呆愣了幾秒，才勉強發出幾聲乾巴巴的笑聲。

「哈，哈哈哈，亦賢，你還真敢問……。」

「對不起……。」

「我也不知道，有時候覺得繼續當朋友也沒關係，有時候又覺得好痛苦喔我想放棄了……或許你說的沒錯，我是想讓自己死心……。」

「但我對雅亭沒那個意思。」

小晴眉頭一皺，有一瞬間露出了很脆弱的表情，讓張亦賢以為她也會哭出來。但是她沒有哭。

「嗯，我知道，雅亭應該也知道。所以她才會後悔，才會一直想阻止我們……欸，你還沒回答我，你會不會生氣？」

「我……。」

小晴咧開嘴巴，露出兩顆虎牙。「你應該要生氣才對，只有你是無辜的，忙了半天，還被林媽媽揍。」

張亦賢想了一下。

「還好啦。雖然林媽媽的舉動有點誇張，但虛驚一場總比真的出事好多了，對吧？我只是……。」

「只是什麼？」

張亦賢看著小晴。

她背上那條珊瑚色的線總是鍥而不捨的追著雅亭所在的方向，要是雅亭現在人在這裡，它一定會變得更加豔麗且明亮。

他又想起雅亭在派出所裡低頭掉淚，什麼話都說不出來的樣子。

「只是有點心疼你們。」

「嗚哇。」小晴捏歪了手上的紙杯，五官一下子皺在一起。「噁心！好噁心喔！張亦賢！濫好人也要有個限度吧！」

她皺眉大罵噁心，背上那條金黃色的線卻閃起明顯的流光，朝張亦賢面前多延伸了一點。

看著那條線，張亦賢大人大量，沒想跟她計較。

小晴打開杯蓋，仰頭把杯裡剩下的熱可可一飲而盡。她一手拿著空紙杯，另一手拎起背包，從椅子上站起身。

「好啦，我要回家看日劇壓驚兼排毒了。晚一點希望雅亭會接我電話，我會好好安慰她，幫她想辦法，一起向你道歉。再見囉。」

「不用賠罪啦，就說我沒生氣了啊。」

小晴把空杯丟進門邊的回收箱，正準備走出店外，聽見張亦賢這句話，便停下腳步，扭過頭看他。

「不管，等我和雅亭商量好要怎麼賠罪，你一定要接受喔？」她伸指指著他鼻子。明明說要賠罪，氣勢卻活像債主。「還有，不要再擅自心疼誰了，聽到沒？」

「聽……聽到了。」

「好，下週見。」

小晴把背包甩上身，兩手在穿不慣的長裙上擦了幾下，轉身走出便利商店。

不止雅亭，小晴的自尊心也是很強的。

看著她的背影，張亦賢忽然鬱悶起來。他其實可以理解女孩們那種有話說不出口的心情。

即使很多話說不出口，即使彼此懷抱祕密和不滿，他也仍能看見各色線條安穩的連接在這些人之間。雅亭和她母親、小晴和雅亭，甚至是黃士弘和自己都一樣。

但他還是鬱悶。

因為只有他一個人能看到那些線。

張亦賢伸長脖子湊向落地玻璃，稍微整理了一下頭髮，便也起身走出店外。他還沒吃午餐，但因為一早就起床到女舍埋伏，他現在睏得直打哈欠，只想立刻回宿舍睡覺。

走進校園，蹣跚爬上通往男舍的坡道。走到半路，張亦賢的手機鈴聲冉度響起，是外婆打來的。

他停下來接電話，連日的疲累和長年的委屈紛至沓來，他忽然覺得有點扛不住了。

「喂。」

「喂，阿賢喔？」

「是我。」

「閣知影欲應喔？我問你，你敢會記得後禮拜六是啥物日子？」2

下星期六是什麼日子……張亦賢只停頓了兩秒，外婆已不耐煩的開罵了。

「我就知影你攏總放袂記矣，好佳哉我猶未死，抑無閣有誰人會通提醒你這箍浮浪貢，出門就敢若拍無去……。」3

「阿嬤，我會記得啦，我會轉去拜拜。」4

外婆「哼」了一聲。「猶會記得尚好。」5

張亦賢放緩呼吸頻率，調整了一下手機位置。

對了……對了，剛才他想到什麼來著？

能看得見那些線的，只有自己一個人而已。他再度深呼吸。

「阿嬤，我後禮拜愛準備考試，會較無閒，毋過到拜六就拄好考完了，閣來學校就歇熱矣，我這擺轉去會使加留一半日仔。」6

電話另一側沒有聲音，張亦賢繼續報告他的暑假規劃：「歇熱這兩個月我會佇學校遮的派出所作穡，有領薪水的，嘛有熟識的人佇遐……阿嬤，你敢有咧聽？」7

「有啦，有咧聽。佇派出所做頭路，敢會危險？」8

「袂啦，我的工課是幫忙拍電腦，處理一寡文件，閣有逐工摒掃內外爾爾，足輕鬆的。」9

「按呢，你決定矣就好，阿嬤知影矣。」外婆隔了一下才回答，聲音比平常輕柔許多。10

「我後禮拜六會較早轉去，你莫煩惱。」11

聽他如此承諾，電話另一頭又沉默了好一陣子。

「阿嬤？」

「阿賢啊，阿嬤敲電話來是欲問你，你久久才轉來一擺，身軀邊的錢敢有夠用？若是無夠，免佮阿嬤客氣，乎你讀書的錢，阿嬤袂毋甘，知無？」[12]

「嗯，我知。」

「敢有夠用？」

「有啦，閣有夠用……。」

張亦賢邊說邊邁開腳步，輕快的走上坡道。

◇　◇　◇

---

2 還知道要回答？我問你，你記不記得下星期六是什麼日子？

3 我就知道你都忘光光了，幸好我還沒死，否則還有誰能提醒你這個冒失鬼，出門就像弄丟似的……

4 阿嬤，我記得啦，我會回去拜拜。

5 記得最好。

6 阿嬤，我下星期要準備考試，會比較忙，不過到星期六就剛好考完了，再來學校放暑假，我這次回去可以多留幾天。

7 暑假這兩個月我會在學校這邊的派出所工作，有支薪的，也有認識的人在那……阿嬤，你有在聽嗎？

8 有啦，有在聽。在派出所工作，會危險嗎？

9 不會啦，我的工作是幫忙打電腦，處理一些文件，還有每天打掃內外而已，很輕鬆的。

10 這樣，你決定了就好，阿嬤知道了。

11 我下星期六會早點回去，你別擔心。

12 阿賢啊，阿嬤打電話來是要問你，你很久才回來一次，身邊的錢夠用嗎？若不夠用，別跟阿嬤客氣，讓你讀書的錢，阿嬤不會吝惜，知道嗎？

週一下午的共同課，雅亭跟小晴坐在一起，兩人頭靠著頭親密的說話，黃線相連，紅線落空，看起來跟之前沒什麼兩樣。

下課後，小晴帶著雅亭來找張亦賢，兩人朝他深深一鞠躬，異口同聲說了三次「對不起」。她們鞠躬時，張亦賢發現，從雅亭身上伸向他的紅線變得偏橘了些，而從小晴身上指向他的黃線則更亮了點。

然後，張亦賢從她們手中得到一張手工製作的護貝小卡。

名片尺寸的白色紙卡上畫了大大小小的橘色圓點，正面寫著「無限雞排兌換卡」七個大字，背面畫了個看起來矬矬的Q版張亦賢，畫像右邊則以工整的蠅頭小字寫著使用說明：

只要持卡人想吃雞排，任何時候都可以憑卡向林雅亭或余初晴兌換雞排一塊，額度一日兩次。本卡終身有效，惟限張亦賢本人使用。

張亦賢翻看著那張無限兌換卡，忍不住笑了出來。

「終身有效也太慷慨了吧？你們不會破產嗎？」

「太好了，我還怕你會嫌一天兩次的額度太低……。」

雅亭伸手撫胸，小晴點頭附和。

「可以的話我們也不想設限，但沒辦法，雞排愈來愈貴，而且讓你一天吃兩次已經踏進危險飲食的邊緣了。」

張亦賢當著她們的面把卡片收進錢包深處。

「謝謝，我會珍惜這張卡的。」

「不要藏那麼裡面，卡要拿出來用啊！一天兩次，現在就可以兌換喔！要換嗎？要換嗎？走吧？」

「不用不用，我前天吃過了，真的……。」前天那塊雞排是黃士弘請的。

推辭也沒用，雅亭和小晴以近乎挾持的方式把張亦賢架到女生宿舍旁的碳烤雞排攤前面，裝模作樣的要他從錢包裡拿出卡片，兌換屬於他的福利。

承載著女孩們歉意與謝意的雞排美味無比，張亦賢也只能欣然笑納。

◇　◇　◇

處理完兵荒馬亂的期末週，張亦賢依約回家，陪著外婆過了一星期扎扎實實的家庭生活。派出所的工作從七月六日開始，他提前一天回到宿舍，隔天早上就帶著兩盒老家名產鹹麻糬到鶴林派出所報到。

「早安！」

張亦賢踏進派出所玄關，撲面而來的冷氣有茶葉混著清潔劑的味道。站在值勤台旁的黃士弘轉頭看見他進來，對他笑了一下。

是太久沒看見本人了嗎？總覺得有點不一樣。但兩個星期又沒多久……張亦賢呆了幾秒，忍不住想回頭以線認人，倒是黃士弘先開了口。

「你曬得好黑。」

「我回去陪我阿嬤，每天都跟她去挖竹筍曬筍乾……啊，你也曬黑了，難怪牙齒特別白。」

黃士弘收起笑容，抿住了嘴巴。

值勤台後面傳出一聲輕笑，張亦賢這才發現方靜芝坐在內側，正彎腰在桌面下找東西。

她滿面笑容的探出頭，向張亦賢打招呼。

「亦賢，歡迎啊！士弘會帶你去簽到。」

張亦賢連忙捧高手上的紙盒。「這個鹹麻糬請大家吃，要放哪裡？」

方靜芝和黃士弘互看了一眼。

「走吧，先去簽到。」

「咦？啊？好……。」

黃士弘拉著張亦賢就往裡面走，他只好抱著紙盒跟上去。

「這個很好吃欸，我以為你們會喜歡……。」

完成簽到之後，黃士弘才告訴他，按規定不能收受民眾饋贈。

「嗯，報到完畢，現在你是我們家的工友了。」

黃士弘邊說邊打開張亦賢手上的紙盒，捏起一顆麻糬塞進嘴裡。

接下來一整天，黃士弘都帶著張亦賢跑進跑出，帶他熟悉工友的職責範圍和必要流程。兩盒鹹麻糬放在交誼廳桌上，當天下午就吃完了。

張亦賢很快就熟悉工作內容，他會利用上午完成打掃清潔等雜務，下午則視情況提供協助，有時整理資料打字建檔，有時幫忙泡茶做筆錄。黃士弘要外出巡邏或交管時，若見他有空，也會讓他跟著。

幾天下來，派出所內堆積的文件消化速度明顯加快；張亦賢還在外出時順便幫社區民眾找到過兩台腳踏車、四支手機、一副助行器和三隻狗。

「謝啦亦賢，真是幫了大忙。要是前天那隻鸚鵡也能找到就好了。」

「其實有找到，只是牠不肯下來。」

想起那隻綠色鸚鵡高踞樹頂的驕傲樣，張亦賢不難想像在樹下拿著籠子叫喚的飼主內心有多麼挫折。

「有你幫忙，我們所擅長找東西的名聲大概會慢慢傳出去吧。」
「我覺得很誇張，走著走著老是遇到有人在找東西，遺失或尋物的報案登記也一大堆，是多會掉啦！」
「沒辦法，除了你們學校，我們轄區基本上算是高齡化社區……。」
兩人拿著從分局帶回來的公文，邊聊邊回到派出所，看見一個男人在玄關前徘徊。
男人看來三十多歲，戴著細框眼鏡，身形高瘦，過大的白襯衫下襬敞開在褲腰外。他微駝著背，伸長脖子朝玻璃門內頻頻探看，踩著藍白拖鞋的雙腳卻遲遲不踏出去。
黃士弘走近前，伸手為他開門。
「請進，有什麼需要協助的地方嗎？」
男人肩膀一縮，小聲道：「我想報案，我……我太太好像失蹤了……。」
男人名叫徐英昇，三十六歲，在被黃士弘稱為高齡化社區的附近公宅裡購屋居住，已有近四年的時間。
張亦賢迅速將分類好的公文送達各處，接著泡茶端到會客桌；放下茶杯時，正好聽見黃士弘的回答：
「抱歉，徐先生，我們真的無法受理你的報案。」
徐英昇一臉迷惘。「不行嗎？為什麼？」
黃士弘朝張亦賢瞥了一眼，眼睛微瞇，耐心回覆道：
「你說要找你妻子，但無法提供任何她的身分證明，甚至連名字也沒有，剛才已經跟你說明過了，這樣我們無從查起。」

「我只是忘記了而已，我上個月出了車禍，很嚴重的，住院住了十幾天，所以有些事情想不起來。可是我說的是真的。」

「你的身分證配偶欄也是空白的。」

張亦賢退到後方，瞇起眼睛望向徐英昇，接著朝黃士弘搖了搖頭。

徐英昇挺直背脊，上身傾向黃士弘。

「我知道這很為難，但是我必須找到她，車禍之後她就不見了……你們真的不能幫我找找看嗎？不然幫我查一下她的名字，或是其他別的資料都可以……雖然我沒有證據，也不太記得她的樣子，但我覺得我應該有太太才對……好像也有小孩，對，我有小孩……應該有……。」

他的表情嚴肅，口氣也十分懇切，但眼神和話語中的茫然無知如潮水般漫出，不管誰來聽，都會覺得這人在胡言亂語。

江爺從隔板後方探出頭。跟張亦賢對上眼後，他歪歪嘴巴，伸出右手食指指著自己太陽穴，搖晃指尖上下畫了幾圈，接著又縮了回去。

「稍等一下。」黃士弘拿起徐英昇的證件再度端詳。「你說你上個月發生過車禍，請問車禍當下是不是遺失了一個咖啡色的皮包？」

「皮包？」

黃士弘頓了一下，改口問道：「有一位徐仲昇先生，他是你弟弟，對嗎？」

「對……對，仲昇是我弟弟，我們住在一起……。」徐英昇先是一怔，接著才反問：「你怎麼知道？」

「你遺失的皮包是令弟來認領的，所以我有印象。」黃士弘把證件交還給他，伸手指向門外。「我本來想聯絡他，不過他自己過來找你了。」

話才說完，徐仲昇就大步走進門；他一眼看見坐在會客區的徐英昇，忍不住大聲埋怨。

「哥，你要嚇死我！不要趁我洗澡時亂跑好不好！」

徐仲昇年紀約莫三十出頭，身穿白色T恤和運動短褲，戴著一副黑框眼鏡，身高、五官都和徐英昇十分相像，只是膚色黑了點、體格壯了點。

他胸膛因喘氣而上下起伏，一頭半長不短的頭髮還在滴水，看樣子真的是剛洗好澡就急著追出來找人。

「我有跟你說我要出來散步啊。」

「也散太遠了吧，你散步散到警察局幹嘛？」

「就路過看到派出所，想說順便進來問一下……。」

徐仲昇仰天翻了個白眼。

「我跟你說過幾百遍了，你沒結過婚，也沒有可以結婚的對象，沒有就是沒有。」

「可是我就是覺得怪怪的……。」

「那你問到了嗎？警察先生幫你查到不存在的空氣老婆現在在哪了嗎？」

徐英昇不再回話，只是側頭看著自家兄弟；在他無言的注視下，徐仲昇深呼吸兩三次，稍微收斂起激動的情緒，偏過頭朝黃士弘打了聲招呼。

「嗨，上次謝謝你。」

黃士弘微微一笑。「令兄說要找失蹤的太太和孩子。」

「我哥他喔……上次車禍撞到頭，本來復元得很順利，該想起來的都想起來了，結果這兩天突然堅持他應該有個老婆，問我老婆在哪，可是他就沒有啊……等等，你說孩子？連孩子都幻想出來了？」

「那不是幻想。」徐英昇輕聲反駁。

「對啦，不是幻想，是那個什麼……暫時性的，譫什麼的……。」

「譫妄？」

張亦賢忍不住從旁接腔。他端了另一杯茶來給徐仲昇，後者接過茶杯一飲而盡。

「好燙……對，譫妄。」

「有什麼我們可以協助的地方嗎？」

黃士弘把剛才問過的話又問了一次，只是詢問的對象從哥哥轉為弟弟。徐仲昇抓了抓潮溼的頭髮，顯得有些侷促。

「沒什麼啦，醫生說有時會出現這種狀況，過一陣子就沒事了。他手術完醒來第一句話就問我為什麼一下子長這麼大，我嚇得差點尿出來，幸好只有那幾天怪怪的……啊不對，這兩天也怪怪的。唉，不好意思，報案可以取消嗎？我哥他真的沒有老婆。」

「不用擔心，我們只是先簡單詢問而已，沒有成案。」

徐仲昇大發牢騷時，徐英昇就坐在會客長椅上，抬臉看著他們交談。張亦賢偷偷觀察，發現即使弟弟進門後的每句話都在抱怨，哥哥那張斯文的臉上仍只有一慣的茫然。

徐仲昇走到兄長身邊，一手放在他肩上輕搖，聲音壓得低低的。

「哥，好了啦……我們回去了，好不好？不要給人家添麻煩，警察很忙啊。你看我頭髮還沒吹，肚子也餓了……。」

「肚子餓？」

「我夜班回來就睡了，起床洗個澡你又跑不見，我今天到現在都還沒吃東西啊，哥，我好餓。」

徐英昇似乎很疼弟弟，一聽徐仲昇軟下聲調喊餓，就甘心被勸回去了。

兄弟倆並肩離開後，黃士弘怕江爺又要發表高論，立刻拉著張亦賢跑到後面茶水間，跟他擠在一起慢吞吞的洗杯子。

「你還記得之前我跟你說過的案子嗎？有人撿到皮包，出現兩個失主。」見張亦賢點頭，黃士弘繼續說道：「徐英昇就是那個正牌失主，他酒駕自撞送醫，皮包被人撿了送來，他弟拿他的證件過來認領。他剛剛說上個月出車禍，我才想起這件事。」

「貴所轄區遺失物品那麼多，你能記得也滿厲害的。」

「嗯，敝所現在新增尋物高手一名，找東西易如反掌，我以後大概什麼都記不得了。」

張亦賢笑了，把洗好的茶杯倒扣在瀝水架上。

「我看了他身上的線，數量跟一般人差不多，有條黃線跟他弟連得緊緊的。」

「紅線呢？他身上有紅線嗎？」

「沒有紅線，連條偏橘的線都沒有。」

「所以你剛剛對我搖頭是這個意思啊……。」黃士弘雙手撐在水槽邊緣，語速因思考而變慢。「你覺得他在說謊嗎？」

「看起來不像說謊，但也很難相信。」

「嗯，他的狀況似乎不太穩定，說是妻子，卻不知道姓名，也提不出任何可依循的線索。」

「對，感覺比較像他弟說的那樣，因為受傷或手術後遺症引起譫妄，誤以為自己有老婆孩子。而且他身上也沒有紅線。」

「失憶會讓原有的線消失嗎？」

「你覺得是失憶造成的嗎？那就表示他弟弟說謊……。」

「我只是順便問問，不針對徐家兄弟這件事。」

張亦賢想了一下。「我沒遇過失憶的情況，不過人即使在睡著或昏迷的狀態下，該有的線都還是會在。我認為只要能意識到感情的那個『意識』沒有真正消失，就算線條偶爾不見，也只會是暫時的。」

「意識到感情的意識啊……你說得好玄。」

「會很難懂嗎？」張亦賢伸手抓頭，弄溼了半邊頭髮。「我已經認真整理過了，這是我覺得最接近的說法。不過我也沒有辦法印證，都只是觀察和推測。」

「那，反過來說，你覺得失憶的人還能留著那些記不得的感情線嗎？」

黃士弘忽然轉身過來，審視般盯住張亦賢的臉。從他背上延伸過來的那條線此時泛著微微的黃光，早已不復初見時那怪異的銀灰色。

張亦賢心裡打了個突。他一直驚訝且驚喜於「自己終於有線」這件事，加上後來線條顏色變了，令他幾乎忘記一開始是什麼情況——他和黃士弘素昧平生卻有線可以相連，而且是他從未見過的銀灰色線。

「那……那個……我沒遇過失憶的情況……。」

他猶如學舌鸚鵡般重複剛才說過的話，邊說邊搜索枯腸，逆向回憶自己的人生。大二大一高三高二高一國三國二國一小六小五……雖然閃現的片段模模糊糊，但好歹他能想起每一任班級導師的臉、每一所讀過的學校景色和制服。

他的記憶裡沒有過黃士弘。就像初見面時黃士弘說「我沒見過你」一樣。

「你又在看上面了。」

黃士弘彎腰湊過來，憑藉身高優勢遮住張亦賢不知不覺又向上飄去的視線。

「我一直很想問你，我和你有線連著嗎？你常常會看我頭頂，有時候還會轉頭看你自己背後。你是在看我們的線嗎？」

「呃，那個……。」

要說嗎？能說嗎？沒什麼不能說的吧？但他再追問下去，會問出什麼來？張亦賢一時不知怎麼回答，腦袋糊成一片，皮膚卻敏銳到能感覺有滴汗水正沿著自己背脊凹陷處一路溜下褲腰。

「有，對吧？」黃士弘沒等他回答，接著說道：「其實我想問的是，線是什麼時候有的？我記得第一次見面時，你先是在我臉上和你背上轉來轉去看了好幾次，然後就像猴子一樣跳起來抱住我——」

「別別別別說了……。」

「那時就有線？」

「……對。」

黃士弘雙手交抱在胸前。「為什麼我們第一次見面會有線？」

「我也很想知道為什麼。」

「你怎麼沒跟我說過？」

「我試著要說，但你一開始什麼都不相信。」

「後來怎麼不說？」

「就……就沒什麼好說的啊，我朋友們都有線，每個人都有，有線很平常，我不用一個一個去跟他們宣傳『嘿！我們有線』吧……。」

黃士弘眼睛瞇了起來。張亦賢心頭突突亂跳，不確定他是否看穿了自己的謊言。

「你對我那麼熱情是因為那條線嗎？」

沒想到會被他用「熱情」來形容，張亦賢微感窘迫，囁嚅道：「一半一半啦……。」

「另一半呢？」

「我……我覺得跟你還算合得來，我朋友不多嘛，後來你也對我滿好的，我是真的想幫你忙……。」

這次沒有說謊，張亦賢耳根卻一下子熱了起來。他盯著黃士弘藏青色的衣領，斷斷續續把話講完，聽見對方長長吁了一口氣。

「那太好了。」

「士弘，該走囉？」

方靜芝探進半個身子，提醒黃士弘出門執勤。黃士弘應了一聲，立刻轉身跟上她，離開前伸手在張亦賢肩上輕按了一下。

張亦賢傻愣愣的看著他背影，原地呆了一陣子才回神。

「欸……呃……對了，我要洗杯子，對，杯子……。」

張亦賢拿起茶杯開始沖洗，沖到一半才想起杯子早就全都洗好了。他啐了一聲，旋緊水龍頭，笨手笨腳的把杯子放回瀝水架上。

那太好了。

聽完「另一半」的理由，黃士弘沒有再刁難或追問，反而露出了笑容。

笑就笑，也不是沒看過他笑……張亦賢莫名其妙慌張起來，這下連手心都開始冒汗了。

◇　◇　◇

這幾天黃士弘排夜班，張亦賢早上到派出所報到時，剛好是他準備下班的時間。

雖說基層警察的排班亂象早已是令人詬病的常態，但黃士弘似乎對這種難以建立固定作息的勤務安排特別沒轍；張亦賢已經連續兩天在上班簽到時目擊他忍著哈欠打卡下班的萎靡模樣了。

七點四十分，今天起得早了點。張亦賢一邊刷牙一邊看著牆上鏡中兩眼無神的自己，想起方靜芝昨天說的話。

「真的沒辦法，人就是不夠用，我們都盡量把握時間休息。」

她邊解釋邊微笑透露，說黃士弘什麼都好，就是作息像小孩子一樣，要他多早起都可以，卻沒辦法熬夜。

說到熬夜，自己應該比黃士弘擅長。如果不計較隔天精神狀態的話……張亦賢掬起冷水往臉上潑，把前一晚熬夜看小說的睏意洗去了大半。

回到寢室時，放在床上的手機鈴聲正好響起，他連忙放下臉盆。

時間是八點二十分，電話是黃士弘打來的。

「喂？」

「你還在宿舍嗎？」

「對啊，我剛起床，怎麼了？」

「我現在在你們學校後門，正要上山，你要跟我一起嗎？」

黃士弘告訴張亦賢，所裡早上接到民眾報案，說在學校後山的登山道上有人棄置報廢家具，要求警方前往處理。

「這關你們什麼事，要打也應該打給清潔隊吧？」

「總之我會過去看看情況，再聯絡環保局。你們宿舍在山上？每天都要爬這麼高嗎？」

「慢慢散步上山也還好，我們還有校內公車。」

學校依山而建，男生宿舍位在最高處，從宿舍後方一路下坡，就能直通學校後門；若從後門通往宿舍，就全程都是艱困的上坡路了。

平時沒什麼學生會從後門進入學校，但假日早晨倒是有不少附近居民會走進後門爬坡上山，因為在接近坡道中段的地方有一條岔路，是連接附近親山步道的入口之一。這條校園內的小路穿入林間，寬度僅容兩人並行，走個十來分鐘就會接上親山步道。步道從半山處繞經附近茶園和山區小學，最後通向山上寺廟。

一早天氣不太好，細雨如蛛網般無聲無息貼上皮膚，連吸進鼻裡的空氣都帶著綿綿的溼意。張亦賢拿著手機小跑步下山，才剛折進岔路裡，就看見黃士弘面無表情的站在路旁的一座小棚子下。

小棚子完美展現廢物利用的精神，很難以「簡陋」以外的字眼來形容。

一個一百八十公分高的木製衣櫃、一棵相思樹、兩支竹竿，再加上兩塊分別包覆在頂上和周圍的防水帆布，就在道路和林間交界處圈出了一個足以遮風擋雨的小空間。棚子下只有一張長椅和三張小板凳，其中一張板凳上還擺著一個很大的白鐵水壺。

張亦賢很少從後門進出，也是第一次走進這條岔路，從沒想過在路邊會有這麼一塊休息空間。他走近黃士弘身邊，指著棚子下唯一可稱作家具的木衣櫃，問道：「被檢舉的廢棄物是這個嗎？」

黃士弘點頭，張亦賢更驚訝了：「這個看起來……有在使用啊……。」

除了擔任棚子的主結構，木衣櫃上還掛了兩件輕便雨衣和幾條舊毛巾。

「我剛剛打電話給里長，他說這個棚子是附近山友自己弄的，從廟那邊走回到這裡可以休息或避雨，已經使用很多年了，地主也都沒有意見。」

「地主沒意見的話應該沒關係吧？」

「但有人報案，還是得通知環保局來看……。」

咚。

木衣櫃裡突然傳來一聲悶響。

「嗯？衣櫃裡有東西？松鼠嗎？」

黃士弘看了張亦賢一眼，左手擱在他胸前，右手拉開了衣櫃。

◇　◇　◇

張亦賢嘴巴微張，眼睛盯著早已自動休眠的螢幕，雙手放在鍵盤上，老半天沒有動作。方靜芝拿來一疊文件放到他手邊，見他毫無反應，才發現他不知魂遊天外多久了。

「亦賢，你還好嗎？怎麼傻乎乎的。」

「咦？啊？我我我……我很好！沒事！」

張亦賢回過神，立刻調整姿勢坐直身子，握住滑鼠左右搖晃，卻怎麼都無法喚醒作業系統。方靜芝靠了過來，伸指在空白鍵上一敲，螢幕才緩緩亮起。

「滑鼠大概快沒電了。」她莞爾一笑。「在想早上的事嗎？」

「沒有……。」張亦賢原想否認，抬頭看見她彎起的眼睛，便又改口承認：「對啦，我有點受影響。」

他低頭望向自己雙手，回想早上那一團混亂。

「小寶寶……好軟……。」

又小，又軟，既無助又無知，只能依賴他人照顧，沒有任何抵禦或逃避傷害的能力。

「靜芝姊，怎麼會有人敢把那麼脆弱的東西丟在路邊的衣櫃裡呢？」

方靜芝苦笑了一下，拿起文件最上方的筆錄表格。

「我們會找出來的。」

早上在山道邊的小棚子下，張亦賢和黃士弘會合，兩人話才講到一半，就聽見衣櫃裡發出了一聲輕響。

黃士弘側過身子伸手拉開櫃門，在微帶潮味的衣櫃底部發現了一個嬰兒。

小嬰兒睡得很熟，右手在睡夢中掙脫包巾，敲響了衣櫃的門；當櫃門打開時，那隻小手握著拳，正緩緩縮回他起伏的胸前。

張亦賢嚇到說不出話來，整個人愣在衣櫃前。他不懂得如何分辨月齡，只覺得小嬰兒就像玩偶一樣，鼻子嘴巴都小得不可思議，緊閉的雙眼甚至不像生物的器官，像兩條隨手撇畫的原子筆線。

「……發現棄嬰，請先聯絡相關單位，我們馬上就回去……。」

黃士弘低聲以無線電通報後，深呼吸了兩三次，彎腰探進衣櫃，小心翼翼的把嬰兒抱出來。

衣櫃外的空氣比較冷，嬰兒小臉一皺，仍然成拳的右手觸電似的高高舉起，在空中揮舞了幾下，鼻間發出不滿的哼哼聲。

張亦賢見狀慌張起來。

「他他他是不是要醒了？怎麼辦？怎麼辦？」
「你抱一下。」
「咦？咦咦？」
「用兩手。」
不等張亦賢反應過來，黃士弘就將小寶寶塞進他手裡。
張亦賢平伸雙手，接過那團軟軟暖暖的小生物，一邊努力維持手臂穩定，一邊看著黃士弘以左手拆開包巾，右手抓住寶寶亂揮的小拳頭按回他身側，再纏上包巾固定。
重新打包起來之後，寶寶明顯平靜下來，身體不再扭動，皺起的小臉慢慢舒展開，鼻息也恢復平穩。
「好了好了，睡回去了。」
相對於鬆了口氣的張亦賢，黃士弘雙眉緊皺，又探頭進衣櫃裡仔細檢查了一遍。剛才拆開包巾時看過了，除了尿布外，寶寶身上只穿著一件棉紗上衣；櫃子裡也沒有其他物品。
確認棄嬰的人並未遺留任何可用的資源和資訊，他心情沉重起來，長長嘆了口氣。
「我們先回所裡吧……亦賢？」
走了兩三步，張亦賢沒跟上來。黃士弘回頭看他，卻見他像捧著傳國玉璽般戒慎恐懼的捧著小寶寶，全身僵直不敢妄動，跨一步只能挪幾寸遠。
黃士弘失笑，伸手把寶寶抱了回來。包巾裡的小小身軀安穩躺在他右手臂彎，柔嫩的臉頰貪戀溫暖，蹭了兩下就轉頭窩進他胸前。
「你很會抱耶，他看起來滿舒服的樣子。」
張亦賢如釋重負，轉了轉僵硬的脖子和手臂。

「還好吧，是你太誇張了，怎麼會用捧的。」

「這是我這輩子摸過最貴重的東西，還軟趴趴的，我沒有發抖已經很堅強了。」

交談間，黃士弘緊皺的眉頭鬆開了一點。他邁開腳步，領著張亦賢往後門方向走去。

「我本來想請同事開車過來接替，但我們沒有小寶寶的汽座，只能用走的回去了。」

「從後門也不會很遠，可是你騎機車來的吧？那機車怎麼辦？」

黃士弘斜眼看他。

「你如果會抱嬰兒，我就可以把他交給你，自己先騎車回去了。」

「不要這樣，我真的沒辦法……。」

話說到一半，張亦賢忽然噤聲，視線從小寶寶身上移開，望向路旁。

見他似乎發現了什麼，黃士弘連忙問道：「他身上有線嗎？」

「有一條，本來短短的，剛剛變長了……往這邊！」

兩人仍在山道旁，張亦賢手指向道路另一側，但那方向除了樹木什麼也沒有。黃士弘微微頷首，抱緊手中的嬰兒，大步朝他所指方向走去。

走沒幾步，對面樹叢間發出沙沙聲響，一道淺藍色身影從樹叢後方閃離。

張亦賢一驚，反射性的拔腿就追，卻在跨越馬路後一腳踏上柏油路和泥地的交界處，因高低差而踩空撲跌，整個人向前滾了兩圈。

他頭昏眼花的攀住樹根撐起身子，只來得及目送對方衝下山坡後重新隱入樹林間的背影。

「可惡！」

黃士弘懷裡抱著嬰兒，慢了兩步才趕到張亦賢身邊。

「站得起來嗎？有沒有撞到頭？」

「我沒事……。」

張亦賢哭喪著臉站起身，看向小寶寶。

「線變短了？」

「嗯……被她跑掉了……對不起……。」

逃走的背影十分嬌小，甩著一頭及肩的黑髮，手腳纖細，毫無曲線的身形裹在單薄的T恤和短褲裡。隨著她頭也不回的奔離，小寶寶身上唯一的黃線就失去了光彩和方向，一下子變淡又變短，縮回米白色的包巾中。

線索在眼前消失，張亦賢的心情迅速變壞。

寶寶依然睡得香甜，渾然不知自己已被連線的對象拋棄；圓鼓鼓的臉頰隨著嘶嘴吸啜的動作改變弧度，或許正在做著喝奶的夢也不一定。

黃士弘用肩膀輕輕碰了張亦賢一下。「你有看見那人的穿著和特徵吧？我們回去調監視器，很快就會找到的。」

「好……。」

雨幕綿密的纏裹上來，張亦賢手忙腳亂的撐起雨傘，努力伸長手臂，把傘撐在黃士弘頭上。

兩人帶著小寶寶走回派出所，沿路接收了許多早起居民的好奇目光；但黃士弘的臉色和姿態實在太過嚴肅，竟然沒有一個人敢直接過來探問員警手裡的小寶寶是怎麼回事。

一回到平地，雨勢就慢慢收歇；直到走上完全乾燥的地面，張亦賢才敢收起雨傘。

他垂頭喪氣的跟在黃士弘身後，邊走邊揉眼睛；花了一整路的時間，才勉強在踏進派出所之前壓下想哭的感覺。

「回來啦？辛苦辛苦，快點進來。」

江爺正好要出門，他把握錯身而過的短暫時間，探頭看了一眼快要醒來的小寶寶，評論一句「夭壽喔這麼可愛怎麼狠心丟在路邊」，才甩著鑰匙前往學校後山，去騎回黃士弘早上騎過去的那部警用機車。

事先聯絡好的社會局人員和救護車很快抵達，迅速處理完必要手續，小寶寶就轉交給專業機構照護了。

送走救護車後，事情暫時告一段落，卻也遠遠超過了黃士弘表定的下班時間。方靜芝正在備勤，見黃士弘面如死灰的趴在桌上按鍵盤，連忙過去關心他。

「士弘，你先下班吧，我看你快不行了。」

黃士弘抬頭看她，喃喃道：「筆錄……。」

「我會拜託亦賢說明。」

「監視器……。」

「小陳等一下會查。」

「工作紀錄……。」

「我幫你填。」

聽她這麼說，黃士弘這才站起來，一邊向她道謝，一邊像個壞掉的機器人般搖搖晃晃往樓上宿舍走去。

中午過後，方靜芝來到情緒低落的張亦賢身邊，向他詢問發現棄嬰的經過，簡單製作筆錄。

張亦賢一五一十說明早上的狀況，當然隱瞞了看到線的事，只說當他們抱出嬰兒時，看見一名身穿藍上衣白短褲的長髮少女從路旁逃開。

「所以她一直在旁邊偷看你們？」方靜芝手指在桌面上敲了幾下。「我就覺得奇怪，後山那個棚子在那邊很久了，怎麼會突然有人來檢舉。」

「你是說，棄嬰的人故意打來報案，是為了要讓我們找到小寶寶？」

「應該是這樣沒錯，報案電話的聲音聽起來也是年輕女孩。等找到人再問問，如果真的是她自己報的案，刑責可能會因此有所斟酌……。」

張亦賢突然火大起來。「斟酌什麼！如果她想讓我們找到寶寶，為什麼不直接帶來派出所門口？他睡那麼熟，下雨天路上都沒人，要不是他發出聲音，有誰會發現他在裡面！」

方靜芝「噢」了一聲，眼睛微微睜大，看著張亦賢。

「呃，對不起，我不是……。」

方靜芝笑了一下，並不介意這樣的遷怒。她移動滑鼠，按下列印鍵。「士弘也跟你說了一樣的話。」

「他說什麼？」

「他說要是你們沒聽見寶寶敲櫃子的聲音，衣櫃就會被清潔隊拖去垃圾場，就一切都完蛋了……唔，其實不會直接拖走啦，他大概是太生氣了。」

「他很生氣嗎？」

張亦賢微感訝異。撇去忙完後那副被睡欲折磨得槁木死灰的樣子，從山上到局裡，黃士弘都表現得頗為冷靜。

「嗯，他很生氣，因為他最喜歡小朋友了。」

「他喜歡小朋友？」張亦賢嘴巴張得很大。「可是上次小雞幼兒園的小朋友來參觀，我看他跟平常也沒什麼不一樣。」

「哪有，那天他開心死了，不但自願當解說員，話也講得比平常多。」

那樣叫做……開心死了？原來那天猶如教科書般旁若無人的解說是他自動自發的積極表現？

「我……我真的完全看不出來……。」

「可能是因為他跟你本來就很有話聊吧。」

方靜芝拿著筆錄站起身，離開前順手在她拿來的那疊文件上輕拍了幾下，示意張亦賢好好加油，就這麼結束了話題。

桌上那疊文件在張亦賢連日努力下逐漸有減少的跡象，方靜芝卻又瞬間讓它恢復了原有的高度。

張亦賢上午打雜下午打字，自認動作迅速確實，但他每天拿到的文件來源不一，也未按照日期排序，十幾天下來，他仍然無法估算何時能夠鏟平這座名為拖延的文件之山。

總之一件一件來就對了。他收束心神，開始整理文件，逐一建檔或歸檔。

「這個已經招領了，應該可以直接歸檔……咦？」

他看著手上這張一個半月前開立的拾獲物品收據。

咖啡色男用皮包一只，拾得人古美雲。

聯絡電話留的是手機，住址就在附近社區。物品特徵說明欄裡詳細列出了皮包內的東西：鑰匙一串、皮夾一只、手機一支、隨身碟一支、發票六張、洗衣店收據一張、戒指一對、波蘿麵包半個、面紙兩包。

收據空白處以潦草的鉛筆筆跡註記「已認領，請撤銷協尋」。

張亦賢好奇的向下翻看，找到了陳報單和領據，陳報單上寫明皮包已由失主的弟弟徐仲昇代理領回。這個皮包果然是徐英昇的所有物。

徐英昇騎車發生車禍，丟失皮包。古美雲路過拾獲，送到派出所招領，其夫起了貪念前來冒領，徐仲昇也代替哥哥過來尋找失物，因此鬧出了真假失主的小插曲。

皮包最後順利物歸原主了。看著領據上的簽名，張亦賢回想起那天徐英昇站在派出所門外躊躇不決的樣子。

若不是徐仲昇說他哥哥因為車禍受傷導致認知混亂，徐英昇報案時那副「我覺得我有老婆但我沒有證據」、「我好像有小孩但又好像沒有」的恍神樣，根本就像是專程過來胡鬧的。

從嘴裡問不出任何有用的線索，在身上也看不到紅線。觀察過後，張亦賢傾向相信徐仲昇說的話：徐英昇沒有老婆，也沒有足以發展成婚姻關係的對象；他會產生已婚的錯覺，是車禍腦傷的後遺症。

幸好徐英昇還願意聽弟弟的話，乖乖跟他一起回家。

江爺後來逮到機會，仍是向張亦賢發表了一輪高見。他說資訊發達的社會反而讓人類心靈變得更加封閉脆弱，像這種不知道自己在想什麼的人只會愈來愈多。

江爺還說，以他在基層多年的經驗，這類人可算是派出所日常風景之一，有的真的不知道自己在幹嘛，有的是單純喜歡鬧事，有的只是無聊想找人聊天。

「不管哪一種，來過的就會一直來；那個姓徐的是第一次出現，希望不要一試成主顧。」

雖然江爺的話不無道理，但張亦賢覺得徐英昇的狀況跟他說的人心因封閉而脆弱還是不太一樣。

一個星期過去了，徐英昇並未再度光臨。或許他已經在弟弟的陪伴下順利康復，把不存在的老婆孩子趕出腦海了吧。

張亦賢樂觀的猜想著，一面把那份收據連同領據和陳報書重新疊好，歸類到待送資料區。

準備闔上資料夾時，他眼睛一尖。

「怎麼會有這個？」

他把文件拿回面前，想確認自己是否看走了眼。

但他的確在那張拾獲單據上看到了不該出現的東西。

◇　◇　◇

一覺醒來，黃士弘覺得自己的身心狀況好轉許多。

毫無壓力的睜開眼睛，神清氣爽的翻身下床。雖然想不起細節，但他隱約知道剛才做了個好夢。

今天的班上完，這個月就暫時不用輪大夜了。

漱洗後換上便服，看看時間剛過六點。他掛念著早上那個棄嬰，決定下樓問問追查進度，心想要是張亦賢還沒回去，就順便約他一起吃晚餐。

他一打開房門，就看見張亦賢站在四樓樓梯口，正往走廊兩側張望。

「亦賢？」

「你……你睡在四樓啊？」

張亦賢應該是來找他的，但一看見他，卻又露出一副不知道該怎麼辦的樣子。黃士弘總是覺得他這時候的表情很有趣。

「四樓安靜，比較好睡。」

「喔……那你睡飽了嗎？」

黃士弘沒有回答，大步走到張亦賢身邊，低頭看他的臉。

這張臉應該已經看熟了才對，但今天看起來不知怎地又有一種額外的熟悉感。

「怎麼了？」張亦賢被他盯得滿頭問號。

「啊，原來如此。」黃士弘忽然笑了。「看到你的臉才想起來，我剛剛夢到你了。」

「夢夢夢夢到我什麼？」

「我夢到你有小孩了，你帶他來派出所找我玩。你兒子跟你長得很像，頭圓圓的，左眼下面也有一顆小痣，只是他還很小……才兩三歲吧？這麼小。」

黃士弘邊說邊比劃著夢中那位亦賢Jr的身高和三圍。

看他擺動雙手試圖模擬懷抱孩童的姿勢，張亦賢現在相信方靜芝下午說的話了，他真的很喜歡小朋友。

「你兒子很乖，我摸摸他的頭，他就叫我『阿弘哥哥』……。」

哥哥的發音是「葛格」。張亦賢忍無可忍的打斷他的美夢。「等等，我兒子應該叫你叔叔才對吧？我跟你是平輩。」

「只是作夢而已，幹嘛認真。」

「你說的可是我兒子，當爸爸的能不認真嗎？」

黃士弘笑出聲音，但隨即又收斂笑意，低聲說道：「對了，說到小孩……。」

說到小孩，兩人同時想起早上的事；黃士弘的情緒一下子變得低迷，張亦賢反而急切起來。

「我正要跟你說下午的事，下午陳警佐一直在看監視器，可是那一帶的監視器有好幾支故障了，路邊又沒什麼店家，本來以為要花很多時間，結果她就跟她媽媽一起過來找小寶寶了！」

他話說得很急，字句前後糊成一團；黃士弘眨了眨眼睛，努力掌握到關鍵字。「……誰？誰跟誰的媽媽？」

張亦賢吞了吞口水，放慢說話的速度。「就是我早上看到的女生，她是那個小嬰兒的媽媽，她和她媽媽一起到派出所來。」

「小陳還沒找到人，她就自己過來了嗎？」

「對……。」

黃士弘重重哼了一聲。「尚未知悉犯罪人身分，符合自首要件。」

「你聽我說。那時我正在整理文件，聽見外面有女生在哭……。」

張亦賢阻止他憤世嫉俗，繼續向他說明下午的情況。

少女和母親來到派出所時，身上還穿著跟早上相同的衣服，淺藍T恤和白色短褲。仔細一看，才發現那上衣皺得不成樣，似乎很久沒換了。

少女哭得很慘烈，講話顛三倒四，一會兒說嬰兒像惡魔一樣永遠不滿足，一會兒又說孩子很乖是天使，是她不配當媽媽，要警察把她關起來。

方靜芝簡略問明前因後果，得知少女去年才剛上高中，開學沒多久就因懷孕而輟學，她和媽媽大吵一架，決定留下孩子，住進男友家中待產。

寶寶出生不滿二個月，雖然母子均安，但男友家中沒有人手幫忙育兒，她在生產之後幾乎是一個人扛起照顧的責任；疲累和壓力令她近乎崩潰，才會在今天早上做出棄嬰的傻事。

「靜芝姊說，她可能有產後憂鬱的傾向，建議她去看醫生，也介紹了一些支持機構。」

「小孩的爸爸呢？」

「在當兵。」

黃士弘沉默了好一陣子才又開口。「她媽媽怎麼說。」

「她媽媽很心疼，她完全不知道女兒一個人那麼辛苦。她們母女已經談好了，在男方退伍之前，她會先把女兒和孫子接回家住，也會慎重考慮是否讓女兒結這個婚——那女生本來打算等男友退伍之後就結婚。」

「這樣啊。」

張亦賢認真的看著黃士弘。「你還生氣嗎？」

「我？我為什麼要生氣？沒有啊，我沒生氣，這個工作本來就容易遇到社會百態，世界上什麼人都有，我怎麼會為這種事生氣。」

黃士弘斬釘截鐵的否認，沒注意到自己話說得比平常多了不止一點。

張亦賢點了點頭。「嗯，我早上看到那個女生逃走時也很生氣。」

「我沒有生氣。」

「她下午就跑來派出所，應該是覺得後悔了吧。」無視黃士弘虛弱的反駁，張亦賢視線瞥向斜下方，愈說愈小聲：「小寶寶可以回到媽媽身邊，接下來還有外婆會幫忙，那也……也滿好的，不一定會很可憐，總比……唔，沒什麼，不說了。」

聽他說到「外婆」兩字，黃士弘才想起上次林雅亭的媽媽找徵信社查到的那些事情。眼前這個人就是單親媽媽生下來，由外婆扶養長大的。

那也滿好的。不一定會很可憐。

早上抱在臂彎裡的嬰兒熟睡的臉忽然和張亦賢故作無事的表情重疊，黃士弘心裡一緊，忍不住伸手去摸他的頭。

「好，不說了。我們去吃飯，你想吃什麼……。」

張亦賢頭上有一條突起的傷疤，彎彎曲曲，癒合得極不平整。摸到那道疤，黃士弘疑惑的「咦」了一聲，手指在傷疤上來回摩挲。

「那次的傷應該沒這麼嚴重，也及時去醫院處理了，怎麼會留這麼大的疤？」

張亦賢也「咦」了一聲，頭皮被摸了好幾下後，他才意會到黃士弘說的是什麼。他指著自己頭頂另一側，解釋道：「你摸到的是舊傷，那個是小時候跌倒弄的。上次在遊覽車上被打的地方是這邊。」

黃士弘的手指移了過去。

「沒痕跡了。」

「對啊，已經好了。」

「你怎麼那麼容易受傷。」黃士弘眉頭皺了起來，不等張亦賢申辯，又補充了一句：「頭好圓。」貼在掌心裡的溫暖弧度讓黃士弘想起剛才的夢，夢中的亦賢 Jr 喊他那聲「阿弘哥哥」的稚嫩音調似乎仍在耳際。

見他瞇起眼睛不知又在想些什麼，張亦賢有點發窘，伸臂架開他的手。

「再摸要收錢了。我們去吃飯吧，我有事想跟你討論。」

距離黃士弘上班時間還有幾小時，兩人就近到派出所附近的滇味料理店吃晚餐。才剛坐下，張亦賢就迫不及待向黃士弘說明他下午整理單據時發現的事。

徐英昇遺失的皮包裡有一對戒指。

「如果像他弟說的，他沒有結過婚，甚至也沒有女朋友，為什麼他的皮包裡會有成對的戒指？」

「對戒通常是情侶或夫妻在配戴的。」

「我就是這個意思，那表示他至少有個能送或想送戒指的對象。」

「那麼就是他弟弟說謊了。他為什麼要說謊呢？」黃士弘慢慢翻看著菜單。

「又要討論『是誰在說謊』和『為什麼要說謊』的問題了嗎？可是我很容易入戲，搞不好又像上次那樣吵架。」

就算討論的是別人的事，一旦面前有個活生生的對象跟自己站在相反的立場，張亦賢就會不由自主激動起來。

「我們上次並沒有吵架。」

「好啦好啦，是我單方面發脾氣，我有反省。現在線索也很少，沒辦法像上次那樣跟你辯；總之看到皮包裡有戒指，我是覺得怪怪的……我要吃這個。」

黃士弘探頭看了一下他選的品項，便收起菜單到櫃台點餐。回座之後，張亦賢雙臂靠上桌面，朝他湊近了點。

「先不猜測是否有人說謊，就你職業上的直覺，你怎麼看？」

「雖然戒指不能代表什麼，但我也覺得怪怪的。」黃士弘拿出手機。「直接問看看吧。」

「咦？現在嗎？打手機？」張亦賢有點驚訝。

黃士弘從手機保護套內層挖出一張名片。「上次徐仲昇塞了名片給我，說要是他哥哥再跑來派出所，就打電話通知他。我想巡邏時也有可能遇到人，就把名片隨身帶著了。」

「那你有在外面遇到過徐英昇嗎？」

「沒有。」黃士弘撥出號碼。

接通的訊號聲響了十幾秒，對方接起電話。黃士弘將手機拿到頰邊，另一隻手掩在嘴側。

「喂，徐仲昇先生，你好，我是鶴林派出所的黃士弘。對，上次見過……沒有，我沒有遇到你哥。原來如此……是這樣的，關於他上次說要報案尋人的事，我們同仁很介意，有些細節想再跟你確認一下……。」

張亦賢豎耳傾聽，但他聽不見話筒另一端的聲音，只能從黃士弘的語氣猜測對方有什麼反應。

「他真的沒有任何對象嗎？不一定論及婚嫁，心儀的女性或是走得近的……因為我們有……好的，你很確定，我知道了，謝謝。」

掛掉電話之後，黃士弘吁了一口氣。

「他還是否認嗎？」

「嗯，他堅持上次的說詞，說他和他哥住在一起好幾年，從沒看過他哥身邊有過什麼女人，他敢保證他哥絕對沒有任何對象。」

「講得這麼篤定反而奇怪，他又不是廿四小時都跟哥哥在一起。」

「沒錯，而且……。」黃士弘翻看著徐英昇給他的名片。「他工作的地方在內湖，我記得他來認領皮包時，居住地址也是填內湖。但他剛才卻說他和他哥住一起很久了。」

「也可能他填的是戶籍地址……。」

店員端了兩盤椒麻雞飯上桌。看見兩份一樣的餐點，張亦賢有點開心。他把醬汁均勻的淋到雞肉上，拿起另一碟醬汁望向黃士弘；見對方點頭，便幫他也淋上醬汁。

「啊，結果你也沒問他戒指的事。」張亦賢嚼著炸雞腿。

「徐仲昇的態度太防備了，我講到一半，覺得戒指的事應該直接問徐英昇，就沒再問下去。」黃士弘夾起一塊雞肉塞進嘴裡，立刻皺了下臉。「好酸……。」

「要怎麼問徐英昇？我們沒留他的資料。江爺說這種人會一試成主顧，但他來過一次就沒再……咦咦咦咦！」

張亦賢雙眼圓睜，突然從椅子上跳起來，朝店外衝了出去，嘴裡還咬著半截雞肉。

黃士弘嚇了一跳，轉身看向店外，只見張亦賢正抓著一個高瘦男子，一邊回頭朝他這裡不知喊些什麼。

看清那個男人的臉之後，黃士弘也跟著丟下筷子，跑出了店外。

「這位同學，有什麼事嗎？」

「等……等一下……嗚咕……。」

徐英昇一手被張亦賢抓住，另一手提著購物袋，覺得十分困擾。這個看起來有點面熟的年輕人似乎有事找他，但卻噎了半天說不出話來，只是狀甚痛苦的拚命吞嚥著嘴裡的食物。

「徐先生，你好，你還記得我嗎？」

黃士弘及時趕上，輕輕拉開張亦賢，補上他的位子，向徐英昇打招呼。

「啊，你是警察局的那位……。」

「是的，敝姓黃。」

「對對對，黃警官，上次謝謝你，真的很不好意思。」

不必出示員警證，徐英昇就認出了黃士弘。張亦賢雙眼含淚的看著身邊兩人微笑握手，好不容易才嚥下那塊卡在食道裡的雞肉。

「您太客氣了，最近都還好嗎？令弟說你復元得很不錯。」

「對啊，我也覺得還不錯。我今天還偷跑回公司看了一下，沒想到工作堆積如山，同事說等我回去可能會忙到進醫院，我想再多拖個一陣子好了，哈哈哈。」

徐英昇穿著寬鬆的白襯衫和西裝褲，頭髮向後腦梳去，腳下皮鞋擦得發亮；身形仍然偏瘦，但氣色紅潤多了，神態也很爽朗。

他帶著友善的笑容，看了看張亦賢。

「這位同學上次也見過嘛，我就覺得眼熟。那，兩位找我有什麼事？」

「呃，那個……。」

跟在派出所初見時相比，如今的徐英昇開朗自在，一副快樂自信的社會中堅分子模樣，沒有半點初見時茫然失措兼語無倫次的痕跡。這個人還會需要誰來幫忙嗎？張亦賢一時之間不知該怎麼開口，黃士弘看了他一眼，也顯得有些躊躇。

「同學，你們兩份椒麻雞飯還要不要吃？」

餐廳店員從門口探頭出來朝他們喊。張亦賢忙回道「還要還要」，黃士弘順勢對徐英昇說：

「你上次來報案尋人的事，我們發現了別的線索，不知道你想不想要討論……。」

前一秒還掛著營業員式笑容的徐英昇霎時就變了臉色。

「你們發現了什麼？請告訴我，拜託！」

每天早上起來，徐英昇都要先站到鏡子前面，對著自己的臉盯上三十秒。他會咧嘴皺眉，眨眨眼睛，揉揉臉，撥弄頭髮，確認五官都能憑自己的意志控制，也確認這雙手是自己的手，手掌心碰到的是自己的臉頰、自己的皮膚。

剛動完手術時，他有些記憶錯亂，比如說忘了租來的漫畫有哪幾本已經看過，或是完全記不得自己出車禍那天到底發生了什麼事。

但那些破碎的片段很容易就補回來了。當他拿起漫畫翻到某個跨頁分鏡時，他就想起了後面的劇情；當警察在醫院用筆電播放監視器拍到的車禍影片時，他也第一眼就注意到自己的皮包沒有出現在畫面中，可能因為車禍的衝擊飛到別的地方去了。

簡而言之，他並沒有喪失記憶。

他記得父母的年紀和相貌，也記得弟弟的模樣和聲音；記得從小到大那幾個要好的同學，也記得那些早已絕交的曾經的朋友。他記得租屋處裡所有的擺設和物品存放處，也記得如何從住處騎車或搭乘公車通勤；記得出社會後在哪幾家公司待過幾年，也記得車禍前有哪些案子還卡在自己手裡沒有送出去。

他知道自己就像醫生和弟弟說的那樣，沒有什麼大問題。

手術的後遺症很常見也很輕微，只要休養就好了。他也的確一天比一天進步。每天早上醒來打開窗子聞到第一口空氣，他的心情都會很好，他知道自己是個愉快度日的人。

出院後的生活隨著傷勢痊癒，很順利的步入常軌。他還培養出運動習慣了。為了復健而進行的散步漸漸變成慢跑，帶著微汗進便利商店吹冷氣，買罐運動飲料在回家路上邊走邊喝，入喉的冰涼甘甜總讓他感受到重返人間的快樂。

但他時不時會生起一種抵抗感。這很莫名其妙，他甚至不知道自己要抵抗什麼。他只知道不抵抗不行，不抵抗會很憂鬱。

接著是一種彷彿靈異體驗的錯覺。他有時會端著兩杯熱茶走到沙發旁邊坐下，然後想起自己只有一個人在家，而他弟弟從不喝茶。每當他拿吹風機邊吹整邊揉搓自己的溼髮時，也總感覺從指間滑過的應該是更加柔軟且蜷曲的長髮。

他和弟弟一人一個房間，一人一張雙人床。他總是只睡在床的右側，總是覺得和他住在一起的這個人不該長得那麼高、那麼壯，聲音不該那麼低沉，語調更不該那麼急促。

「後來我開始作夢，反覆夢到有個女人在我家裡走動，她熟悉我的一切，跟我很親密，我直覺她就是我的妻子；有一兩次，夢中還出現了小嬰兒，她抱著那個小嬰兒，抓他的手來摸我的臉……那當然是我和她的小孩，對吧……夢裡的情境太真實，現實反而變得很恍惚。我覺得我一定是忘了什麼很重要的事。」

跟著坐進餐廳裡，徐英昇也點了一模一樣的椒麻雞飯。一說起生活中的不協調感和反覆出現的夢境，他就變回了兩個星期前在鶴林派出所門口徘徊的那個恍神男子。

「我後來就想，我是不是真的有老婆和孩子，但被我忘掉了？可是仲昇說那只是我的妄想，我從來沒有結過婚。我曾經順著夢裡出現過的場景在家裡調查，但什麼都沒找到，連一張照片、一件衣服或是一根長髮都沒有。」徐英昇咬下一塊沾滿醬汁的雞腿肉。「我跑去廟裡擲筊，也問過鄰居和附近商店，但是我太宅了，鄰居和店家都不認得我，更別說記得有誰和我在一起……。」

「最後你想到可以來報案。」黃士弘放下筷子，把空盤推到桌邊。

徐英昇苦笑了一下。「對。可是我什麼資料都沒有，總不能跟你們說是夢到的吧？那天真是不好意思，為難你們了。我回去之後被我弟罵了一頓，他罵我不相信他，硬要跑出來丟臉。」

「那你相信他嗎？」張亦賢好奇的問道。

「我相信他不會害我。」徐英昇垂下眼睫。「他一直勸我，求我不要東想西想，拜託我好好過日子。看他那麼擔心，我又覺得說不定真的是我想太多……我去買了維他命B群，也開始慢跑，還試過去收驚。」

張亦賢輕輕一震，忐忑的問道：「收……收驚有效嗎？」

「不知道是哪方面的努力發揮了效果，那種恍恍惚惚的感覺減少很多喔。不管有沒有效，至少固定運動是好事，我每天晚上都會去河堤跑一下。」徐英昇笑了笑。「……可是我還是會作有她在家的夢。」

「就算夢到這麼多次，你還是記不住她的長相嗎？那名字呢？」

黃士弘問了跟上次相同的問題。徐英昇搖頭，洩憤似的一口咬下雞腿尾端軟骨，嚼出清脆的聲響。

「有一次我又夢到她，我忽然意識到我正在作夢，就刻意去觀察她的臉、問她的名字；明明在夢裡看清楚了也問到了，醒來後卻怎樣都想不起來。」

他停下來嘆氣；筷尖沾著淡橙色的醬汁，在盤子上畫出相互纏繞的圈圈。

「其實我今天跑回公司也不是為了工作，是想跟同事探探口風。如果我是有老婆孩子的人，車禍請假這麼多天，他們應該多少會提到一點吧？但同樣什麼都沒有，反而有人提到我弟，說我有個這麼盡心的兄弟真是好命。」

一提起弟弟，他背上的黃蘗色線和另一條白線就亮了起來；但無論先前提起夢裡的女子和孩子多少次，他身上都沒有任何線條發生變化。

張亦賢手肘撐在桌上，雙掌交疊掩在嘴巴前，一言不發的看著徐英昇背上的線條。

「我今天從公司回來，已經決定要放棄了，夢就讓它去夢，當作是前世記憶之類的東西吧……結果你們兩個又跑出來攔住我，說你們有線索。」

筷尖的圓圈愈畫愈亂，但已經沒有醬汁了。徐英昇突然握緊筷子，用力戳向盤裡的大塊胡蘿蔔。

「如果你們找到的線索沒什麼用，那就不必告訴我了，反正我沒辦法印證……也不想要懷抱無謂的希望。」

進入店裡前，徐英昇還迫不及待想知道線索；但在傾訴一番之後，他卻說出了相反的話。

「有沒有用要由你決定。」黃士弘對他矛盾的表現不以為意，直接說道：「你的皮包被人拾獲送到局裡時，內容物清單上有一對戒指。」

「戒……指？一對？」

徐英昇怔了一怔，馬上從桌下拿起皮包，埋頭翻找起來。張亦賢伸長脖子偷看了一眼，發現他雖然外表溫文，皮包裡卻亂得活像有顆手榴彈在裡面爆炸過。

手機、鑰匙、皮夾，小電扇、悠遊卡、零錢包，壓扁的巧克力、拆封的面紙、吃剩的止痛藥，對折的帳單、房地產廣告頁、揉皺的發票……徐英昇邊找邊把東西翻出來，黃士弘迅速移開餐盤，騰出桌面空間。

他找得很急，皮包裡的東西一下子就全都移到桌面上，而那堆雜物中並沒有戒指或戒指盒；他不死心，伸手在皮包各個角落和夾層都細細摸過一輪，才慢慢抬起頭，頹然說了句「沒在裡面」。

來領皮包的是徐仲昇。如果真的有戒指，說不定被他處理掉或是藏起來了。張亦賢望向黃士弘，發現對方也正在看自己。

「他的線？」

「有兩三條白色的閃來閃去。」

「那是什麼意思？」

「我也不知道……。」

徐英昇猛然站起身，打斷了同桌二人肩靠著肩進行的悄悄話。

「我……我回家找找看！說不定掉在家裡了！」

他邊說邊像堆土機似的用手臂把桌上的東西重新掃進皮包裡，張亦賢眼明手快，從雜物中搶救出一支屬於店家的不鏽鋼湯匙。

黃士弘維持著靠在張亦賢肩上的姿勢，伸指朝他比了比，臉不紅氣不喘的對徐英昇提議：「方便讓我們一起去你家看看嗎？亦賢是找東西的高手。」

徐英昇面露喜色，忙不迭的連聲說好；一綹髮絲隨著他點頭的動作從額頭垂落到眉間，讓他看起來一下子年輕了好幾歲。

◇　◇　◇

「請進請進，我去泡個茶。」

家裡沒人在。徐英昇打開電燈，排出兩雙室內拖鞋給客人，自己光著腳就想往廚房走。黃士弘伸手拉住他。

「不用麻煩了，請帶我們四處看看。」

徐英昇和弟弟同住的房子坪數不大，進門後就是客廳。廚房、衛浴雖小但設備齊全，兩個房間集中在進門後右手邊，門口成九十度相對。客廳呈長方形，向內延伸過去靠牆約兩坪大的區塊墊高了地板，裝潢成一個小小的和室。

這房子很適合新婚夫妻。除了主臥室外，另一個房間有桌有床，就算養一個青春期的小孩也都還頗有餘裕。

張亦賢左看右看，還沒找到戒指，原先的猜想就已經動搖得差不多了。

「若戒指掉在家裡，你覺得最有可能是在什麼地方？」

「如果是掉出來，那可能在客廳……我皮包都放在沙發旁邊。和室我不常過去，那邊靠窗，夏天西曬很熱。」

「如果是被藏起來的話呢？」

黃士弘問得很不客氣。徐英昇停下腳步，困擾似的抓了抓後腦。

「我回來的路上也在想這件事，戒指沒在我的皮包裡，很有可能是被我弟收起來或丟掉了……但我想先找找看，如果我找到戒指的話，他也不能再否認了吧。」

黃士弘點頭同意。

站在陌生人的家裡，滿屋子的生活氣息令人不由自主拘謹起來。雖然說是來幫忙找戒指，但屋主就在現場，張亦賢和黃士弘都覺得綁手綁腳，只能跟著徐英昇在客廳轉來轉去，看著他慢吞吞的掀起沙發上的抱枕，或是隨手開一下電視櫃的抽屜。

連找東西都這副漫不經心的模樣，張亦賢簡直想衝過去把他推開，大喊一句「讓專業的來」。

不行，這裡是別人家……張亦賢忍耐著拖出沙發掀起地墊兼且一口氣拉開所有抽屜的衝動，屏氣凝神的看著徐英昇身上的線。就讓這傢伙在家裡慢慢晃，只要有哪條線變長變亮，就算再失禮，他都要撲過去針對那條線指向的區域進行地毯式搜索——

「我回來了……有客人？咦，是你們？」

徐仲昇開門進屋，認出黃士弘之後，露出了驚訝的表情。

「黃警官？你怎麼會在我們家？」

徐仲昇打著招呼，臉上掛起笑容，在玄關脫下鞋子。

徐英昇向弟弟說明：「我請他們來幫忙找東西。」

「喔……。」徐仲昇走到沙發旁邊一屁股坐下，將手裡提著的塑膠袋放在桌上，拿出兩個便當。「沒想到會有客人，我只買了兩人份耶。」

「沒關係，我們剛才吃過了。」

「吃過了？」徐仲昇低聲埋怨：「那你要先講啊……我都幫你買了。」

「抱歉，冰起來吧，我明天會吃。」徐英昇淡淡的看著他。「仲昇，你不好奇他們來幫我找什麼嗎？」

徐仲昇咬住衛生筷包裝袋，正準備把它拆開，聽見哥哥的問話，便放下筷子，站起身來。「喔……喔？你們要找什麼？我也一起找吧！」

徐英昇笑了，以手勢要他坐下。「不用不用，你等一下還要上班，快點吃飯吧？」

徐仲昇坐回沙發上，語帶遲疑的問道：「真的不用我幫忙嗎？那……你們到底要找什麼東西？怎麼連警察都一起過來？」

「戒指。原本應該放在我的皮包裡，但後來不見了。仲昇，你去領回皮包時，有沒有印象？」

「……沒有啊，我沒看到，我又沒翻你的皮包。」

「這樣啊。」徐英昇拉開另一個抽屜。

徐仲昇拿起便當，發現其他三人都還在看他，就捧高便當，縮了下脖子，笑道：「不好意思喔，我要開動了。」

「你吃你吃，我們才不好意思。」張亦賢連忙賠笑搖手。

黃士弘湊近張亦賢，正想悄聲詢問徐仲昇身上的線是否在聽見戒指時有反應，張亦賢抬頭跟他對上眼，直接搖了搖頭。

「那就糟了，不知道會丟到哪裡去……。」

徐英昇一邊喃喃自語，一邊踅過和室前方，伸長脖子看著牆櫃上的酒瓶和假盆栽；那瞬間，他身上有幾條白線伸長了，指向和室一隅的書櫃。

張亦賢倒抽一口氣，伸肘撞向黃士弘側腹，撞得他發出奇怪的嗚噗聲。

「那個……我可以看一下你的書櫃嗎？你的書好多喔！」

不等徐英昇回答，張亦賢就邁開大步，一腳踏上和室地板。黃士弘反應過來，撫著腰側也跟了上去。

「請隨意，都是些舊書，我很久沒買新書了。」

「哈啾！哈啾！」

張亦賢從書櫃上拿出一本像磚頭般厚重的翻譯小說，書頁上的灰塵揚起，害他連打了兩三個噴嚏。

「抱歉，天一熱就懶得整理，灰塵很重。」

「哥，你說的那個戒指，長什麼樣子？」徐仲昇吃得很急，嘴裡塞滿了食物，眼睛卻一直跟著蹲在酒櫃前東摸西摸的徐英昇打轉。

徐英昇轉頭望向弟弟，眼中燃起希望。「你有線索嗎？」

「沒有，不是啦，我是想說……會不會你又記錯之類的……。」

徐仲昇愈說愈小聲，徐英昇離開酒櫃，對他緊迫盯人。

「不會的，警方在遺失物清單裡都列出來了，如果你沒有動我的皮包，那戒指就應該還在家裡某個地方——」

「欸，哥，你怎麼講這樣，我真的沒有拿什麼戒指……不然你進來我房間找嘛！來，我跟你一起去找！」

徐英昇一臉受傷的放下便當，伸手就要去拉徐仲昇。

「哈……哈啾！」

張亦賢沒空為他們兄弟間的暗潮洶湧分神，專心在書櫃前尋找蛛絲馬跡。

徐英昇人看起來溫和散漫，身上的線也是軟趴趴又淡淡的，那幾條白線只是稍微伸長一點、稍微歪過來一點而已。雖然已足夠推測確實有什麼令他介意的東西在這個書櫃裡，但卻沒辦法鎖定明確位置。

不知道是哪一層的哪一本書……或是書後面的東西？張亦賢又抽了幾本書下來翻看，鼻黏膜不斷遭到灰塵攻擊，噴嚏打個不停。

「哈啾！哈啾！哈……。」

隨著抽取書籍的動作，張亦賢噴嚏一發不可收拾，黃士弘看不下去，伸手捏住了他鼻子，另一隻手同時擋在他胸前，阻止他再拿下一本書。

「怎麼了？」被捏住鼻子又被攔住雙手，張亦賢只能轉動眼球看他。

「書上面積了很多灰塵。」黃士弘細細端詳著書櫃裡的書。

「對啊，哈——」另一個噴嚏再度被黃士弘捏死在鼻間，張亦賢有點害臊，抓下了他的手。「你在看什麼？」

黃士弘眼睛突然發亮，接著微微彎起。

「……這本沒積灰塵。」

他伸長手臂橫過張亦賢頭頂，從書櫃最上層拿出了一本約有五公分厚的精裝書。

看見書背上以燙金花體字印成的英文書名時，張亦賢愣了一下。他不記得《小王子》是那麼厚的書。

另一邊的兄弟對話似乎進入即將攤牌的階段，徐仲昇有點激動，徐英昇反而比平常還要冷靜。

「仲昇，我並沒有在指控你，你不要這麼激動。」

「我……我哪有激動，是你帶警察進來，還不相信我說的話……那，那你就進我房間找嘛！我真的沒關係，還可以幫你一起找，來啊！」

徐仲昇拉著哥哥，就要往自己房間走去。

黃士弘舉起手中的精裝書，對徐英昇喊道：「徐先生，這本書你有印象嗎？」

兄弟二人齊齊向他望去。

「……咦？不是我的，我沒有買過英文書。」徐英昇探詢的看向弟弟。

「我連書都沒有買過……。」徐仲昇也是滿臉疑惑。

黃士弘走向前，把那本精裝書遞給徐英昇。

徐英昇伸手接過書，掌心卻沒承受到預期中應有的重量；他略感訝異，翻看著手中的書本，立刻就察覺蹊蹺。

「打開來看看。」

黃士弘低聲催促。徐英昇雙手微微顫抖，掀開了那個偽裝成英文精裝書的儲物盒。

一看見盒裡的物品，他眼圈瞬間就紅了。

那是個長方形的茜紅色硬紙盒，盒子只有巴掌大，光滑的盒面上燙印著一圈金色蕾絲花邊。

「仲昇。」

「……。」徐仲昇一個字也說不出來。

「你說我沒有結過婚，也沒有交往的對象，連女朋友都沒有，還說我只是因為譫妄，才會一直作那些夢……那……現在……你可以跟我說實話了嗎？」

在徐仲昇驚愕的目光注視下，徐英昇拿出戒盒，打開了盒蓋。戒盒內襯的絨布墊柔細蓬軟，雪白得近乎刺眼，理應放置著男女對戒的兩個隔層裡，只剩下一枚孤零零的男戒。

「她說讓她來處埋，我以為她會拿去退貨還是轉賣，沒想到是這樣『處理』，真是敗給她了……。」

徐英昇、黃士弘和張亦賢擠在雙人沙發上，六隻眼睛一起盯著坐在單人椅上的徐仲昇。眼看事跡敗露，這下子裝傻或狡辯都沒用，徐仲昇乾脆不瞞了。他搓著雙手，不停嘆氣，看來也是隱忍許久，累積了不少壓力。

夾在兩個正襟危坐的高個子中間，對面坐著另一個垂頭喪氣的高個子，張亦賢縮著肩膀，只覺坐立難安。

徐英昇的情緒倒是很快平復過來，即使知道自己被弟弟欺騙，他說話聲音還是溫溫軟軟的，語氣也沒有半點不悅。

「快點告訴我是怎麼回事吧，不然你上班要遲到了。」

徐仲昇很沮喪，頭和肩膀一起垂了下來，原本挺拔的身型彷彿也跟著縮小許多。

「你那個……女朋友，你們是在網路上認識的，她年紀比你大……我忘了是大兩歲還三歲。爸媽很不喜歡她，你就搬出來和她一起住，大概也有兩年多快三年了。」

徐仲昇看來也不太喜歡「她」。

他苦著一張臉說，徐英昇發生車禍後，自己和她一前一後趕到醫院。兩人沒見過幾次面，見了面也無話可說，只能一起守在恢復區，等待徐英昇進行緊急手術。

「你醒來之後，一看見我，就一臉白痴的問我吃了什麼，怎麼長這麼高，然後開始唱卡通歌。她站在我旁邊，你卻連看都沒看她一眼；她跟你說話，你還問我這個阿姨是誰……你記得那時的事嗎？」

徐英昇蒼白著臉，搖了搖頭。

徐仲昇接著又說，麻醉完全退去後，徐英昇錯亂的記憶和時序逐漸恢復正常，但他想起了一切，卻唯獨不認得她，甚至連過去三年間有她存在的記憶都消失得無影無蹤。

她就像一根異色的絲線，從織好的布疋中被拈起，悄無聲息的抽走。

「她後來就不跟我去看你了。她跟我說，你變成這樣子，她沒辦法再跟你走下去，她決定要搬走。」

「……你為什麼不阻止她？」

「有啊！我有阻止！我拚命勸她不要這樣，可是她……她真的滿狠心的，說要走就是要走，我總不能把她綁起來吧？她說，反正你不記得她，她走掉你也不會太傷心，就當作沒她這個人，你也可以對父母有交代。她還叫我要配合，說你會忘了她是命運的安排，她離開對你比較好。我想就算出院了也得有人照顧你，就趕快搬進來，補她的缺。」

徐英昇將雙手覆到臉上，用力揉搓了幾下，悶聲問道：「後來我開始作那些夢，也算是想起她的事了，你為什麼還要繼續瞞我？」

徐仲昇嘴角一陣扭曲，整個人縮得更小了。

「我……我覺得……她那樣說走就走，你也真的想不起來，那麼……那麼狠心的女人，你記不得也好，免得想起來還要難過，根本不值得，所以我就……哥，我真的不是想跟她一起騙你，我只是怕你難過。」

感覺到黃士弘手臂一震，張亦賢抬頭看了他一眼，卻見他半垂著眼睫，正在看徐英昇。

「那這對戒指又是怎麼回事？」

「我去領你的皮包回來，和她一起看了一下裡面有哪些東西要處理，主要是她想刪除你手機裡的照片和對話記錄。」

說到這裡，徐仲昇心虛的停頓了片刻，見徐英昇沒什麼特別反應，才繼續說道：「我們在皮包裡找到戒指，因為是一對的，又刻了名字縮寫，不能讓你看到，她就拿走了。我也想說，只是一對戒指，不用跟她計較……。」

碰。

徐英昇突然握拳在茶几上捶了一下。徐仲昇被他捶桌的聲響嚇了一跳，哭喪著臉喊了聲「哥」。

張亦賢看著他們兄弟間始終相連的黃線，很想安慰一下徐仲昇，跟他說不用這麼可憐兮兮的，他哥可還是很愛他……但時機不對，他只好忍住。

「那小孩呢？我和她……有小孩嗎？」

「沒有！」徐仲昇忽然坐直身子，說話也大聲了點。「這一點我從頭到尾都沒騙過你，你沒有小孩，她是一個人搬走的。如果我說謊，我等一下出去就被車撞死！」

徐英昇緩慢的眨了兩下眼睛，輕聲道：「也是，如果有小孩，爸媽就不會反對我們了，他們一直很想抱孫。」

徐仲昇惴惴不安的問：「哥，你……會想找她嗎？」

「如果我想找她，你會幫我嗎？」

聽兄長如此反問，徐仲昇露出痛苦的表情。「我也不知道她現在在哪裡，她把一切都斷得很乾淨，我聯絡不到她。而且，而且……。」

「她的名字呢？」黃士弘身體前傾，右手五指輕撐在茶几上。「只要有名字，我可以幫忙查。」

喂喂，那犯法了吧？張亦賢聞言一驚，伸手去拉他的衣服。

後者只朝他瞥了一眼，回頭還想重新加入對話；哪知尚未開口，徐英昇就以沉穩的語氣說了句「不用了」。

「不用了？」

「為什麼？」

徐仲昇和黃士弘同時提出疑問，兩人都是一臉不可置信。

「因為我還是想不起來。」

徐英昇再次揉了揉臉，從沙發上站起身，低頭笑道：

「剛剛找到戒指，我就想起了我去訂戒指的事。那間店的樣子、玻璃櫃怎麼擺，甚至店員說過什麼話，我都想得起來。仲昇剛剛說到我住院，我也記得手術後醒來第一眼就看見他，卻不記得有個女人跟他一起來看過我。

「不管記起多少相關細節，我就是想不起『她』的臉、『她』的名字、『她』說過的話和做過的事……總之跟『她』有關的一切，我無論如何都想不起來。

「忘得這麼乾淨，其實狠心的是我吧？我又有什麼資格去找她？若找到了卻還是想不起來，那她不是會更恨我嗎？」

黃士弘的手臂又震了一下。

張亦賢擔心的看向他，發現他眉頭深鎖，顯得比當事人還要憂愁。

雖然不知道黃士弘如此動搖的理由，但張亦賢還是伸手拍了拍他的背。跟冷靜的外表相比，他的感情其實算是挺豐沛的；從早上到現在發生的這些事情和轉折，對他來說或許太多也太滿了。

「最恐怖的是……一聽你說是她主動離開我的，我還偷偷鬆了口氣……因為我一點也不難過，真的，我竟然一點也不難過。我腦子是怎麼了，怎麼會忘得那麼乾淨？嘿嘿，超恐怖的。」

徐英昇說著說著，臉上的苦笑變成了傻笑；他站起來伸了個懶腰，右手搔著後腦，原先梳得整齊的頭髮早已面目全非。

「哥……。」

徐仲昇走近他身邊，卻不知該怎麼辦才好。一個身高將近一百八十公分的成年男子此時像個犯錯的小孩，不知所措的拉著兄長衣角，連安慰或是祈求原諒的隻字片語都說不出口。

「啊，你上班是不是快來不及了。」徐英昇抬手看錶，另一手在弟弟肩上推了一下。「趕快準備出門吧，不是說最近有東西在趕？」

「可是，我覺得這樣不……。」

「那我們就不打擾了。」

張亦賢拉著黃士弘起身，向兄弟兩人大聲告辭，堵住了黃士弘微弱的異議。

徐英昇轉向他們兩人，雙手侷促的在胸腹間交握著，滿臉都是歉意。

「真的很對不起，讓你們跑這一趟，還看了這麼大一場笑話……我實在是很丟臉。改天請你們吃飯當作賠禮，好嗎？」

「我出錢！」聽見哥哥說要請客謝罪，徐仲昇立即接腔。

「但我還是覺得……。」

「沒關係，事情弄明白了就好，時間真的不早了，我們先告辭囉！」

張亦賢出奇強勢，一面大聲插話，一面把欲言又止的黃士弘拖向玄關，逃離現場的渴望只能用急如星火來形容。

見他急著想走，黃士弘也就不再多說什麼，任他一路把自己拉出門外。

張亦賢緊抓著黃士弘手臂，拉著他大步向外走，直到走上馬路邊的人行道，遠離了徐英昇居住的社區，他才放慢腳步，把手鬆開。

但黃士弘反手握住他手腕。

「亦賢，怎麼了？為什麼要走得那麼急？」

「沒有啊，就，反正事情解決了嘛，而且……。」

……而且你看起來比徐英昇還難過，我不想再看下去。

「而且什麼？」

「而且你還要上班，我怕你遲到會被記過。」

張亦賢懸崖勒馬，掐住了後半句，沒把心聲說出口。他接完話，迎向面前那雙清澈的眼睛，才發覺真正意氣用事的人搞不好是他自己。

現在黃士弘也還是若有所思、悶悶不樂。

「不是的。」他拉著張亦賢，神態間罕見的有些無措。「你為什麼生氣？」

聽他這麼問，張亦賢一下子呆住，當機了幾秒後，才突然笑出來。「對欸，我可能有點生氣，你不說我還沒發現。」

「為什麼？」

「因為徐英昇身上的線。」想起剛才看到的畫面，張亦賢口氣有些憤憤不平。「就像他自己說的那樣，他搞不好比他女朋友還狠心。我們一起聽他弟說了老半天，連你都一臉鬱悶了，他卻還是沒亮起半條紅線。在我看來，她在他心中比戒指還不如，他是真的把她忘得一乾二淨。」

「那是因為車禍，他也不是故意要忘的。」

「你記得劉伯伯吧？他記不得妻子過世的事，紅線還指錯人，可是他仍然保有那條屬於妻子的紅線。還有那個棄嬰的小媽媽，她痛苦得想丟掉寶寶，但她的黃線卻仍然跟小孩連在一起。」

張亦賢吸了口氣，做出控訴。「徐英昇就算記憶錯亂，也不該對同居三年的女朋友毫無印象，連名字和長相都想不起來。」

「話是這麼說沒錯，但你看不出來他其實還很介意嗎？」

張亦賢倔強的搖頭。「我看不到他有任何紅線，那就是鐵打的證據。」

黃士弘眉毛輕輕揚起，接著又垂了下來。他放開張亦賢的手，整個人陷入難解的沉默裡。

兩人並肩走在人行道上，慢慢步向鶴林派出所。

經過學校後門時，黃士弘停下腳步。在他開口道別前，張亦賢搶先說道：「我還不想回宿舍，可以陪你走回去。」

黃士弘笑了，眉宇間的愁緒沖淡了些許。

「亦賢，你記不記得我問過你，我和你是不是有線連著？」

想起那個擠在一起洗杯子的下午，張亦賢耳根微熱，回說「當然記得」。

「我不是突然被雷打到才想問你的。那天第一次遇見徐英昇，他明明什麼都記不得，又想查個水落石出，見他那麼茫然卻又那麼篤定，讓我想到我自己的事。」
張亦賢好奇反問。「你自己的事？什麼事？」
「我……我其實跟你一樣。」
「什麼？什麼地方跟我一樣？」他的答覆令張亦賢更加摸不著頭腦。
黃士弘抿了抿嘴，眼睛閉起又睜開，像是找不到合適的說法，也像是忽然失去了熟悉的語言。張亦賢第一次見到他這麼無措的樣子，忍不住朝他靠近了點。
「……我是阿姨和姨丈帶大的，我爸媽在我國小畢業的那年暑假出車禍過世了。」
張亦賢聞言啞然。
國小畢業那年暑假，那就是十二歲的時候。那個年紀已能記得許多事情了，父母意外雙亡，又遭逢畢業的時間點，喪親的痛楚想必更加深刻。
黃士弘說他們一樣，但其實他完全不記得母親的事。打有記憶以來，他就跟外婆住在一起，聽她叨唸著他母親那不幸而短暫的過去，聽她煩惱著他無依而未知的將來。
不，不對，他們不一樣。黃士弘正直又強韌，不管做什麼事情都能掌握好自己的方向；就算他們兩個身世相似，也絕對沒有半點相像。
張亦賢直勾勾的看著黃士弘，喃喃說道：「他們一定很愛你，才能把你教得那麼好……。」
「你說話怎麼像老頭子。不要露出這種表情，我說這些不是想讓你難過的，而且我還沒講完。」黃士弘伸手在他頭上揉了幾下，又道：「那場車禍發生時，我也在車上，但只有我一個人活下來。可能因為受傷加上打擊過度，我失去了車禍前後那段時間的記憶。」

張亦賢驚得張大了嘴巴。「你……也失去記憶過嗎？」

「嗯。」黃士弘微微頷首。「不是失去過，是現在式。那段失去的記憶，我一直沒有想起來。可能是幾星期，也可能是幾個月，總之我對小學畢業前到剛上國中的那段日子完全沒有印象。」

「醫……醫生怎麼說？」

「據我阿姨轉述的說法，跟徐英昇的狀況差不多。但我不會作夢。」

黃士弘此時的語氣也像那時的徐英昇一樣，平淡得像是在談論別人的事情。

「我有時候會想，就算我沒有失憶，活到現在這年紀，十二歲那時的事應該也早就忘得差不多了。但是人生中有一段空白卡在那邊，又是在父母身邊的最後回憶，我還是無法忽視……雖然徐英昇跟我的情況不太一樣，但每次看到他，我都會覺得被提醒，或是被催促，而那種怪異的感覺又會浮現出來。」

「怪異的感覺？」張亦賢覺得自己像隻學舌鸚鵡，只會重複黃士弘說過的話。

「怎麼說……很難形容，好像整個人斷線了，對身邊的一切都有種疏離感，無論跟什麼人相處，都覺得不太踏實。」

黃士弘說著說著又笑了，這次笑得有些靦腆。

「所以我那天才會問你線的事。聽見你說我和你有線連著，我真的滿開心的。其實我還想再多問一點，但又怕太囉嗦會給你壓力，也怕你會說我身上根本沒有什麼線連著別人……。」

張亦賢揚聲打斷他：「有！有啦！你有線連著別人，雖然不多，但你不用擔心，我跟你保證，你絕對有線連著別人，我……我保證……。」

連聲的保證說到後來，不知為何帶了點哭腔；黃士弘伸出手指，輕輕按住張亦賢的眼眶。

手指涼涼的像冷敷一樣，鎮壓住了落淚的衝動。

張亦賢心跳如擂鼓，自己也不知道自己是怎麼回事。可能有點高興，也有點委屈，高興和委屈中間又夾雜了一些其他的東西。

原來有線的黃士弘也會跟他有相同的感覺，也會覺得自己跟世界斷了線，也會害怕與他人相處時突然刺上心頭的空虛。

原來盤繞在生命裡的寂寞和恐懼，被人用簡單的話語描述出來，是件會令人情緒瞬間激動、眼眶突然發燙的事。

「謝謝你。」

黃士弘道謝的聲音有些沙啞，手指停留在張亦賢眼睛下緣。明明在道謝，此刻的他看起來卻比任何時候都要來得困擾。

張亦賢吸了吸鼻子，把話題拉回來。

「所……所以徐英昇讓你想到你自己，你覺得不管是什麼樣的記憶，能夠記得還是比較好，對嗎？」

「我也不知道。我以前問過阿姨好幾次，她的說法就跟徐仲昇一樣；她說父母離世那麼傷心的事，我忘了也好。我本來也覺得沒關係，但是看到徐英昇的情況，我又不由自主會去想，要是我忘掉的那段記憶裡有很重要的東西怎麼辦？」

「我懂你的意思了。」

張亦賢眨眨眼，微溼的睫毛刷過黃士弘指尖。

黃士弘嚇了一跳，連忙將手指從他臉上移開，有點不好意思的把手藏到身後，偷偷搓了搓手指。然而方才觸摸到的熱度和溼意卻像滲進皮膚裡似的，怎麼搓也搓不掉。

按捺著不該在此時生起的情緒，黃士弘強迫自己繼續說話：「總……總之，我覺得徐英昇那樣子是在自暴自棄。他明明有機會找到她，只差臨門一腳而已。」

「我想他害怕的是自己吧。要是見了面還是想不起來，可能會比記不得更傷心。」

徐英昇自嘲無情，但也會害怕被印證是真的無情。這種不想承認又無法否認的逃避心態，張亦賢感覺自己能夠體會。

「就算是那樣，也比沒見面來得好。」

張亦賢點點頭，又說了一次「我懂你的意思」，接著問道：「那你想怎麼做？要繼續幫他查嗎？」

黃士弘想了一下，無奈的回道：「查是可以查，但他本人若沒有意願，我也不能強迫他，只能看看有沒有機會再勸他了，畢竟——」

話還沒說完，他口袋裡的手機鈴聲忽然響起。他按下接聽鍵，還沒將手機湊近耳邊，就聽見徐仲昇著急的叫喚聲。

「喂喂，黃警官？我哥他又趁我洗澡時跑出去了！他鑰匙沒帶，手機也不接，我很擔心……。」

◇　◇　◇

「確定要這款了嗎？好的……我們製作期大概是一個月左右，快的話三週就可以取件了。取貨之後，如果戒圍不合，都可以送回來調整。不過我們比較建議您到時候跟女方一起過來試戴，這樣會比較準確哦。」

服務人員帶著笑容歸還那枚被偷拿出來量尺寸的舊戒指，親切有禮的提出叮嚀和建議。

徐英昇還記得自己那陣子常在下班後跑去喝酒，訂戒指那天應該也喝了。

大概是酒意上腦，也可能是被專櫃的燈光照得頭暈，又或者只是花大錢讓人心情好，他因此情不自禁，多說了很多話。

他告訴服務人員，自己跟女朋友昨天大吵一架，但他其實很愛她，一點也不想讓她傷心。所以他來訂戒指，為她準備驚喜，希望能讓她消氣。他還說，其實他早就有這個打算了，雖然剛吵完架就求婚好像很白目，但說不定這正是突破僵局的好機會⋯⋯

「你們的戒指設計比較簡潔，她應該會喜歡⋯⋯而且，不管我送什麼東西給她，她都會很喜歡的。如果事先讓她知道，她就會叫我不要浪費錢，所以不能帶她過來，一定要保密⋯⋯不過她不知道是不是還在生我的氣⋯⋯。」

聽他絮絮叨叨囉嗦了一串，訓練有素的服務人員臉上笑意未減，還以讚嘆的口吻附和他。

嗯！我也覺得您選的這款，她一定會喜歡的。

然後⋯⋯然後呢？

他費心準備，希望用來和好的禮物——

夜幕漸漸垂落，徐英昇在河堤上慢跑，每一步都重重踏在他脆弱而不可盡信的記憶上。

他連那個服務人員微笑時頰邊浮現梨渦的畫面都想起來了，卻仍是想不起他們對話中談論的那個「她」到底長什麼樣子、叫什麼名字。

他曾有過即使吵架了也敢求婚的勇氣，也曾有過不管送什麼給她都能討她歡心的自信，他們一定非常相愛才對。那她又為什麼要離開呢？換作是他，面對失去記憶的另一半，他一定會先努力看看，大不了失敗了再分開，絕不會像她這樣二話不說扭頭就走，什麼也沒留下來。

跑到堤岸盡頭的樓梯旁，徐英昇氣喘吁吁的放慢速度，在路燈下停住了腳步。口袋裡的戒盒輕輕磕著他腿側，他伸手把它拿出來，打開盒子，對著那枚被留下的男戒看了又看。

不，也不是什麼都不留；與其說她帶走了女戒，不如說她留下了男戒。

既然要隱瞞，為什麼不把兩枚戒指都拿走？徐英昇隱隱覺得，她留下這枚男戒，說不定是對他的懲罰。

對著燈光，他端詳著戒指內側的刻字。

那是自己姓名的縮寫字母和出生年月日。另一枚女戒應該也刻著她的名字和生日吧？凝視著那深入金屬表面的刻痕，他忽然感到一陣強烈的心酸。

「算了算了，想也沒用，又不是沒被女生甩掉過。」

他甩甩頭，把戒盒塞回口袋，高舉雙臂，伸展了一下筋骨。

◇　◇　◇

張亦賢和黃士弘肩並著肩，以相隔十幾公尺的距離悄悄跟在徐英昇後面，看著他在河堤邊沉思。

「他停在那邊看戒指看了那麼久，愈看愈難過的樣子，我還以為他會把戒指丟下河堤……我都做好心理準備要下去幫他撈了。」

「幸好沒丟。他為什麼盯著戒指看那麼久？」

「看名字吧？徐仲昇說戒指有刻名字，所以才讓他女朋友帶走。」

「那他的線呢？我說紅線之外的線。」

「線都還在，淡淡的。」

接到電話時，張亦賢提議叫徐仲昇出來會合，可以直接循弟弟的線去找哥哥；黃士弘卻想起徐英昇說過他每天晚上都會到河堤慢跑，而河堤就在學校旁。他拉著張亦賢過來碰碰運氣，沒想到真的在河堤上找到了人。

徐英昇身上穿著同一件白襯衫，下半身則換成了運動褲和球鞋，在路燈慘白的光線中，沿著河堤慢吞吞的跑步。

張亦賢和黃士弘兩人從學校側門跑向河堤邊，正好遠遠看見他在盡頭準備折返的樣子。

黃士弘立刻回撥電話給徐仲昇告知狀況，要他不用擔心，還順便逼問了一下，從他口中挖出所有他知道的那個女人的情報。

結果徐仲昇也只知道她的名字和長相而已。

「長頭髮、小眼睛、瘦瘦白白的……這樣的女性滿街都是，是要怎麼找。」

徐仲昇對女性相貌的觀察力之低落、描述字彙之貧乏，讓黃士弘一想起來就嘆氣。

「不能從你們警察專用的系統查查看嗎？用名字查她戶籍在哪之類的，我在新聞上看過有警察用那個系統偷查喜歡的女生，結果被同事抓包。」

「那……那樣犯法了，我……想想看……。」

「原來你也記得那樣是犯法的啊，那剛剛在他家還主動說什麼『只要有名字就可以幫忙查』。」

「我那時很急，就沒想那麼多……。」

見黃士弘眉頭緊皺，似乎正在進行嚴重的心理鬥爭，張亦賢伸出一隻食指，故作開朗的說道：「至少我們知道她拿走的戒指上刻的是什麼字了，你可以在值勤時多注意戴著同款戒指的三十八至三十九歲長髮女性，以及她們戒指內側刻的字，應該是……G.L. He……。」
他把話說完了才意識到這話有多蠢，而這分蠢勁似乎讓黃士弘更加糾結。
「又不能臨檢人家的戒指內側……。」
「啊，他下樓梯了。」
見徐英昇準備移動，張亦賢連忙拉了拉黃士弘，兩人沿著堤邊狹窄的階梯拾級而下，保持距離跟在他身後。
雖然向徐仲昇報過平安了，徐英昇看起來也真的只是出來慢跑，但黃士弘認為他現在心靈應該十分脆弱，夜晚的河邊又是相對危險的地方，不能放他一個人，便和張亦賢說好一起盯著他，確保他運動後安全回家。
「那你要再去跟徐英昇說看看嗎？至少把情報告訴他。我們這樣跟蹤他好像也怪怪的。」
「我還在想要怎麼說。我也希望多查到一點消息給他。」
「也對，再失望一次也太可憐了。但你覺得他會想聽嗎？」
晚風中，黃士弘搖了搖頭，表示不能確定。
徐英昇走下河堤後，熟門熟路的轉進了堤邊小巷。巷子裡的路燈相隔甚遠，光線遠不如河堤上明亮；他過大的白襯衫被穿樓而過的夜風吹得一會兒鼓起一會兒凹陷，看起來就像衣服底下沒半點東西似的。
「我一直覺得他衣服都買太大件了，背影看起來好像幽靈。」
那個如幽靈般踽踽前行的身影轉彎走進巷口的便利商店，張亦賢拉著黃士弘，小心的跟了上去。
「幽靈不會進便利商店買東西吧。」
兩人隔著馬路望向對面落地窗內，嘴裡百無聊賴的抬槓，一邊看著店裡的情形。

徐英昇在冷藏櫃前挑選飲料。

有個老爺爺牽著連路都走不太穩的幼孫走進店裡。小男孩的身高還不及爺爺大腿，一進店門就掙脫爺爺的手，搖搖晃晃的衝向冷飲櫃，差點一頭撞上徐英昇。

在一旁備貨的店員眼明手快的抱起小男孩；徐英昇驚魂未定，店員看起來倒是很習慣小朋友如此暴衝，她把小男孩抱高了些，小男孩就伸出食指，指向冷藏櫃。

店員笑了一下，從架上拿了一個布丁，塞到小男孩手裡，直接抱著他走進櫃台，等他爺爺選好東西過來一起結帳。小男孩似乎也跟店員相熟，乖巧的依偎在她懷中，皺眉盯著手裡的布丁，專注得嘟起了嘴巴。

徐英昇微笑著將視線轉回冷藏櫃。

選好飲料後，他拿著瓶子走向櫃台，店員也剛好幫那對祖孫結好帳了。她讓小男孩自己拿著布丁走出櫃台，還對老爺爺揮了揮手，目送祖孫倆離開。

輪到徐英昇結帳，他把飲料放在桌上，在兩邊褲袋裡摸了老半天，最後才像想起了什麼似的，從襯衫口袋拿出一張悠遊卡。

遞出悠遊卡，徐英昇笑著朝店員說了句話，可能是為了剛才的事向她道謝。店員點點頭，面無表情的刷了商品條碼，並示意他把悠遊卡放到感應區。

黃士弘拿起手機，低頭看時間。「看樣子他不會有事，不過我等一下可能要用跑的回派出所了……亦賢？你幹嘛？」

張亦賢雙眼圓睜的看著玻璃另一側，一邊用力捏住黃士弘手臂。

「線……紅線！連起來了！紅線……是紅線啊！」

「咦？咦咦？」

黃士弘反射性的朝徐英昇望去，卻忘了自己沒有特殊能力，什麼線都看不見。他只看見徐英昇在結帳完畢後收起悠遊卡，拿著他的飲料走出便利商店。

徐英昇沒注意到他們兩個站在對面，逕自踩著遊魂般的步伐，若有所思的朝著回家的方向走去。

黃士弘猶豫著是否要去追他，又想問張亦賢剛才到底看到什麼；只不過遲疑片刻，身旁那個人已如箭離弦般大步穿越馬路，衝進了便利商店。

「歡迎光——」

張亦賢雙手撐在櫃台上，兩肩高高聳起，緊盯著剛剛幫徐英昇結帳的店員，唸出她胸前名牌上的名字。

「何……貴……菱！何貴菱！你……就是你！你有戒指吧？戒指呢？」張亦賢激動得臉都紅了，回頭朝追進店裡的黃士弘喊道：「黃士弘！是她啊！就是她！她就是何貴菱！」

黃士弘瞬間就滿頭大汗，他一手把張亦賢拉離櫃台，一手朝名為何貴菱的店員舉高他的員警服務證。

「等一下！不要按警鈴！我……我是警察！對，請不要按下去……。」

何貴菱滿臉戒備，瞇眼確認服務證上的照片和黃士弘是同一人之後，才將手指從警鈴上收回。

「何姊，還好嗎？」聽見門市的騷動，另一名男店員拿著球棒從倉庫裡跑了出來。

她朝他搖手示意不必擔心，才轉頭問道：「我就是何貴菱，兩位找我有什麼事？」

黃士弘收起證件，緊張得幾乎虛脫，一時無法回答她的問題。

看見球棒和員警服務證，張亦賢稍微冷靜了下來。他伸指指向店外，對她說道：「剛剛買飲料那個人叫作徐英昇。你是他女朋友吧？為什麼要裝作不認識他？」

男店員扛著球棒站在一旁，好奇的目光輪流在面前三人臉上打轉。何貴菱咬了咬下唇。

她彎腰從櫃台下面摸出香菸、打火機和隨身菸灰盒，朝面前兩人勾勾手指，對同事交代一句「我出去抽個菸」，就把他們帶到了店外。

何貴菱是個清瘦的女子，微捲的長髮在腦後紮成一束馬尾，略顯疲倦的臉上脂粉未施，也沒有配戴什麼飾品。她不說話的時候，臉上幾乎沒有表情，偏白的膚色和細長的眉眼讓她看起來有點淡漠，但還不至於刻薄。

的確是長頭髮、小眼睛，白白瘦瘦的……張亦賢看著她，偷偷覺得徐仲昇也算是盡力說出她的外貌特色了。

「你們知道多少？是仲昇說的嗎？」

見她似乎沒有要隱瞞的意思，黃士弘就把事情經過簡單說了一遍，從徐英昇到派出所報案尋人未果講起，再說到他皮包裡的對戒，最後才告訴她徐仲昇口中那個「無情女友翻臉不認人」的故事。

「以仲昇那個個性，應該忍得很辛苦吧，也多虧他能瞞到現在。」何貴菱手指挾著菸，拿到唇邊吸了一口。「事情大致就是那樣，他說的都沒錯。還有什麼問題嗎？」

黃士弘神情認真。「我想知道在『大致』之外，是否有其他的關鍵。」

她別開臉，把菸吐到另一側。「咬文嚼字，我聽不懂。」

張亦賢直接翻譯：「你明明還愛他，他也很愛你，你為什麼要走？」

聽見這句赤裸裸的大白話，何貴菱神色一黯，放下了抬到唇邊的菸，將它狠狠按在菸灰盒裡。

張亦賢目不轉睛的看著她身後的紅線。

她剛才幫徐英昇結帳時，那條紅線就從她身上延展過去，連到他身上。

一離開她，徐英昇身上的紅線就迅速轉淡消失；但她那條胭脂色的線卻不一樣。即使徐英昇已經走遠了，它仍然明亮而紅豔，痴痴的指著他離去的方向。

熄菸後，她忽然露出微笑，伸出雙手，比了個大約四十五吋的腰圍。

「英昇他本來……有這麼寬，講話呆呆的，笑起來很可愛。我第一次見到他，就覺得他像一隻超大型的熊布偶，從森林裡跑出來。」

她口中的徐英昇和他們兩人認識的很不一樣。

「我們在一起快三年了，去年我意外懷孕，我們決定生下來。英昇很高興，還跟我約好在寶寶滿四個月收涎那天登記結婚，帶孫子去給爺爺奶奶看……沒想到寶寶出生不到兩個月就死了，說是急性腦膜炎。我們都很傷心，不過誰也沒怪誰。」

她收攏雙手，那個四十五吋的巨大腰圍慢慢縮小，縮成現在徐英昇的尺寸。

「可是英昇他實在太傷心了，日子一天天過去，他卻愈來愈憂鬱，怎樣都走不出來。不管我說什麼做什麼，都沒辦法安慰他，我只能在旁邊看他像顆破洞的氣球一樣，一直變瘦，一直縮小……以前是熊，現在像狐獴……。」

她雙眼彎起，似乎很滿意自己的比喻，但黃士弘和張亦賢都笑不出來。

「他過得行屍走肉，還開始喝酒，有幾次甚至醉倒在路邊，整夜沒有回家。我看不下去，就會跟他吵架……出事前一天，我們吵得特別凶，我跟他說不能再這樣下去，他卻說我不懂他的痛苦……然後他就出了車禍，蹦的一聲，把我和小孩的事情全部忘記了。」

何貴菱深深吸了一口氣，臉上居然還是帶著那副微笑。

「接下來的事情就跟仲昇說的一樣了，我和他的版本只差了一個無緣的小孩。總之我和仲昇很快就商量好，我會從英昇的生活裡消失，把一切都處理乾淨，仲昇搬過來陪他住，假裝我不曾存在，讓他慢慢過回原本該過的日子。我不覺得他欠我，我也沒有欠他，我是自願這麼做的。」

「那戒指呢？為什麼帶走……不，為什麼留下一枚……。」黃士弘的嗓音如鯁在喉。

她朝他看了一眼，伸指滑過自己頸子，從衣領下勾出一條銀鍊。鍊子上串著的正是那枚被她帶走的戒指。

「因為寫了我的名字嘛，我只好帶走了。在他皮包裡看到那個戒指盒時，我差點就要崩潰了。為什麼老天要這樣對我呢？可是，就算他在車禍前偷偷買了戒指，躺在病床上的他也還是不認得我……我也曾一個人去醫院看他，他竟然以為我是隔壁床那個阿伯的女兒，對我超有禮貌的，連我和仲昇一起出現過都不記得……。」

她邊說邊皺起眉，五指握緊了那枚戒指。

「可能我還是不甘心吧，就想留下一點什麼，讓他也煩惱一下。」

「你一個人承擔這些太辛苦了，對他也不公平，我想他不會願意看到你這個樣子……。」

黃士弘的勸解只能說是陳腔濫調，她重重的「哼」了一聲，反駁道：「他願意！我也願意！你知道他在這間店裡看到我時說了什麼嗎？他問我『你爸爸最近還好嗎』……他明明就能記住我的臉，卻把我和他一起度過的一切都忘掉……反正我早就想開了，他能把傷心的回憶都丟光，也算是一件好事。你們看，他現在會笑會跑步，不就證明他忘了我也能過得很好嗎？」

「可是他過得並不好。」張亦賢愈聽愈難過，忍不住說道：「他根本忘不了你，他說他一直做夢，夢到他的老婆和小孩，他覺得自己忘了很重要的東西，每天都過得糊裡糊塗的。」

何貴菱又咬住了下唇。

看著她在短暫對話間一次次忍住眼淚，張亦賢直覺她是個很擅長吞下委屈的人。同時也是個倔強、固執而且驕傲的人。

「反正，也不關你們的事。」

何貴菱把戒指放回衣領中，視線轉向另一隻手上的菸盒和打火機，眨了兩下眼睛，很快就讓自己平靜下來。

她站直身子，伸了個懶腰，接著勾起唇角，朝張亦賢揚了揚下巴。「你剛剛說他也很愛我，我聽了很高興，謝啦。」

「我不是說來逗你開心的，他真的很愛你……。」

「嗯，只是他想不起來而已。」她收起所有情緒，變回了初見面時那個面無表情的便利商店店員。「請你們不要跟他多嘴，他如果跑來問我，我會否認的。」

何貴菱拆開馬尾重新綁起，甩頭走回店裡，把兩個陌生人和一團混亂的情緒留在外面。

完蛋了，好鬱悶，真的好鬱悶。張亦賢抱頭發出呻吟。

「怎麼辦，怎麼辦啊……。」

黃士弘正在看手機。

「完了，這麼晚，我真的得用跑的回去了。」

張亦賢一把抓住他手臂。

「等等等一下，就這樣嗎？不用去追徐英昇回來？我們找到她了耶！」

「應該不用擔心，他一定會想起來的。你也看到他們的紅線了。」

「不是這樣吧！」見黃士弘頻頻看著遠方，一副隨時準備拔足狂奔的樣子，張亦賢更是緊抓著他不放。「你又看不到線，怎麼比我還有信心？我沒信心，你倒是說點什麼來說服我啊！」

「呃……好吧，你想想看，她對他其實有點生氣。她留著戒指，他也還留著。她跑來這裡當店員，他有慢跑的習慣，他們常常會見到面。」

黃士弘說得又快又急，邊說邊一根根撥開張亦賢抓在自己臂上的手指。

「而且你看，她連頭髮都沒剪。」

「嗄？頭……頭髮？」

張亦賢一愣，黃士弘趁機抽回手臂。

「懂了吧？我再不跑真的會遲到，明天放假，下班我再找你，拜拜！」

道別過後，他右手帥氣一揮，轉身奔跑起來。

「不，不懂啊，完全不……。」

張亦賢徒勞無功的追著黃士弘跑了一小段，但兩人跑速相差太多，他一句話還沒說完，就被拉開距離遠遠拋在後面了。

可惡！什麼跟什麼，聽不懂啦！跑那麼快幹嘛……張亦賢頹然止步，雙手撐在膝蓋上拚命喘氣。

而路的那頭，徐英昇正從另一個方向狂奔而來。

他淚流滿面、心無旁騖的向前跑著，和正在趕路的黃士弘擦身而過。黃士弘嚇了一跳，連招呼都來不及打，只能扭頭目送他的背影。

他身上那件寬大的白色襯衫裡灌滿了風，讓他看起來變得格外高大，像隻逃出森林的熊。

那隻熊飛快掠過張亦賢身邊，跑進便利商店，轉彎時還撞了他一下。張亦賢被撞得差點跌倒，連忙站穩身子，轉頭望向店裡。

黃士弘抬高下巴，瞇起了眼睛。

從他的角度看不到店門口，但他能看見張亦賢彷彿石化般杵在原地，目瞪口呆的看著店裡發生的事。徐英昇認出何貴菱了嗎？一定沒問題的，畢竟他剛剛哭得那麼慘、跑得那麼急。他會先罵她還是先道歉？她呢，她會先罵他還是先道歉？那兩人會不會太過百感交集，結果什麼話也說不出來，只是抱在一起流淚？

「啊！不行，真的來不及了！」

黃士弘強忍住好奇，擺出手刀架勢，朝著派出所方向全速奔跑。

不用擔心，一定會想起來的。

還真的想起來了。還真的被黃士弘說中了。明明看得見線的人又不是他……隔著玻璃看向店內，張亦賢仍然覺得不敢置信。

哭得亂七八糟的徐英昇一進門就用力抱住何貴菱，低頭朝她兩頰額頭鼻子嘴巴沒頭沒腦的亂親。要不是她也伸手回擁他，那個跑回倉庫再度拿出球棒的男店員說不定就要揮棒朝他頭上敲下去了。

徐英昇的口型似乎在罵「笨蛋」，接著又似乎說了好幾次「對不起」或是「我愛你」。好像在演偶像劇。張亦賢看著他們哭著擁抱親吻，忽然有點害羞。

他揉著鼻子眼睛，把視線從便利商店的落地窗移開。雖然已經連背影都看不見了，但他還是伸出右手，朝著那個趕打卡的員警跑遠的方向高高的比了個拇指。

第五章

遊戲結束

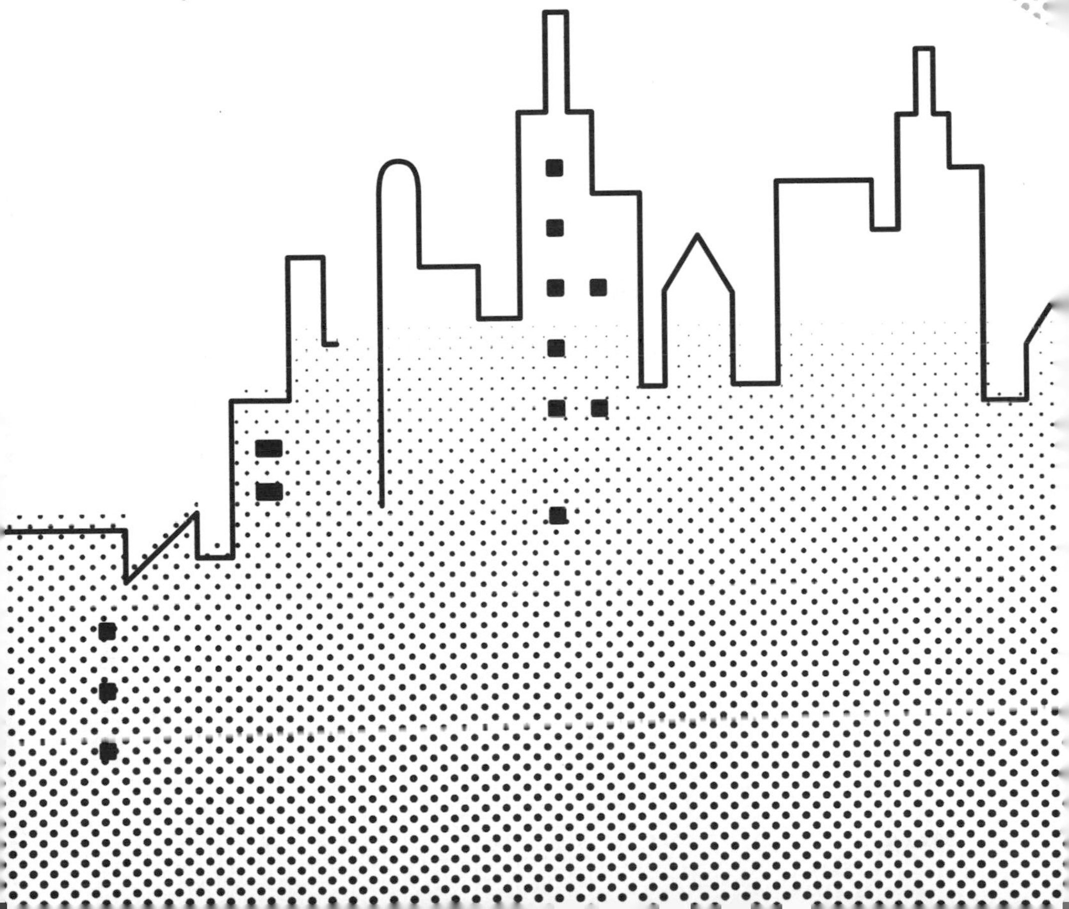

親愛的賢賢，照片美不美？這幾天我和小力合作無間，徜徉在一望無際的蔚藍中，盡情享受太平洋炙熱的青春。雖然海風鹹得要死，太陽又有夠曬，可是這條路騎起來真的超爽。多虧你的慷慨，我才能用全身全靈感受這樣的風景，雖然我們的身體是分開的，但我的青春裡有你啊兄弟！話說回來，我已經到宿舍樓下了，你到底起床沒？快點下來，我有買禮物給你。

「喂？幹嘛……沒啊，我剛剛沒看Line……誰叫你每天都傳一堆照片來炫耀……罵屁啊，沒先約好就跑來，你才是猴子……好啦，你就先拿去給阿姨吃……嗯，小力先留你那沒關係……嘉義，明天就回去了……回去再跟你說，拜。」

明知應該壓低音量，面對阿徹咄咄逼人的興師問罪，張亦賢還是愈說愈大聲。掛掉電話之後，他不甘示弱，把剛才將手機貼在車窗玻璃上硬拍下的海景照片傳給阿徹。

你有太平洋，我也有台灣海峽啊。

懷著幼稚的報復心傳去五六張照片，張亦賢再抬頭時，鄰座的黃士弘正半睜著迷濛的睡眼看他。

「剛剛跟誰吵架？」

「沒有吵架，阿徹跑到學校找我……你還要睡嗎？」

黃士弘立起椅背，抬手看了一下錶。「那哪了？」

「剛過竹南。我買了便當，要不要先吃？還溫溫的。」

張亦賢邊說邊指了指疊放在自己膝蓋上的兩個鐵路便當。看見他併攏雙腿以異常端正的坐姿守護著便當，黃士弘眼裡的睡意就換成了笑意。

「好啊，我要吃。」

把還有餘溫的便當交到黃士弘手裡，張亦賢也打開了自己的那盒。黃士弘拆開筷子大口扒飯，嚼著嚼著眼皮又慢慢垂了下來；張亦賢邊吃邊偷看，怕他吃到睡著，連舌頭也一起吞了。

昨天在便利商店前和黃士弘分開，張亦賢目擊了徐英昇與何貴菱相認的場面，就算只是旁觀，情緒的衝擊也十分巨大。離開現場後，他整個人失魂落魄，爬回宿舍換衣漱洗完沒多久，就早早上床睡覺了。

大概是這一天發生太多事，他在床上翻來覆去，作了很混亂的夢。

他夢到那場無聲無息的雨從山區蔓延開來，淹沒了整座城市；夢到可愛的小寶寶揮舞著拳頭，掙脫包巾飛上天空；夢到十幾個面容模糊的年輕媽媽，圍坐成一圈捂臉痛哭；還夢到黃士弘朝他張開雙臂，笑容滿面的說「來，哥哥抱」。

哥哥的發音是「葛格」。

夢裡的他千真萬確向那個唾手可得的溫暖擁抱屈服了，因為他睜眼時，雙手正緊緊摟著自己的枕頭。夢境結束在奇怪的地方，他醒來時也陷入了詭異的羞愧中。他鬆開枕頭在床上來回滾了幾圈，花了比平時更長的時間才整理好動搖的身心，鼓起勇氣踏下床舖，面對全新的一天。

這天是星期六，不用去派出所打工，也是黃士弘大輪番的最後一天。張亦賢翻身下床，在宿舍東摸西摸混了一個多小時，就接到黃士弘的電話。

「喂，你下班啦？」

他以為黃士弘會急著探聽那對夫妻是否順利和好，沒想到對方卻做出他想也沒想過的要求。

「我想請你陪我回家一趟。」

「回……回家？為什麼？你家在哪？」

「嘉義，我買好車票了，見面再說……我好睏……拜託。」

拜託。張亦賢第一次從黃士弘口中聽見這兩個字。

他有滿肚子的疑問，也覺得訝異，甚至還有點不爽，但那句誠心實意、低聲下氣的「拜託」彷彿帶著帳蓬住進了他腦袋裡，害他難以正常思考。

「亦賢，拜託……好不好？」

又拜託。張亦賢吞了兩三次口水，心軟到不能再軟，最後也只能不爭氣的回答「好啊那要約哪」。

簡單整理好一天份的行李，張亦賢和黃士弘約在學校前的公車站見面，一起搭公車到台北火車站。黃士弘買的是十一點十五分發車的海線莒光號，下午四點左右就會到嘉義。

公車不算擁擠，卻也沒有位子可坐。黃士弘吊在拉環上，一臉困倦的告訴張亦賢，他昨天全力跑回派出所，總算趕在遲到前一分鐘打卡上班。

他掛念著徐英昇的事，上班後都還有些心神不寧。哪知他開始值班沒多久，就見方靜芝紅著眼睛從外面回來，打招呼時帶著點鼻音，跟她搭檔的陳警佐則是雙眼閃閃發光，一進門就嚷著說沒想到警民連線系統會讓他在便利商店目睹一場精采感人的愛情故事。

「徐英昇衝進去抱住何貴菱時，那個男店員就按警鈴了，學姊帶著學弟過去關切，剛好跟我錯開。」

「咦？那也跟我錯開了，我離開時沒看到她們。」

「你跑得太快了，至少傳個Line跟我講一下吧。忙了那麼久，結果我最晚知道消息。」黃士弘語帶埋怨。

「唉唷，其實也沒什麼，他們就……就很激動啊，一進門就抱在一起，抱很久，兩個人都哭了，然後在那邊親來親去……。」

滿意的眼神。

張亦賢試著亡羊補牢，邊說邊回想那對情侶擁吻的畫面，說到脖子耳根都紅了，卻只換來黃士弘不甚

公車搖了四十幾分鐘才抵達台北車站。黃士弘領了車票，在月台找到空椅子坐下，低頭睡到火車進站。兩人上車後，他讓張亦賢坐在靠窗的位置，指著窗戶玻璃說了句「可以看到海」，就又閉起眼睛，靠在椅背上沉沉睡去。

空調不太夠力，車廂裡有點悶熱，熟睡中的黃士弘身體隨著車身起伏輕微的搖晃著。看他這樣，大概可以一路睡到嘉義吧。雖然這麼想，但張亦賢還是在服務員推著車子經過時，買了兩個便當。

黃士弘說過，徐英昇的事情改變了他的想法，令他動念追查失去的那段記憶。

張亦賢猜測，黃士弘之所以邀他同行，是希望他運用能力幫忙尋找線索，就像他們到徐英昇家裡循線找戒指那樣。

想到這裡，他抬高視線，看著兩人相連的那條線。

原本是從未見過的銀灰色，後來變成淡淡的米色，這兩天已經接近鵝黃色了。這條線原應是他苦苦收藏的小祕密，卻被黃士弘不費吹灰之力的問了出來。

黃士弘問得很直接，他也自認回答得很合理；但只要意識到「黃士弘知道我們有線連著」這件事，他都會不由自主兼莫名其妙的感到心虛。

想到這裡，張亦賢一口咬下三角油豆腐，又朝黃士弘那邊望了一眼。沒想到黃士弘正好也在看他，皺眉瞇眼的表情顯得有點嚴肅。

「那小麗是誰？」

「小麗？」張亦賢混亂了幾秒才對上他的問題：「啊，小力是我的摩托車。」

「為什麼叫小麗？」

「因為希望它有百萬馬力……笑什麼，你對我的命名品味有意見嗎？」

「沒有，小力很好。」黃士弘抿嘴低頭，用筷尖把散落在便當盒底的飯粒聚集到角落，壓攏後輕巧的夾起。「你最近是不是都沒在騎？」

「對啊，最近沒在騎；阿徹說想騎車環島，我就借他了。」

「為什麼不騎車了？」

張亦賢彆扭起來。「騎車要加油，我討厭汽油味。」

「是因為假司機那件事吧？」想起那桶淋在張亦賢身上的汽油，黃士弘表情一沉，說話聲音也跟著變低：「要找醫生諮詢看看嗎？我幫你問學姊有沒有推薦的。」

「不用不用，沒那麼誇張。」張亦賢忙不迭的搖手，卻接收到黃士弘探究的目光。他察覺這個話題沒辦法含糊帶過，只好認真向對方解釋：「一開始比較嚴重，會想吐也會作惡夢，但後來就好很多，現在只是聞到汽油味會覺得討厭而已。」

「唔……。」

見黃士弘仍然皺眉，他繼續說明：「叫我忍耐我也還是忍得住，我們不是一起坐公車了嗎？不舒服的程度就像有些人討厭香菜那樣，只是有得選的話我不想忍而已。」

「那你還會作惡夢嗎？」

聽見他這麼問，張亦賢倒吸了一口氣。黃士弘敏銳掌握到他的反應，向前湊了過來，雙眼鎖定他企圖向上飄移的視線。

「你……。」

不等他追問，張亦賢就以判若二人的氣勢堅決否認。

「沒有，沒有作惡夢，我睡得很好。」他頓了頓，又補充一句：「每天都一覺到天亮。」

「那就好。」

黃士弘點點頭，束起吃完的便當空盒，重新靠回椅背上，沒幾分鐘就又歪過頭睡著了。

看著那雙總是直勾勾望過來的眼睛因睡意而閉上，張亦賢偷偷鬆了口氣，暗自慶幸黃士弘很好騙。

其實他也不算說謊。他的確沒再反覆作惡夢了，至少沒有夢到被潑汽油或被毆打。只是有幾次……幾次而已，他夢見自己溼著頭臉、閉著眼睛，被黃士弘一把摟進懷裡，而那雙緊緊抱住他的手臂上也沾染著濃烈的汽油味。

汽油味不只聞了噁心，也會讓他想起那些夢境。

那些……不算惡夢，但很奇怪，有點丟臉，不想讓人知道。張亦賢的便當還沒吃完，他卻愈嚼愈覺得食不知味。

他曾試圖回憶那次遭受攻擊的始末，但當時情況混亂，他被假司機打得頭昏腦脹，又被汽油熏得神智不清，連怎麼脫險、怎麼被帶進警局都不太記得了；夢裡那個充滿汽油味的擁抱到底是現實還是幻想，他也沒有勇氣去找黃士弘確認。

如果是現實，那又不算什麼創傷，為什麼會在夢裡一直重現？如果是幻想……自己幻想這種事做什麼？

嚼了老半天的滷蛋終於被嚥下喉嚨，散成粉狀的蛋黃頑固的黏在口腔上壁，張亦賢企圖用舌頭掃蕩卻以失敗告終，只好打開水瓶喝水漱口。

在咕嚕咕嚕的漱口聲中，黃士弘忽然又醒了。

他睜開眼睛，盯著鄰座旅伴鼓起的臉頰，嘴角輕輕向上揚起，本就只有半開的眼睛笑得彎彎的，瞇到只剩兩條線。

張亦賢停下漱口的動作，鼓著腮幫子不敢動；黃士弘笑了一下就又睡著了，臉上的笑意隨著睡意加深慢慢鬆弛。

到底……是怎樣啊。張亦賢吞下嘴裡那口混著蛋黃味的礦泉水，忍無可忍的伸手把他搖醒。

「喂，黃士弘。」

「唔……幹嘛？」

「你為什麼突然要回家？還找我一起？」

黃士弘緩慢的眨著眼睛，看起來睏得要命。

「我跟你說過我失憶的事吧？我很想知道自己到底忘掉了什麼。」

「嗯，你說過。」

「十幾年來，家人怕我難過，我也怕家人為難，彼此都不談，明明有件事卡在那裡，所有人卻都迴避著它。事到如今突然要問，我也很難開口，所以我想複製徐英昇的模式，先找到線索。還可以帶你去逛夜市。」

既然要找東西，那自己就當仁不讓了。張亦賢看了看黃士弘身上那比日本製壓縮機還要稀少的線，不免有點忐忑。

「好……好的，我會努力。」

「對，你要努力多吃點。」

「咦？」努力……多吃？

黃士弘打了個哈欠，眼睛又閉上了。

「我和你還沒認識就有線連起來，說不定我們也有某種關聯……你應該小到記不得吧……你放暑假都在打工，我想帶你出來玩……豆漿豆花很好吃喔……。」

愛睏的黃士弘比平時還多話，但無法持續太久。見他再度以含笑九泉般的架勢歪頭睡著，張亦賢不忍心再叫醒他，伸手輕輕扳正他的頭，幫他把椅背放低了些。

豆漿豆花嗎。

拉上窗簾，收拾好兩個便當盒，張亦賢調整好坐姿，拿出手機查詢起來。

◇　◇　◇

黃士弘果然一路熟睡到嘉義。

他在火車到站前五分鐘時自動醒來，一醒來就盯著張亦賢，盯到張亦賢不得不開口問他「你怎麼了」。

黃士弘傻愣愣的回答「我又夢到你兒子了」，弄得張亦賢哭笑不得。

兩人出火車站後搭上公車坐了幾站，時間接近五點，黃士弘帶著張亦賢穿過仍然明亮的街道，邊走邊向他介紹，說圓環這一帶有很多好吃的攤子，明天不要睡太晚，可以一起過來吃早餐。

「我家就在圓環後面……再過去一點點就到了。」

黃士弘說出「我家」時，看起來有點心神不寧。

張亦賢猜他跟自己一樣很少回家，所以回家會有些緊張；但當他提及家裡還有個小他幾歲的表妹時，他身上的黃線倒是明顯亮了起來。

「汽機車都不在，大概沒人在家。」站在一棟二層樓的建築前，黃士弘摸出鑰匙，卡答一聲打開了鐵門。

寬敞建物裡特有的涼爽感迎面而來，張亦賢深吸了一口氣，跟在黃士弘身後進屋。室內很昏暗，空氣中漂浮的微塵彷彿靜止不動，被窗邊透進來的夕陽照得閃閃發亮。

「啊。」

「鞋子脫這裡……怎麼了？」

「你真的是回家了呢。」張亦賢伸手擋在眉前，瞇起眼睛看著黃士弘。「屋裡暗暗的，所以能看得很清楚，有一些我沒看過的線跑出來了……。」

黃士弘一怔，接著衝到開關旁邊，打開了所有的電燈。

「弄這麼亮，我看不清楚線了。你不是要我幫忙找東西嗎？」

黃士弘拉著他上樓。

「我沒有要你幫忙找，舊東西放哪我都知道，我們家沒有人在藏東西的。」

張亦賢滿頭問號，被黃士弘拉進二樓的房間裡。

雙人床、木衣櫥、桌椅、書櫃，該有的家具都有，但可能因為主人鮮少回家，黃士弘的房間裡整齊得沒什麼生活感。

而且他一進門就又把燈全部打開了。任張亦賢怎麼擠眉弄眼，也沒能再看見剛才開門時驚鴻一瞥的那幾條淡淡的白色線。

「請坐，背包可以放這裡。」

黃士弘突然板起了臉，表情變得很嚴肅。

張亦賢依言把背包放在指定地點，正在猜測著不知道什麼事情惹他不高興了，卻見他走到書桌旁邊，十指輕搭在桌面上，背對著自己拚命深呼吸。

「我怎麼會沒想到，這兩件事應該要連起來……不對，我本來就沒想到過……那張照片……。」

他低聲喃喃自語，又好像不是在生氣的樣子。他說話時，身後有條白線微微亮起，指向書桌下方。

張亦賢觀察著那條白線，試著叫他。「黃士弘？」

黃士弘回過頭，雙眼如灼燒般明亮，兩頰少見的泛著紅暈，表情既驚喜又急切，還有一點手足無措。見他這副模樣，張亦賢也跟著緊張起來。「怎……怎麼了嗎？」

「我拿個東西給你看。」

他蹲低身子，打開書桌下方最大的抽屜，一手撐起堆放在上層的漫畫雜誌，另一手伸進抽屜深處，捧出了一個鐵製的喜餅盒——他身上的白線正指著它。

「我家出事之後，阿姨來幫忙整理東西，她把這個盒子拿給我，我才知道我媽有幫我收著這些。」

「裡面有什麼？」張亦賢微感好奇。

他記得家裡也有幾個像這樣的鐵製喜餅盒，外婆會用來收納保單或契約書之類的重要文件。還有一個專門用來收藏舊照片，外婆每次打開那個盒子都會嘆氣擦眼淚。

「裡面有我出生時按的腳印、獎狀、成績單……還有我各個時期的獨照。」

黃士弘邊說邊坐到床沿，把喜餅盒放在腿上打開，低頭在盒裡翻找起來。

張亦賢壓抑著伸長脖子的欲望，同時也忍耐著閉上眼睛的衝動。他既想看，又不敢看。

盒子裡是黃士弘的母親為他留下的人生紀錄，盒子不大，內容物也得精挑細選，一定是最具代表性的紀念品才能得到被放進盒中的殊榮。
誰能預料盒子才裝到半滿，這分細心的收藏會就此中斷？
黃士弘沒察覺張亦賢在開盒那瞬間因他而起的心疼和心酸，他翻了一下，就在盒裡找到了想找的東西。
「你看這個，我國小畢業時拍的照片。」
黃士弘手裡拿著一本卡片式硬紙相框，設計有點土氣，泛著珍珠光澤的粉紅色封皮上以金字燙印著畢業年分和校名，翻開來只有一張獨照。
照片裡，十二歲的黃士弘身穿黑色學士服，站在紅色布幕前，右手藏在黑袍裡，左手握著畢業證書筒斜靠在胸口，好讓筒蓋上的金黃色流蘇自然垂落。他身型尚未抽高，卻已站得十分挺拔；圓潤的臉龐稚氣猶存，卻板著面孔死瞪鏡頭，看起來很不開心。
這傢伙從小學畢業到現在都沒什麼變嘛。見照片裡的少年一臉被倒帳幾百萬的樣子，張亦賢忍不住想笑，但他嘴角還來不及上揚，就被照片背景中的東西奪去了注意力。
黃士弘的背上……有線。
「你看這些線。」
黃士弘伸出食指，指向照片中的紅色背景處。其實不用特別去指，任誰都能輕易看見那幾條線——因為那些線是用蠟筆畫上去的。
歪歪扭扭的兩條黃線和數條白線，從照片裡的黃士弘身後向外散開；黃線畫得超出了相框，白線畫得戳入了黃士弘肩膀。不管怎麼看，那些線都像是還不會拿筆也不懂控制力道的幼兒所畫的拙劣塗鴉。
張亦賢不自覺屏住了呼吸。

「我拿到盒子之後，隔了幾年才敢打開來細看。因為失憶，我不記得小學畢業前後的事，連帶那段時間的情緒也很模糊。看到照片時，我以為……以為這些線是表妹亂畫的，反正……反正我不記得……看過就忘了……。」

黃士弘說到後來有點結巴，停下來吞了吞口水。

「剛才進門後，你說我身上冒出幾條沒看過的白色線，我突然就想起了這張照片……。」

黃士弘說話時，指尖不住沿著照片上那些塗鴉的蠟筆線輕輕描畫，畫著畫著，他從聲音到指尖都抖了起來。張亦賢從沒聽他用這種乾巴巴的聲音說過話。

「亦賢，你看，這像不像……像不像你眼中看到的那些線？它們……是長這個樣子的嗎？」

看著那些蠟筆線，張亦賢腦中一片空白，只能茫然的點頭。

他眼中看到的黃士弘的線，的確是長這個樣子的。數量不多，顏色偏淡，線條彼此間分得很開，以背脊為中心向外散射出去。

見他點頭，黃士弘聲音變得更加沙啞。

「亦賢，我有沒有跟你說過……我媽媽以前是保母……她在市場擺攤子，也幫……幫街坊鄰居帶小孩。我……我一直都會幫她的忙……。」

「難……難怪你那麼會抱小寶寶，我就覺得……覺得奇怪……。」

張亦賢的聲音也跟著啞了起來。他覺得眼眶很熱，喉嚨很乾，酸溜溜的淚意一陣陣湧上鼻端。他不敢抬頭，只能死死盯著黃士弘停在照片上的手指，那隻骨節分明的食指戳在照片上，指尖因施力而泛白，卻仍壓抑不住劇烈的顫抖。

沒多久，那隻手指從照片上移開了。

張亦賢先是聽見輕微的衣物摩擦聲，接著就被緊緊的抱了一下。

「我……去廁所。」

拋下的語句帶著濃濃的鼻音，黃士弘放開張亦賢，像個忍者似的飛快衝出了房間。

廁所就在房門外樓梯旁，塑鋼門砰的一聲關上後，門內靜了半晌，才慢慢傳出嘩啦嘩啦的水流聲。

張亦賢揉了揉眼睛，舔了舔嘴唇，摸了摸剛才被用力抱緊時撞在黃士弘鎖骨上的鼻子，坐在原地發呆。

呆了幾分鐘，黃士弘還不出來；張亦賢百無聊賴，低頭盯向鐵盒裡最上面那張「大吉大利命名方案」，開始按照算命先生建議的筆劃，幫黃士弘取新名字。

「……黃千禾，黃子平，黃山本……山本好怪。黃小玉……好，就決定是小玉了，叫起來很順口。」

「你在說什麼？」

黃士弘回到房間，情緒比剛剛衝出去時穩定了些；只是整張臉異樣的泛著紅色，有幾顆小小的水珠正從他額前髮梢滴落。

看不出他哭過了沒有，但剛剛自己是快哭了沒錯。

張亦賢吸吸鼻子，望向黃士弘不知道搓洗了幾次的臉，正在腹誹他這樣太過狡猾，就見他瞇起眼睛，露出牙齒，整張臉笑得閃閃發亮。

「走吧，我們去逛夜市。」

◇　◇　◇

從黃士弘家出發到夜市，單程要走二十幾分鐘；兩人在去程的路上吃了雞肉飯，抵達夜市後就直奔豆花攤。吃完豆花意猶未盡，一人再買了一杯豆漿邊走邊喝；接著又去吃另一家雞肉飯，然後買了烤魷魚、章魚燒、香腸和玉米。

就這麼一路走一路吃，當黃士弘伸手指向地瓜球的攤位時，張亦賢已經飽到說不出話來了。

「買這麼大包吃不完啦……。」張亦賢一邊哀嚎一邊接住從袋口滾落的地瓜球。

「不會，它是空心的，裡面只有一點點地瓜。」

黃士弘眉開眼笑到近乎雀躍，彷彿今晚就是他這輩子心情最好的一夜。

在前往夜市的路上、在攤位間移動和排隊的空檔，他滔滔不絕的對張亦賢說話，把兩人相識的短短幾個月講成一段漫長的故事；每個相處細節都在他鉅細靡遺的敘述中被打撈上岸，透過輕率的推理，成為連結兩人今昔的重大線索。

他說他第一次見到張亦賢就覺得很熟悉，忽然被抱住也不感到討厭。

「一定是因為你小時候我也常常抱你吧。」

他說他不算慷慨的人，但總是會想餵張亦賢吃東西。

「一定是因為我以前常餵你吃飯吧。」

他說每次看到張亦賢受傷，都會覺得心臟很難過。

「一定是因為我媽叫我要把你顧好，你小時候大概也很常受傷吧。」

他說他心胸其實很狹窄，但是張亦賢對他發脾氣時，他一點也沒動怒。

「一定是因為以前你還小，我讓著你讓習慣了吧。」

每說一次「一定是因為」，黃士弘投過來的眼神就明亮一分。他展現的狂喜跟他塞過來的食物一樣太多也太重，張亦賢有點招架不住。

「對了，我最近夢到你帶兒子來找我，一定是因為我潛意識裡記得你小時候的樣子吧。我夢到的不是你兒子，那應該就是你，頭圓圓的，頭髮軟軟的，很乖，左眼下面有顆痣……。」

「好了，別說了。」

他描述的是夢裡的小孩，但眼睛盯著的卻是自己。見他那麼高興，張亦賢只想把手裡捧著的整包地瓜球都塞進他嘴裡。

見張亦賢從臉頰紅到頸根，黃士弘識相的閉上嘴；但噤聲沒多久，他又忍不住開口。

「我很高興。」

「我知道。」

兩人的腳步不知何時已停了下來。黃士弘側著頭看他。

「你不高興嗎？辛苦那麼久，終於找到那條線的祕密了。」

張亦賢一驚，直覺想要反駁，卻又有點心虛。他小聲回了一句「我也很高興啊」，卻發現自己更加心虛了，好像在當面說謊似的。

為什麼心虛？日子過得太忙碌，他早就忘了自己當初為什麼要拚命接近黃士弘了。話說回來，找出那條線的祕密，真的是他這些日子以來的目的嗎？他呆呆的看著連在兩人中間的線。

黃士弘看不見線，但他抓住了它，沿著它回頭探索，碰觸到那段失去的記憶。雖然線的另一端連在自己身上，但張亦賢認為自己是沒有什麼貢獻的，真相大白的喜悅和感動都只屬於黃士弘，他會覺得高興，也是為黃士弘高興。

因為黃士弘從小就認真負責，關心別人如同關心自己；他還有愛他的母親，細心為他保留那些他可能會忘掉的東西。他很好，他很棒，他值得他追求的一切，他想做的都必須要實現。

張亦賢想起來了。他當初接近黃士弘，也只是想抓住這條唯一且空前的線，依靠它尋求一點回應他人感情的勇氣和自信。他從沒想過要調查這條線的成因，他只是討厭沒有線的自己。

結果黃士弘認為他應該為了找到線的祕密而開心。

想到這裡，張亦賢突然有些委屈。黃士弘不知道他只有這條線，也不知道這條線對他來說有多重要，重要到連看都不敢看太久，重要到連探究的念頭都不敢有。

見張亦賢陷入沉默，黃士弘朝他靠近了點，輕聲說道：「其實我沒有想起來，那都是猜的。」

「……咦？」

「那張照片上的塗鴉應該是你畫的，因為你小時候被我媽帶過，所以我們有線相連，我也才會作那種夢——這些都只是依據手邊有的證據進行的合理推測；我認識的你，是這幾個月的你，我還是不記得小時候的事。」

張亦賢不太明白這些話的用意，愣愣的仰頭看著黃士弘，看得他有些靦腆起來。

他抿了一下嘴巴，繼續說道：「愛因斯坦說過，區分過去和現在的概念只是一種錯覺。我現在認識你，然後又發現我以前也認識你，那，就算我想不起來，過去跟現在也沒什麼分別……對吧？我一直說以前的事，其實不是在說以前，畢竟我還沒想起來……總之，除了認識你的這幾個月時間，還能跟你有更多連結，才是我這麼高興的理由。」

「愛……愛因斯坦？」

「算了算了，不說了。」

黃士弘伸手抓抓後腦，把頭撇向一邊，尖起嘴唇偷偷吐了一口長氣。張亦賢看不出他是因挫折而懊惱，還是因放棄而輕鬆。

兩人相連著的那條線閃爍著奶油般的光澤，顏色似乎又變得更深了一點。

「豆漿喝完了？要不要吃剉冰？」黃士弘轉移話題。

「吃不下了啦……。」

「可以的，剉冰只是一點點水。走吧。」

張亦賢捧著地瓜球跟在黃士弘身後，穿過夜市裡逐漸鼎沸的人聲。黃士弘說的那些話一句一句沉進胸口，他愈走愈覺得手腳發軟，指尖和趾頭都像泡進了溫水，不斷回傳輕微的麻痺感。

黃士弘說他只是猜測，但他的猜測一向準確。

張亦賢也曾夢到過被他抱在懷裡。不管是小時候或是現在，一直被他顧著、被餵著、被讓著……怎麼可能一點感覺都沒有。過去和現在說不定真的沒什麼分別。

要驗證也很簡單，只要回去問問外婆他們母子是否曾在嘉義住過就行了；畢竟他只是單純不記得幼年時期的事情，不像黃士弘曾因衝擊而失去記憶。

但不問也沒什麼關係。照片上的蠟筆線、他們兩人相連的線、彼此的夢境，還有現在這種不多說話也能心意相通的感覺，就是如山的鐵證。

隨著呼吸，略帶溼意的暖空氣緩緩填進身體裡每一個未曾意識過的空隙。張亦賢如釋重負，肺活量也彷彿一下子增加；就連被塞得過飽的胃，也在不知不覺間輕鬆起來，整個人變得飄飄然，很舒服。

「亦賢，吃這家吧……你在笑什麼？」

「我……。」在笑嗎？張亦賢眨了眨眼，才意識到自己臉上的確帶著笑。

黃士弘從前方約五步遠的地方回過頭，正好堵在一家冰菓室門口，等著張亦賢跟上。

就算想不起來，過去也跟現在沒什麼分別。

能跟你有更多連結，才是我這麼高興的理由。

在這瞬間，遲來的欣喜如大浪般湧上，張亦賢抬臉直視黃士弘的眼睛——而不是他們相連的線。

「因為我高興啊！高興不能笑嗎？」

「當然可以。」黃士弘也跟著笑了，湊過來搭上張亦賢肩膀，試圖把他往店裡帶。「那我們吃這家雪花冰。」

「雪花冰太飽了。」

「不會，雪花冰也只有一點點牛奶。」

「你不要再用這個句型了……。」

◇　◇　◇

「十一、二歲也還是小孩，有辦法幫忙顧小孩嗎？」

「沒問題，你看幼佳才五歲，也會帶王俊緯去廁所。」

「你竟然還記得那些小雞的名字。」

「他們有寄感謝卡來，注音符號很可愛。」

沒吃完的地瓜球和另外買的滷味拎在黃士弘手裡；吃太飽的張亦賢蹣跚跟在他身邊，腳步重似千斤。

黃士弘告訴張亦賢，他母親當年是街坊間炙手可熱的排隊級保母，在他的回憶裡，家中總是有一到二個零至五歲的嬰幼兒在「黃媽媽」腳邊跟前跟後。雖然失去了畢業前後的記憶，但黃士弘的小學生涯基本上就是以「當哥哥」作為副業的。

黃士弘又說，他安撫嬰兒的熟練手法是媽媽認真培訓的成果。除了沒幫寶寶洗澡過，舉凡換尿布、泡牛奶、餵食、拍嗝、散步、陪玩和陪睡，他都有自信能做到同齡孩子所能達到的極致。

「會不會很辛苦？」

就算方靜芝說黃士弘「最喜歡小朋友」，張亦賢也很難想像一個童年都在幫忙帶小孩的小孩，會對大人擅自分配給自己的工作甘之如飴。

「嗯，有時候會覺得煩，我也會想跟同學出去玩；帶到很挐、很愛哭的小孩就更容易煩。小孩不是全部都很可愛。」黃士弘坦誠以對。

「可以想像……。」張亦賢暗暗希望自己不是那種很會哭、很挐、不可愛的小孩。

「不過我對這件事是有榮譽感的，再煩也會去做。我媽媽說工作要有職業道德，不能辜負別人的信任。她說每個來到我們家的小朋友都是我的弟弟妹妹，我要負責保護和照顧他們，說不定以後整條街的小朋友都會叫我哥哥，我走路都有風。」

「有嗎？有風嗎？」

「騙人的，有幾個家長偶爾還會聯絡，但過個兩年三年，小孩長大，不是搬家就是慢慢疏遠，就算在路上遇到，也都不認得我了。」

「不要用譴責的視線看我，我不是故意的啊。」

「你八成是我媽媽帶過的最後一個孩子。等我找回那段記憶，應該也能想起你的事。」

黃士弘笑瞇瞇的，又在進行過度樂觀的推測。回到家鄉的他像是被扳下了什麼開關，情緒放鬆，話變得很多，就連身上的線也都顯得格外明亮。

「可是你看到照片也沒想起來。」

張亦賢不像黃士弘那麼樂觀。看到那張照片上被塗鴉的蠟筆線時，他還以為黃士弘或他自己能因此想起些什麼，結果什麼都沒有。

「唔，因為你只是順便被我忘了吧。」

「順便？」

「我的失憶據說是一種防衛機制，目的是把難以接受的經歷從生命中排除。若失憶是車禍造成的，那麼那場車禍就是我想排除的記憶。如果能記起車禍前後的事，那些不想忘記卻被一起忘記的事應該就會想起來了，就像找到鑰匙一樣。」

黃士弘一邊說話，一邊從褲子口袋拿出鑰匙；遠遠看見家裡客廳透出燈光，他收起鑰匙，轉頭告訴張亦賢：「阿姨他們回來了。」

張亦賢悄悄練習了一下見長輩時的笑容，卻在黃士弘開門時聽見了女性的尖叫聲。

「哇啊——」

張亦賢嚇了一跳，探頭望向屋裡，只見一對衣衫不整的男女坐在沙發上，正手忙腳亂的從彼此身邊彈開。

「原來是哥啊，嚇死我了！」

「你……至少鎖個門……。」黃士弘生無可戀的矇住張亦賢眼睛。

「有人在家幹嘛鎖門。你怎麼沒說你要回來？」

黃士弘白眼翻到了天花板上。等表妹把捲到胸腹之間的上衣拉回原位，他才慢慢的開口回答：「我有在群組傳訊息。」

「唉唷，哥你傳的那個群組是舊的啦，上次媽不小心把二嬸拉進來，結果她每天都傳一堆長輩圖和網路謠言，我們不好意思踢她出去，只好新開一個群組……我有跟你說過啊，你怎麼沒換過去？手機拿來，我幫你弄置頂。」

「阿姨和姨丈呢？」

「跟里長開的老人團一起去進香了，三天兩夜，星期一才會回來。這也有在群組說過啊……你都不看群組，手機拿來啦，手機手機。」

黃士弘無奈的將手機交出去。

拿到表哥的手機，丁郁文立刻點開通訊軟體，熟練的滑動頁面。她揮舞著手指，皺眉抱怨道：「你怎麼加那麼多群組和官員帳號？天啊都幾百個未讀……長官叫你們加的喔？可憐可憐……啊，找到了！居然被擠到這麼下面！那我幫你把新的家庭群組釘在最上面了喔！這群裡只有我們家四個人而已。」

「……好。」

「不可以消音。」

「好好好。」

表兄妹擠在沙發中間，試圖解決因資訊過量而產生的家庭溝通障礙；另兩個局外人一左一右坐在單人沙發上面面相覷，眼睛不知道要看哪裡才好。

第三度因目光交會而露出尷尬的微笑後，張亦賢開始觀察面前這三個人身上的線。黃士弘和丁郁文中間有黃線連著，丁郁文和坐在自己對面的男生則有粉紅色的線連著。顯而易見的，這三人分別是感情堅定的兄妹和情侶……

「你就是這個『亦賢』吧？」
丁郁文忽然抬頭望向張亦賢，見他茫然點頭，她露出笑容，朝他搖晃黃士弘的手機。「果然是你，只有你的帳號他有在回，其他都一堆未讀欸！」
黃士弘伸手搶回手機，沒有說話，只是轉頭盯向坐在另一邊的年輕男人。丁郁文會意，攤開手掌，伸臂在兩人面前各比了一下。
「哥，這我男朋友盧威任，是系上學弟，叫他阿任就好；阿任這個就是我哥，雖然對我很好但看起來很兇。」
「阿任。」黃士弘朝盧威任點頭示意。「謝謝你來陪她，她很怕鬼，不敢一個人看家，半夜也不敢去廁所。」
盧威任噗嗤笑出聲來，丁郁文瞪了黃士弘一眼。
「你們有買吃的嘛，那你們在客廳慢慢吃，我們先上去洗澡，免得等一下搶水。」
她拉著男朋友蹦蹦蹦的跑上樓去，對電視畫面裡正準備集結出征的超級英雄們沒有半分留戀。
「我妹今年剛畢業——」
黃士弘一句話還沒說完，丁郁文又蹦蹦蹦的跑下樓，嬌小的身影斜倚在客廳通往走廊的門邊，肩膀因喘氣而微微起伏著。
「冰箱有葡萄柚綠茶，多買的，給你們喝。」
「謝啦。」
交代完飲料的事，她卻仍站在門邊不走，等喘氣平息了點，又道：「哥你明天就要回去了吧？爸媽要是知道會氣死，回家都不先講的。」

「嗯，我有傳訊息。」

「那個群組沒用了啦！沒人在看！是說就算看到也來不及，進香行程早就排好了。你怎麼會突然想回家？」

「我回來找一些照片和舊東西，看能不能記起以前的事。」

「啊……你上次回來也問過，是一樣的理由嗎？可是上次又被混過去了，爸媽一直不肯提那時的事。特別是媽，她說一想到就會難過，嘴巴好像拉了拉鍊一樣。爸更離譜，說他全都忘記了。你信嗎？」

「所以我想自己努力，如果我能主動想起來，也就不用為難他們了。」

丁郁文講話又急又快，話題很跳躍，會一次丟出好幾個問題；黃士弘則是從她的話裡選出重點來回答，旁枝末節一概不管。張亦賢在旁邊聽他們兄妹談話，發現這兩人雖然容貌和個性都不太相像，但從相處默契和對話節奏來看，十足十就是一家人。

丁郁文歪著頭，伸出一隻食指抵在臉頰上，那微微噘嘴的神態也完全是妹妹在對兄長撒嬌的樣子。

「要怎麼努力啊，哥。記不得的事，努力會有用嗎？」

黃士弘看了張亦賢一眼，笑道：「有吧，我覺得有用。」

「……好！那我幫你！你等一下，我去爸媽房間拿相簿過來。」

屋主夫妻睡的主臥房就在一樓客廳正後方，丁郁文閃身跑進房裡，乒乒乓乓搜刮了一陣，搬出大大小小好幾本相簿。

「我出生之前那些太舊的我就不拿了。後來爸改用數位相機，照片洗出來的也不多，中間幾年大概就這些吧。」

表兄妹倆再度擠到沙發上，一本本檢視桌上的舊相簿。

丁郁文翻開第一本，高聲說著「哥你小時候臉就很臭」，黃士弘湊過來看了一眼，回了句「這我記得，不用再看了」，接著就拿起下一本相簿。

張亦賢幫不上忙，只好坐在一旁，慢吞吞的嚼起地瓜球。

相較於丁郁文逐頁回味、歡喜讚嘆，黃士弘顯然已進入工作模式，他一頁翻過一頁，一本換過一本，專注尋找著本應感覺懷念但卻毫無記憶的畫面。

結果是丁郁文先找到線索。她把手上的相本推到黃士弘面前。

「哥，你看這本，出事那年的暑假，我們一起去遊樂園的照片……兩家一起去的，阿姨和姨丈也都有去。」

黃士弘神色一凜，近乎搶奪的從她手上拿過相簿，瞪大眼睛盯著照片看。

「你記得這件事嗎？」

丁郁文搖了搖頭。「不記得，我那麼小……啊！等一下，這個飛碟！它轉得超快的，我搖到快吐了，下來之後一直哭，阿姨就去買棉花糖給我……。」

黃士弘翻到下一頁，果然看見照片裡小小的丁郁文破涕為笑，手裡拿著一支藍色的棉花糖。

丁郁文兩眼發光，整個人湊向前，雙手十指輕按在相簿上。

「這本相簿媽沒拿出來過，難怪我沒什麼印象，不過看到照片就想起一些片段了……啊！這張，我太小不能坐雲霄飛車，也不讓你去坐，你很生氣，我就又哭了一次……爸怎麼都拍這些啦！我內褲都露出來了……後來你去拿汽球給我……對對，這張，黃色的汽球！」

黃士弘面色愈來愈凝重。「我完全不記得。」

「一點都不記得嗎？看了照片也想不起來？」丁郁文睜大眼睛。「那表示這段經歷就是被你忘掉的記憶之一囉？耶！那我看看還有沒有別的！」
她振奮起來，開始迅速翻閱其他相簿。
「這個！這個記得嗎？同一年的過年，我們一起去外婆家。」
「記得。」
「這本呢？我去抓周……唉唷這本太舊了。」
「我記得，你抓到玩具蛇。」
黃士弘闔起那本去遊樂園玩的相簿，放在自己膝蓋上，朝丁郁文傾過身子，一頁頁看她遞過來的相本，一句句回答她的提問。
記得嗎？記得。這個呢？也記得。黃士弘耐心的配合妹妹，稜線分明的側臉看起來十分平靜。
電視不知何時被誰關掉了，掛鐘秒針發出的嘀嗒聲撞向各處牆壁，彈來微弱的回音。張亦賢逐漸感到坐立難安。
因為黃士弘身上的線變淡了。
回家後冒出來的那幾條白線早就不見，和丁郁文相連著的黃線也淡到幾乎要消失，藍線岌岌可危，只剩和自己連著的那條線還算明顯。
而那對兄妹渾然未覺。
「黃士弘！」
當那條最後的防線也開始微微閃動時，張亦賢忍無可忍，大聲打斷了他們的對話。面對丁郁文詫異的視線，他心驚膽跳，艱困的說道：「抱……抱歉，我……我想……呃，我想洗澡……。」
「噢！對，那我去叫阿任洗快點。他說不定已經洗好了。」

丁郁文這才想起男朋友被晾在樓上；她從沙發上站起身，被黃士弘叫住。

「相簿可以收起來了，我借這本就好。不要跟阿姨說。」

她苦笑著回了句「那當然」，迅速收拾起散落在桌面上的相簿，把它們抱回主臥室放好。

「郁文。」在她轉身上樓時，黃士弘又叫住她一次。「我爸媽過世那時的事，你應該也不記得了吧？」

「對啊，怎麼可能記得，我才七歲。」

她踩著拖鞋的腳步聲穿過走廊，劈里啪啦的消失在樓梯上。

等她離開，張亦賢迫不及待的坐到黃士弘身邊，還沒來得及問他「你怎麼了」，就見黃士弘轉過頭來，面帶微笑，慢條斯理的問道：「我怎麼了？」

張亦賢噎了幾秒，才吶吶的回答：「剛才你的線一下子變淡了。你是不是……心情不好？」

黃士弘一怔，隨即回道：「不用擔心，我不想死。」

「不是啦！你才沒有要死！我和你的線還在啊，我只是說其他線變淡了而已……你到底怎麼了？」

張亦賢急著否認的樣子讓黃士弘心情變好了一點。他把相簿攤到對方腿上，翻回第一頁，指著其中一張照片。

「你看這張照片，應該是出發前或是半路上照的。中間是我和郁文，左右兩邊是我爸媽。」

張亦賢低頭細看。那張照片是在車裡照的，從副駕駛座朝向後座取鏡。黃士弘坐在後座正中間，臉色跟那張被塗鴉的畢業照一樣臭，一旁的丁郁文緊貼著他，明明還有空位，她卻硬是歪著上半身卡進他脇下，小小的身體扭成了奇怪的形狀。

後座右側的高瘦男子正低頭對外甥女說話，戴著眼鏡的側臉看起來十分溫和；坐在左側的女性一頭俐落短髮，面露笑容直視前方，顯然是畫面中唯一一個意識到鏡頭的人。

原來黃士弘長得像媽媽啊……張亦賢心跳微微加快。她稜線分明的五官和眉宇間的英氣都毫無保留的遺傳給黃士弘，連笑起來時眼尾下垂的角度都像一個模子刻出來的；只是她個子不算高，神情也更溫柔些。

張亦賢還注意到她的右手正牽著黃士弘的左手，應該是在安撫鬧彆扭的兒子。接著他又注意到印在照片右下角的日期。

十六年前的初夏某一天。

看著那排橙黃色的數字，張亦賢在心中默念了一次又一次，心臟一下子跳到喉嚨口，呼吸也瞬間困難起來。

「你看這些照片的日期，」黃士弘吞了口口水，聲音卻仍是乾乾的。「這天就是我爸媽的忌日。」

張亦賢全身一震，驚愕的望向黃士弘。

「所以說車禍是這天發生的？可是……。」

「可是我們那麼多人同車，怎麼可能只有我爸媽出事？」黃士弘愈說愈是艱難，但他還是逼迫自己發出聲音。「我看到這張照片才想起來，我爸根本沒有車。」

「那，那車禍是怎樣……。」張亦賢宛如五雷轟頂。

「阿姨說我們一家三口早上開車出門，在十字路口被大卡車撞上。現在看這本相簿，出事那天我們兩家一起出遊，開的還是姨丈的車，阿姨口中那場車禍根本就不可能發生。」

「會不會是你們從遊樂園回家之後……又搭計程車出門？然後才發生車禍……。」張亦賢試圖編造合理的解釋，說到後來卻連自己都覺得牽強。「或者是你記錯日期了？」

「忌日怎麼會記錯，每年都要去上香的。我上個月才排假回來一趟，你還說我曬黑了。」

黃士弘邊說邊搖頭，眼皮和肩膀一起垂了下來。他把臉埋進掌間，整個人以胸口為中心，塌陷般的縮成一團。

「我一直以為阿姨只是不想提而已。有些事她不願多說，我反而不曾懷疑她曾經透露的那些部分……但我沒想到她會騙我，還一騙那麼多年。」

「黃士弘……。」

「我有沒有跟你提過？我曾經搜尋過警政系統，在重大交通事故資料裡卻怎麼也查不到我爸媽的案子。我以為是建檔有疏漏，想都沒想過其他的可能性，是我太天真了，我早該覺得奇怪的……哈哈……還說什麼找到線索再求證，她都這樣騙我了，就算找到線索也沒用吧……郁文說不定也跟她一起騙我……。」

「黃士弘！」張亦賢深吸了口氣，伸手握住黃士弘肩膀，逼迫他抬起臉。「不管你阿姨是瞞你或騙你，你本來就沒打算從她那邊得到答案，不是嗎？」

黃士弘眉頭微皺，一臉茫然。

不知他把話聽進去了沒有，張亦賢搖了他幾下，繼續說道：「還有你妹，她如果想騙你，就不會幫你找相簿了。你的線不多，有一條就是跟她連起來的，那你要相信她啊！還有……。」

張亦賢停下來喘了口氣。他曾數次為了喚回其他人身上的線而絞盡腦汁，有時甚至信口開河，每次都緊張得要死。但此時他面對的不是其他人，而是黃士弘……張亦賢口乾舌燥，感覺自己這輩子從來沒這麼焦慮、這麼著急過：

「我相信你阿姨也一樣，她一定有她的理由，但絕對不會是為了讓你痛苦。你看不見線，我看得見，我知道，我一看就知道這裡就是你家，你一回來，身上的線就變明顯，那不會是假的，線不會騙人……。」

肩膀被捏得有點痛，急促而熱切的勸解一句句流入耳裡，黃士弘如夢初醒，緩緩眨了幾下眼睛。

「對……對，你說的沒錯，我本來就決定要自己找線索……。」

他一開口，握在肩上的那雙手便稍微放鬆了些；肩上的手勁一鬆，一陣陣細微的顫抖便不斷從張亦賢指尖傳來，隔著衣服輕觸他皮膚。

「對吧？想起來了吧？我們是回來找線索的，那，那這就是線索啊！你已經找到線索了。其實我們進展神速耶，一下子就掌握了好幾個以前不知道的情報，把情報一個一個拼起來，一定可以查出真相……。」

張亦賢邊說邊撐出笑容，聲音卻跟他的手一樣抖。黃士弘收束心神，把他的雙手從自己肩膀上抓下，用力握進掌心。

「亦賢，謝謝你。」

黃士弘的手掌很熱，張亦賢反射性微微一掙，非但掙不開，反而被握得更緊了。

「謝……謝什麼……。」

「謝謝你提醒我，也謝謝你安慰我。還有謝謝你陪我，我很慶幸這次約你一起回來。」

他坦率的道謝和掌心傳來的熱度都讓張亦賢莫名害羞，原先的緊張一下子換成無措，口中吐出的字句也從顫抖變成了結巴。

「我我我我看得到線嘛，適時提醒你一下，不不不過是舉手之勞，沒什麼好謝的……。」

黃士弘瞇起眼睛笑了，剛才那沮喪到近乎絕望的樣子彷彿不曾存在過。

隨著情緒平復，他身上的線也一一亮起。變淡的那些線回復了原本的亮度，和張亦賢相連的那條線似乎變得更亮了。

有些人失去的線長回來時，會像隱形的燈管逐漸通電那樣一根根亮起；也有人是像噴水池啟動那般，縮短的線一齊向外伸長。

張亦賢對這樣的情景並不陌生，但每次目睹都仍覺得驚心動魄。

此刻，黃士弘幾乎消失的那些線重新變長又變亮的情景，則讓張亦賢聯想到正在綻開的花。

他伸長脖子微仰著臉，視線越過黃士弘肩頭，著迷的看向他身後的線；還沒來得及分辨出最亮的那條線除了變得更亮之外還發生了什麼變化，眼睛就被對方伸手摀住了。

「什麼？幹嘛？你幹嘛遮我眼睛……喂？」

視野突然落入黑暗中，張亦賢滿頭問號。被遮住眼睛後，他又被從椅子上拉起來，被扳住肩膀轉了個身，再被推著向前走了幾步。

等到遮眼的那隻手從眼前移開，他發現自己已被推向通往二樓的樓梯走廊。黃士弘站在他身後，雙手繼續在他背上施加壓力。

「樓上浴室沒人了，你可以上去洗澡了。」

「怎麼了？為什麼突然叫我去洗澡，話才講到一半……。」

張亦賢邊問邊轉身，還沒能看到黃士弘的臉，就又被摀住眼睛扳住肩膀，陀螺似的被推著在原地轉了一圈，再度面向走廊。

黃士弘仍然站在他身後，伸手越過他肩膀上方，指向樓梯另一側的廚房。

「葡萄柚綠茶在廚房冰箱裡，想喝就帶上去喝。」

故作鎮靜的聲音從腦後傳來，張亦賢這才想通黃士弘這一連串動作用意何在；他忍住了再次回頭的欲望，卻忍不住笑出聲音。

「幹嘛這麼小氣，你的線我又不是沒看過。」

「我知道，但只有你這樣愛看就看，實在太不公平了。」

「說什麼不公平，我又不是因為想看才看得見的。」

「嗯，這個我也知道……反正你現在別看就對了。」

被這麼反駁兩句，黃士弘的聲音裡也帶了點笑意，但他的手還是按在張亦賢背脊上，擺明不希望他轉過身來。

「為什麼突然不能看？我都看那麼久了。」

「總有不想被看的時候。再說……。」

「再說什麼？」神祕兮兮兼欲言又止的黃士弘難得一見，張亦賢好奇了起來。

「既然你會問『為什麼』，那就更不能讓你看見了。」

不知道為什麼不能看所以更不能看？張亦賢聞言直接化身丈二金剛，傻愣愣的又問了一次：「為什麼？」

這次換黃士弘笑出聲音了。他伸手在眼前那顆圓圓的後腦勺上輕輕揉了一下。「快上去洗澡吧，不然水要涼了。」

「打開水龍頭就熱了啊，又不是雞湯……。」張亦賢摸摸後腦，挪動雙腳向前走了兩步，還是有點不服氣。「那我洗完之後呢？」

「你洗完澡刷好牙就先睡吧，睡我的床就好。我還有點事，你不必等我。」

安排得很周到嘛。張亦賢再問：「那明天呢？明天我還是會看到你的線，你總不能這樣一路貼在我背後從嘉義回台北吧？」

沉默了一會兒，黃士弘才慢吞吞的回道：「明天……我會盡量。」

上樓拿衣服進浴室，沖澡洗臉刷好牙，張亦賢回到黃士弘房間，坐在床上玩手機。才剛坐下，阿徹就傳訊息來跟他約時間拿土產；敲定星期一晚上一起吃飯後，瞥見黃士弘的名字排在聊天視窗列，他又傳了幾句話過去騷擾樓下那位警察先生。

「黃警佐，已經很晚了，還不上來洗洗睡嗎？」

「你先睡。」

「我忘了葡萄柚綠茶，能不能幫我拿上來？」

「很晚了，明天再喝。」

很好，這傢伙真的鐵了心要避不見面，看來自己不睡，他是不會上樓了。張亦賢「嘖」了一聲。

在這世上，知道他能看到線的只有兩個人。

相識多年，阿徹一直都以一種近乎裸奔的態度面對好友的特殊能力。想買什麼內容不妙的書、想看哪部限制級電影、想吃什麼東西、喜歡哪個人，他從來不曾也沒想過要對張亦賢隱瞞。

黃士弘雖然沒有裸奔的嗜好，但也都表現得很坦蕩，從未顯露出閃躲的態度——直到剛剛。

如果他們剛認識，或者黃士弘是第一次知道張亦賢擁有的特殊能力，那或許還能想像他的驚慌，畢竟誰都不願意被交情不深的人窺探內心。

可是黃士弘早就知道這件事，他身上那幾條線也早就被看光看熟了，它們只不過因為一時沮喪而變淡，再因為重新振作又長回來而已，為什麼就不能看了？難道還會有什麼不該被看到的線突然冒出來嗎？

想起那隻蒙上自己眼睛的手，張亦賢百思不得其解。

「你真的要躲我躲到明天？有差嗎？」

已讀之後，久久不回。

張亦賢放下手機，插上充電線，把大燈調暗後躺到床上，拉好薄被。他決定乖乖睡覺，不然黃士弘不會進房間。

今天奔波一天實在滿累的，加上那傢伙完全不能熬夜，要是再不睡，他明天肯定又會露出一副靈魂離體的樣子。

明天……黃士弘說明天他會「盡量」。

是要盡量什麼？

沉入睡鄉之前，張亦賢滿腦子都在思考這個問題。

◇　◇　◇

第一次見到張亦賢的情景，讓還是小學生的黃士弘印象很深刻。

嚴格來說，他快要不是小學生了，再過一個多月，學校就要舉行畢業典禮，畢業生可以提早幾天離校。他沒什麼感傷的情緒，因為同班同學幾乎都會升上同一所國中，他反而很期待成為中學生之前的最後一個暑假。

這一年特別熱，還沒入夏就在各地傳出了史無前例的高溫記錄。就在台南的農業氣象站測出突破四十度的氣溫那天，他放學剛回到家，張亦賢就被他母親牽著，出現在自己家門口。

「你好，我……我叫瑞芬，雅惠姊介紹我來找你，她說你是她見過最會帶小孩的保姆。」

那時黃士弘的媽媽才剛從保姆工作退休，打算專心經營市場裡跟朋友合伙的麵攤生意。她從一年前就早早向街坊放話說「黃媽媽以後不帶小孩」了，沒想到即使提前部署，仍是有不明就裡的客人輾轉慕名而來。

牽著幼子來訪的女人名叫張瑞芬，年紀看起來很輕，有張漂亮的臉蛋，只是神情顯得很憔悴，比過去那些抱著不肯乖乖喝奶睡覺的寶寶前來求助的母親們都還要憔悴。

黃士弘猜她身體可能不太好，因為在這燠熱遠勝炎夏的五月天裡，她竟還穿得住身上那件長袖洋裝。她情緒似乎也不是很穩定的樣子。一聽見媽媽說「現在沒在幫人帶小孩」，她肩膀就垮了下來，細緻的五官瞬間一陣扭曲。那是小孩鬧脾氣的前兆。

黃士弘嚇了一跳，一時忘記她是大人，還以為她會生氣或是爆哭，但她只是立刻握住媽媽的手，把那隻手捧到額前，低下頭哀切的懇求起來。

「拜託……兩個月就好，我剛找到工作……真的只能拜託你。不會太久，真的，你要帶他去麵攤也沒關係，賢賢他很乖的……只要等到九月開學，到時候可以讓他去上中班……。」

媽媽讓這對母子進來客廳說話。

兩人小聲交談了一陣子，張瑞芬把兒子推向前，低聲不知又說了些什麼。黃士弘看見媽媽靠過去摸了摸張亦賢的頭，接著她轉身朝自己招手。

「賢賢，這是阿弘哥哥，我叫他倒牛奶給你喝好不好？」

媽媽的詢問其實就是吩咐。她邊說邊伸手拉過張亦賢，把他小小的手塞進黃士弘掌心。

見媽媽另一隻手一直被惶然無措的張瑞芬握在手裡，黃士弘就知道自己今年的暑假又泡湯了。這個女人這麼無助，媽媽絕對會心軟的。

他認命牽起張亦賢軟軟的小手，帶他走到廚房，為他拉開餐椅。

「你先坐這邊，我去拿牛奶。」

從冰箱裡拿出牛奶，再到流理台前拿來兩個杯子。回到桌邊時，黃士弘噗的一聲笑了出來。

他把東西放到桌上，彎腰將縮成一團的張亦賢從椅子下面拉出來，雙手托著他腋下，把他舉到椅子上坐好。

被抱離地面時，張亦賢雙眼圓睜，整個人僵直得像根小木棍，直到屁股碰上椅面才肯放鬆。黃士弘猜他怕高，心裡又偷笑了一下。

「不是坐地上，是坐椅子。你上不來要跟我說，我可以抱你。」

張亦賢點點頭，雙手握拳放在桌上，很小聲的回答「好」。

他的個子偏小，頭很圓，臉頰也很圓，左眼下面有一顆小痣，聲音軟軟嫩嫩的。

黃士弘盯著他看，「這小孩好像還滿可愛」的念頭才剛從腦裡冒出來，耳裡就聽見對方追加了一句「謝謝哥哥」。

「你叫賢賢嗎？你幾歲？」

「三歲。」

張亦賢伸手想比三，但拇指沒能勾住小指，小指微微彎曲著，看起來像是比了個四。或者是三點五。

「到底是三歲還是四歲呀？來，喝牛奶，冰冰的喔。」

黃士弘倒了一杯牛奶推到張亦賢面前，正準備再倒一杯，卻見張亦賢把那杯倒好的牛奶又推了回來。

「你不想喝？」

張亦賢先是點頭，接著又搖頭，怯怯的回道：「我比較小，哥哥先喝。」

噢天啊，中大獎了。賢賢不但可愛還很乖！怎麼會這麼乖！從小幫忙帶小孩到大，黃士弘也算經驗老到，這種嫩嫩的小朋友一向很乖，他已經好久沒看到了。

身為哥哥的責任感和自尊心一下子膨脹起來，他火速倒好第二杯牛奶，一人一杯，輕易的成功哄騙怕生又害羞的張亦賢跟他一起乾杯。

喝完牛奶後，張亦賢就坐在那裡，既不吵著要下來，也不主動說話，只是睜著一雙大大的眼睛盯著黃士弘看。黃士弘也不知道能跟三歲的小孩聊些什麼，只好搬出餅乾，一片接一片塞給他。

媽媽和張亦賢的母親在客廳裡談了很久。

談妥之後，張瑞芬走進廚房，蹲下來看著張亦賢，叮嚀了幾句「要乖」、「要聽話」，就直接留下他離開了。

被留下來的張亦賢有點不安，但他沒有哭也沒有吵鬧，甚至連問也沒問一句「媽媽去哪裡」、「什麼時候回來」。看到他惶惑卻又安靜的模樣，黃士弘才察覺他也乖得太過分了點。

晚飯後沒多久，張亦賢就想睡了。媽媽不想讓他太早睡著以免半夜醒來，但他實在太睏，就算讓他看卡通一起做寶寶體操，他也是邊揮手邊點頭，做到一半就閉起了眼睛。

媽媽終究捨不得讓小孩子站著打瞌睡；她伸手把張亦賢抱進懷裡，像哄小寶寶那樣摟著他，輕輕拍撫他背脊。

黃士弘在旁邊觀察，發現他被媽媽抱住時，也像下午那樣全身僵直，像根小木棍。所以他不是怕高嗎？

媽媽伸手輕按張亦賢後腦，讓他把頭靠在自己肩上。

「可以睡了，沒關係，黃媽媽抱抱好不好？」

他果然很乖，只會回答「好」。睏意和溫暖的擁抱很快就消除了他的緊張，當爸爸下班回來推開家門時，小木棍已經變得軟綿綿的，整個賴在媽媽身上，鼻間正發出第一聲放鬆的酣息。

媽媽已事先打電話告知爸爸了。爸爸輕手輕腳的放下公事包，走到沙發旁，探頭看向她懷裡。

「看起來好小，不像快四歲。」

「嗯，他過得比較辛苦……。」

媽媽微帶沉吟，看了黃士弘一眼。意識到父母要討論嚴肅話題，黃士弘起身準備離開，媽媽卻示意他留下來，一起加入談話。

張亦賢睡著了，但她還是時不時輕撫他的背，對丈夫和兒子小聲轉述下午張瑞芬向她傾訴的困境。

「她沒結婚，本來跟男朋友一起住，可是那男的沒個爸爸的樣子，工作要做不做，酒喝得很兇，醉了還會打人。」

她用手指撥開張亦賢髮絲，露出他頭上一道約三公分長的傷疤。疤還很新，兩側糾結的皮肉微微凸起，周圍的頭髮雖為了擦藥被剪去，傷口本身卻癒合得亂七八糟，顯見受傷時沒經過妥善處理。

「她說，要是只打她就算了，但後來開始會打小孩。看到賢賢遭殃，她才下決心要離開那個男的……這是用酒瓶打的。」

媽媽說著也不忍心了，她移開手指，讓張亦賢的頭髮垂下來，重新遮住傷痕。

沒想到那顆小小圓圓的頭上藏著猙獰的受暴痕跡，聯想到下午張瑞芬穿在身上的長袖洋裝，黃士弘恍然大悟，震驚了半晌才吶吶的說道：「好可憐……怎麼可以打他，他那麼小。」

「對啊，怎麼可以打人呢。幸好他媽媽勇敢起來了。」

「那她是怎麼打算的？」爸爸拿了大碗裝好飯菜，邊吃邊聽邊問。

「她到這邊來投靠朋友，已經找到工作了，她說會先拚一段時間，存點錢，讓賢賢去上幼稚園。這邊的幼稚園不收未滿四歲的小孩，賢賢也還太嫩，雅惠姊就建議她這段時間可以先找人幫忙帶。」

「她怎麼會認識雅惠姊？」雅惠姊的兒子也被他們家帶過。

「雅惠姊是她朋友的姊姊的男朋友的……姊姊？唉我忘了，反正有遇到有聊到，她就被介紹到我這邊來了。」

「嗯，黃媽媽口碑好嘛。」

「那當然，我還有賢內助幫忙，養過的孩子都說讚。」

夫妻對話的口吻轉為輕快，嚴肅的對談至此差不多就結束了。爸爸扒光碗裡最後一口飯，起身到廚房去舀湯；媽媽轉頭看向黃士弘，目光裡帶著歉意。

「士弘，這幾個月又要請你幫忙了，當個好哥哥，好嗎？」

母親鄭重的託付像條綑仙索，總是能綑住黃士弘愛玩的心。

老實說，他還是覺得不太甘願，但看了看安睡在媽媽懷裡的張亦賢，想到他縮在椅子下面的樣子，再想到那藏在頭髮下面的傷疤，他好像又沒那麼不甘願了。

「好吧……。」黃士弘語尾拖得長長的，接著忽然想起了一件事。「等一下，阿姨答應說暑假要找一天開車來，大家一起去遊樂園玩，慶祝我畢業……那，那還能去嗎？我很想去欸，我好久沒出去玩了……。」

媽媽笑了，伸手摸摸逐漸沮喪的兒子的頭。

「一定要去的啊，我們早就約好了。」

張瑞芬離開後，足足過了兩星期才再度登門；這次卻也只是來看一下兒子，沒有打算帶他回去過夜。

「對不起，這麼晚來打擾，我明天也還是早班……。」

聽見客廳的說話聲，張亦賢從廚房裡跑出來，用力撲進張瑞芬懷裡，雙手抱住她的腰。被兩週不見的兒子緊緊抱住，張瑞芬霎時呆若木雞，就像第一天進門時的張亦賢那樣，整個人僵直得像一根木棍。

「別跑！你到底要吃多久……啊，張媽媽。」

黃士弘端著飯碗追出來，看見坐在沙發上的張瑞芬，連忙立正站好，向她打招呼。

聽見他的聲音，她才勉強回過神，向他點了下頭，接著拉開張亦賢，低頭責問道：「你怎麼到現在還在吃飯？還要哥哥餵？」

張亦賢從母親懷中站直身子，嘴巴張合了幾下，似乎想要辯解，最後卻只叫了一聲「媽媽」。張瑞芬盯著他，眉頭慢慢皺了起來。

「不是答應過我了？說好要乖乖的，都忘記了嗎？」

「沒……沒有忘記……。」張亦賢的聲音壓得扁扁的。

黃媽媽挪動身體坐近張瑞芬，肩膀在她肩上輕碰了一下。

「我今天煮虱目魚粥，可是賢賢好像不喜歡吃魚，所以才吃得比較慢。他幾乎都自己吃了，只是士弘沒耐性，有時候會餵他。」

「我不餵他就不會吃完啊。」黃士弘面對張亦賢蹲下，一手捧著碗，另一手拿起湯匙，從碗裡舀起一匙魚粥。「快來快來，只剩兩口了，吃完就有布丁囉。」

「快點過去。」

張瑞芬伸手把張亦賢推向黃士弘，看見兒子走過去張嘴含住湯匙，她緊繃的情緒才稍稍紓緩。

黃媽媽順勢安撫她：「瑞芬，賢賢很乖，也和士弘處得很好，他在我這邊你不用擔心。」

「我知道，我看得出來。才兩星期，他就胖了好多……以前他很膽小，也不敢跑來跑去。真的很謝謝你們……。」

她眼圈和臉頰都微微泛紅，表情混雜著感激和羞愧，邊說話邊無意識的搓著自己手臂，最後雙手交疊在下腹處收緊，貼著剛才被張亦賢撲上來抱住的部位。

黃媽媽輕聲告訴她，張亦賢很文靜，話不多，乖得不得了，是她帶過最好帶的小孩；唯一令人困擾的只有一點，就是他太擅長把自己塞進狹窄的地方，每次玩捉迷藏，都是黃士弘認輸。

「有次士弘找太久，賢賢就窩在小茶几下面睡著了，叫半天都沒出來，茶几又有桌布蓋著，我們找到快哭了，差點把整間房子都翻過來。」

她接著又說，有天中午麵攤特別忙，合伙的朋友急電請她去增援，她只好把張亦賢一起帶去。看見大人在忙，小小的他竟然也試著幫忙收碗筷，立刻贏得各桌食客的歡呼和疼愛。

「對了，賢賢這兩天迷上了畫畫，雖然現在還只是塗鴉……。」

順著黃媽媽手指的方向，張瑞芬看見牆上用粉蠟筆畫著幾顆長了手腳的太陽。她先是一驚，接著發現牆上早就貼滿了月曆紙，那些塗鴉是畫在紙上的。

長了手腳的太陽有大有小，歪歪扭扭，造型很隨便，只有光芒還算仔細，一根一根畫得分明，各自用上了紅橙黃綠等等不同顏色。

「賢賢畫的圖……好好笑……。」

「很可愛吧？他很認真在換顏色呢。」

在一旁吃粥的張亦賢聽見兩個媽媽談論自己的畫作，急忙嚥下嘴裡最後一口粥，跑到那些太陽旁邊，指著其中一顆太陽，獻寶似的介紹：「這個是媽媽。」

張瑞芬雙眉一展，總算真心笑了出來。「唉呀，媽媽長這樣嗎？我頭髮有這麼少嗎？」

張亦賢搖頭如波浪鼓，回道：「不是，媽媽頭髮很多。」

黃士弘拿著空碗走過去，指著畫在最旁邊的那顆太陽。

「他說這是我，我頭髮更少，才三根。」

張亦賢抬頭跟他對上眼，點點頭，覆述了一次：「哥哥只有三根，是最少的。」

「哪裡少了，你看清楚一點啊！」

十二歲的少年距離禿頂危機還相當遙遠，但被這個小不點以審視的目光掃描觀察，又被畫成了頭上只長三根毛的模樣，黃士弘還是有點介意。

「我有看清楚，哥哥只有三根。一，二，三，三根。」

張亦賢毫不退讓，邊說邊挑釁似的扳起小小的手指計算，三根就是三根，一根都不肯多給。張瑞芬在旁邊看，笑得眼淚都流出來了。

她沒待多久就起身告辭，道別時緊緊握著黃媽媽的手，不斷向她說「謝謝」。

張亦賢嘴角沾著布丁糖漿，再度從廚房衝了出來。這次，張瑞芬彎下身子，伸手接住他的撲抱。雖然動作還是略顯僵硬，但她努力抬起雙手，回擁了兒子一下。

「賢賢，要乖喔。」

「嗯，我會乖。」

母親的聲音裡有一絲源於欣喜的哽咽，但小小的張亦賢並沒有聽出來。

那次探視之後，張瑞芬就比較常來看兒子了；她也有幾次把他帶回出租套房過夜，隔天再頂著兩枚黑眼圈，一邊抱怨「臭小子現在整晚都要抱著人我根本沒辦法睡」，一邊把張亦賢塞到苦笑著的黃媽媽手裡。

一個多月下來，張亦賢長高了一點，長胖了很多，吃飯速度變快，比較愛講話了，偶爾也會頂嘴。最大的變化是，他變得超級喜歡抱抱——特別是黃士弘的抱抱。

「哥哥！抱抱！」洗完澡後，張亦賢衝出浴室，冒著香噴噴的水汽撲向黃士弘。

「好，抱！要幾圈！」黃士弘半蹲著朝他張開雙臂。

「五十圈……嘎哈哈哈！」

黃士弘抱起張亦賢開始原地轉圈，邊轉邊往床鋪移動。確認距離後，他加快旋轉速度，最後「嘿」的大喊一聲，伸長雙手，把張亦賢半拋半送的丟進棉被堆裡。

在旋轉時就笑個不停的張亦賢深深陷進棉被中，呵呵傻笑了十幾秒才坐起身；起身後，他低頭想了一下，又一臉狐疑的望向黃士弘。

「好像……沒有到五十圈……。」

「你還真的算？轉五十圈會吐啦！手很痠耶！」

雖然沒有到五十圈，但至少也有二十五圈吧，哥哥我也是很努力了……黃士弘喘著氣，碰的一聲躺到了床上。張亦賢湊過來，從他身下搶救那個被壓扁的陪睡鯊魚娃娃。

黃士弘趁機問他。「你的包包裝好了嗎？拼圖有沒有帶？」

張亦賢點點頭。他點頭時總是會眨眼睛，那模樣看起來格外乖巧。

「裝好了，拼圖有帶。可是我好像不會拼。」

張亦賢包包裡的拼圖是黃士弘前天畢業典禮時學校贈送的禮物之一。

明天就是阿姨安排的遊樂園之旅了，姨丈會開車過來接人，兩家六口人共乘一部車。不止黃士弘期待，媽媽也很重視這個難得的家族行程；她早早就詢問張瑞芬能否接賢賢回去一天，她也滿口答允，約好了明天一早就過來接他，傍晚再帶他回來。

張亦賢整理包包時，黃士弘給了他幾包餅乾，還慷慨轉贈了自己的畢業禮物。

「你可以跟你媽媽一起拼嘛。」

「喔，好⋯⋯。」張亦賢仍然坐著，視線比躺著的黃士弘高了一點點。他低頭俯視黃士弘，圓圓的頭在對方臉上打下圓圓的陰影。「哥哥明天要去遊樂園？」

「對，對啊⋯⋯和我阿姨一家人一起去，慶祝我小學畢業。」張亦賢只問了一句話，就讓黃士弘生起莫名其妙的罪惡感。

「摩魯太郎他們也去過遊樂園，對嗎？」

「呃⋯⋯對吧⋯⋯。」

黃士弘不知道張亦賢口中的摩魯太郎是誰，但那軟嫩嗓音中的嚮往之情溢於言表，令他欲蓋彌彰的解釋了起來：「我姨丈的車子很小，坐六個人就坐滿了，而且超擠的⋯⋯還有，遊樂園的遊樂設施要夠高才能坐喔，要九十⋯⋯不對，要一百公分，你還沒一百公分⋯⋯。」

張亦賢乖巧的點頭。「嗯，我不能坐。」

見那兩排小小的睫毛因眨眼而掀動，黃士弘的良心刺痛無比。他猛然翻身坐起，右手拉住張亦賢左手，小指跟他的勾在一起，認真許下承諾。

「等你長大，我再帶你一起去。」
張亦賢的小臉瞬間發亮。「打勾勾？」
「嗯，打勾勾。」

◇　◇　◇

張亦賢迷迷糊糊的醒來，聽見樓下傳來鐵門關上的聲音。不知是被關門聲吵醒，還是醒來剛好聽見有人關門，反正他是醒過來了。

房裡只有他一個人，黃士弘居然還沒上樓睡覺。他摸來手機，見時間已接近凌晨兩點，便決定下樓去叫人。如果黃士弘在沙發上睡著了，那至少幫他蓋個被子。

張亦賢拿起薄被，躡手躡腳的走下樓梯。

一樓客廳的燈還亮著，卻一個人也沒有。

張亦賢在空蕩蕩的客廳裡呆站了片刻，憶起醒來時聽見的那陣關門聲。他睇眼抬頭，看見自己身上那條唯一的線正指著門外。

所以說黃士弘不是關門睡覺，而是開門跑出去了。

這麼晚要去哪裡？張亦賢拿起手機打電話，撥通後，鈴聲卻從沙發那邊傳出來；他走近沙發，在抱枕下方找到了黃士弘的手機。

手機有點發燙，螢幕還沒自動上鎖，畫面停留在行動瀏覽器的搜尋頁面。搜尋列裡有個陌生的人名，下方列出的相符結果並不多，都是些大同小異的新聞標題。

張亦賢吞了吞口水，看見黃士弘的背包還擺在茶几旁邊，便彎腰把背包背上肩，拿著兩人的手機，開門出去找人。

走出門外才知道夜有多深，整條街的空氣宛如蹲踞般下沉，只有白天積存的暑氣從柏油路面上蒸騰出來，那熱度透過鞋底傳進足心，每跨一步，都像是踩踏在某種不明生物垂死的身體上。

沿著別人的線找東西已是家常便飯，追著自己的線尋人則是破天荒第一次，張亦賢心有罣礙，無暇品味這異樣的新鮮感。

循線轉了兩個彎，越過三個路口，黃士弘踽踽獨行的身影就出現在前方街角。他的背影仍然筆挺，肩胛骨間伸出的線卻一條也不剩了。

張亦賢心頭一緊，加快腳步向前奔去。聽見身後有人，黃士弘半轉過身，望向張亦賢。

看到那張毫無情緒的臉，張亦賢腳步突然重似千斤。他不合時宜的想起了過去兩人每一次見面的情景。每次見面，黃士弘都會對他笑。嘴巴沒笑，眼睛也會彎；眼睛沒彎，那條線也會微微發亮。他居然到現在——黃士弘不笑了也沒有線了——才發現這件事。

「你怎麼會跑出來？」

黃士弘拉起嘴角，試著像過去每次見面那樣對他露出微笑。

「你一直沒上樓，我下樓發現你出門了，就沿著線過來找你。我才想問你，這麼晚不睡覺，跑出來幹嘛？」

張亦賢回答得極度謹慎，語氣表情力圖持平，不想讓黃士弘察覺到自己看到的異樣。他一邊回話，一邊覺得腳下的柏油路面正像流沙般緩慢下陷，準備把某個睜眼說瞎話的混蛋埋起來。

「沒什麼，我只是睡不著想散步。你不必擔心，趕快回去睡。你看，我有帶鑰匙。」

黃士弘邊說邊從口袋裡拿出鑰匙，朝張亦賢晃了兩下。看見他臉上的假笑，張亦賢向前跨了一步，覺得這傢伙也該一起被埋進流沙裡。

「你要散步？我陪你。我沒有鑰匙。」

黃士弘沉下臉，揮手把鑰匙丟向他。「那鑰匙給你。」

張亦賢來不及接，整串鑰匙啪的一聲摔在他腳邊，他只好彎腰去撿。撿起鑰匙站直身子時，他嘴巴緊抿著，眼眶也紅了一圈，再也擺不出故作輕鬆的樣子了。

黃士弘移開視線，轉身繼續向前走。

走了半條街，身後的腳步聲仍然亦步亦趨；黃士弘邊走邊嘆氣，最後還是停了下來。他這一停步，張亦賢卻又不走了，就這麼站在他身後五公尺遠的地方，雙手抓著手機和鑰匙，緊張兮兮的盯著他。

見張亦賢還是那副強忍委屈的表情，黃士弘深吸了口氣，大步走到他身邊，低聲向他道歉。

「對不起，我不是故意把鑰匙丟在地上的。」

「嗯。」張亦賢點點頭，眼睛隨著點頭的動作眨了兩下。

「我心情很亂，不是針對你。」

「嗯，嗯，我知道，沒關係……。」

張亦賢還是只能點頭，一面偷偷眨眼，移動嘴角，拚命控制自己的表情；他還沒成功擺出足以粉飾太平的笑臉，黃士弘就張臂抱住了他。

「對不起，真的很抱歉。」

道道道道道歉是要用抱的嗎？張亦賢全身僵直得像根木棍，耳邊聽見了黃士弘的輕笑聲。

黃士弘鬆開雙手，向後退了半步。

「亦賢，你都沒變呢。」

張亦賢愣愣的看著他，看著他彎起眼睛露出真正的笑容，看著他伸手過來揉自己的頭髮，看著他的米色線在這瞬間變長又變亮，從他肩後繞過來，跟自己那條接在一起。

張亦賢忽然覺得呼吸困難。

隨著第一條線重新浮現，黃士弘身上其他的線也漸漸回復原樣。張亦賢作夢都沒想過會在短時間內兩次目睹同一個人身上的線消失又復生，更沒想過那個人會是黃士弘。

總之他的線長回來了，不用擔心了，他會笑會說話了，不會想尋短——張亦賢一遍又一遍的安慰自己，卻還是沒辦法好好呼吸。

黃士弘手掌離開了張亦賢頭頂，轉而向上攤開，向他索討手機。

他把手機遞過去，艱難的開口：「你……你想起來了嗎？」

「嗯。你上樓之後，我回想你說的話，決定直接問我阿姨。我跟她說我看到那本相簿了，她才告訴我，我爸媽不是死於車禍，而是火災。但關於火災的細節，她卻不肯再說了。於是我試著用我爸媽的名字在網上搜尋火災新聞，沒想到還真的搜得到……一看到那些標題，我就全部想起來了。」

黃士弘邊說邊解鎖手機。螢幕重新亮起，畫面仍停留在他出門前搜尋到的結果頁面。

他伸指在螢幕上滑動，喃喃說道：「想想也很諷刺，網路媒體都不必顧慮新聞倫理嗎？居然大剌剌的把受害者名字寫出來，只有一兩家換了同音字……這些新聞存在網路上那麼多年，我都沒想過要搜，還拚命彎來繞去的找線索……明明它們就寫得身歷其境，比我記得的還要仔細……。」

張亦賢說不出話來。他也不知道這種時候該說什麼才好。跑出來找人之前，他已經看到手機螢幕上的畫面了。

黃士弘用父親的名字搜出了十六年前的刑案新聞：「莽漢攜汽油殉情前妻，無辜保姆同成焦屍」、「女友攜子離家，男子跟蹤縱火釀四死」、「家暴男殘忍燒妻，牽連保姆夫婦，四人共葬火窟」、「稚子何辜！爸爸燒死媽媽，連保姆也不放過」……諸如此類。

黃士弘把手機收進口袋裡，看著張亦賢，又說了一次「對不起」。張亦賢這才發覺他剛才那些語氣平淡又不著邊際的喳喳唸，只是為了掩飾他的惶恐。

「抱歉，看到你追出來，我只想著千萬不要讓你知道這件事……到頭來我也跟阿姨一樣，差點變成騙子。」

又道歉？他幹嘛道歉？就算這裡真的有人必須道歉，那人也絕不會是他。黃士弘的聲音像隔了一層厚布般在耳邊嗡嗚，張亦賢腦袋亂成一片，手腳愈來愈冰涼。

而眼前這個人還在不停的解釋。

「對不起，但我說要散步是真的。本來想去舊家看看，可是那邊燒得徹底，應該早就拆掉改建，去了也沒意思。亦賢，我想……。」

張亦賢抬起頭，一抬頭就看見連在兩人中間的那條線。它還是如此明亮，明亮到近乎刺眼。張亦賢忍無可忍，啞著聲音問道：「你為什麼要道歉？又不是你的錯，你道什麼歉？」

從稍早看見照片上的日期開始，一股莫名的恐慌就壓上張亦賢胸口；如今恐慌終於成形，他才痛切體認到，所有的巧合都不是好事，現實永遠能比想像更加殘酷。

雖然那時還小，但他也隱約記起來了。他記得外婆家那個簡陋的靈堂才剛搭好就被接踵而來的強烈颱風吹得亂七八糟，也記得他和外婆到另一個靈堂致意卻被趕出去淋雨，記得那個總會抱起他轉圈圈的人再也見不到面，更記得其後幾年外婆老是掛在嘴邊的那些話。

恁阿母？你袂記矣？破病死的啦。啥物病喔？憨病啊！伊腹肚大起來就規个人憨去矣。若毋是憨去，我辛苦晟養大漢的查某囝哪會去綴人走，閣共人歸家害死了了……查某人若生囝就會開始歹命，伊就共我同款……[1]

不要，他不想記起來。但即使不去記，那些事那些話也早都刻進他骨頭裡了。它們跟著他入睡，跟著他起床，跟著他長大，跟著他離開家鄉；未來也會跟著他進墳墓，跟著他到下輩子和下下輩子。

張亦賢握了握拳頭，不敢看黃士弘，又說：「你……你就只是很倒楣很倒楣而已，以前遇到我，現在又遇到我。該道歉的是我，都是我害的，什麼都是我害的，要不是我媽把我帶去你家，你們也不會——」

苦澀的罪惡感噎在喉間，張亦賢咬牙切齒，眼裡嘴裡都如火灼般乾燥欲裂。他知道自己的出生拖累了母親和外婆，卻沒想到連黃士弘的人生也曾被他親手毀滅過。

該道歉的人是他，也只剩下他可以道歉，但究竟要怎麼道歉？要如何彌補？他能拿什麼來賠？他又配拿什麼來賠？光是站在黃士弘面前，就已經讓他用盡全力了。

聽見他這麼說，黃士弘先是一愣，接著就掉下眼淚。

「不要講這種話……我才是一直很後悔……。」

他說他後悔要求阿姨帶他去遊樂園，要不是那趟全家出遊，張瑞芬不必把賢賢接回去一天，也就不會在送賢賢過來時被前男友跟蹤得逞。

你沒有錯，你那麼小。

是我害的，我不敢承擔，所以才會忘記。

答應你的事，我也沒有做到。

黃士弘邊說邊哭，頰邊的淚光和他們相連的線一樣刺眼。

那不是假的，線不會騙人。

張亦賢的視線在那兩處光芒間反覆逡巡；剎那間，他只希望這條線從來沒有出現過，也恨不得自己從來沒有存在過。

◇　◇　◇

「……然後你就看不見線了？真的嗎？為什麼？真的看不見了？我的呢？店員的呢？那個阿伯？那個妹妹？」

阿徹連珠砲似的追問，雙手一會兒在自己肩背之間左右揮舞，一會兒胡亂指向櫃台裡的店員和落地窗外行經的路人。

「不用試了，誰的線我都看不見，從昨天早上起床就這樣了。」張亦賢頓了頓，又道：「你要不要先把眼淚擦一擦。」

「喔，好。」阿徹吸了下鼻子，從善如流的抽起一張餐巾紙，在兩邊眼角按了幾下，又用同一張紙擤鼻涕。「賢賢，為什麼會這樣啊，你也太苦命了吧……。」

1　你媽？你不記得了？病死的啦。什麼病？傻病啊！她肚子一大就整個人傻掉了。要不是傻了，我辛苦養大的女兒怎麼會跟人跑，還害死別人全家……女人若是生了孩子，就會開始苦命，她就跟我一樣……

週日從嘉義回台北後，張亦賢槁木死灰，在宿舍裡窩了一天一夜；星期一傍晚接到阿徹來電提醒，才不得不外出赴約。

他把週末兩天陪黃士弘返家的經過一五一十告訴阿徹，從那張塗鴉的畢業照說起，再講到黃士弘父母死因的謊言；先描述陸續出現的線索如何翻弄兩人情緒，再細訴經由冰冷的網路文字揭露真相的殘酷過程。

張亦賢說完，順手搜出十六年前的新聞，把手機推給阿徹。阿徹點進去第一篇，只看幾行就哭了，還哭得一把鼻涕一把眼淚。

「這是什麼鬼啊！這也太過分了吧？怎麼會這樣啦……喔幹……太過分了……汽油喔，幹……難怪你上次被潑會嚇成那樣……。」

見阿徹哭得悽慘，張亦賢微覺驚訝，但又隱隱有些感動。上次看他這樣痛哭，是他高中失戀後一起喝醉那次了。

「你鼻涕不要沾到我的手機……對了，還有一件事，我現在看不到線了。」

「咦咦咦咦咦——」

衝擊性的消息接二連三，阿徹一下子有點承受不住。他放下手機，連眼淚都忘了擦，慌忙指著自己又指著店員和路人，連聲追問張亦賢是不是都看不見了、到底是怎麼回事。

面對驚慌失措的阿徹，張亦賢也只能報以苦笑。

「我也不知道為什麼，那天半夜在外面還看得到黃士弘的線，回他家睡覺前也還行，但隔天一起床，就完全看不到了。」

昨天一早，他醒來看見黃士弘身上又沒有了線，霎時嚇得手腳發軟；接著丁郁文和盧威任拿著早餐闖進房裡，兩人身後同樣空無一物，他才發現不是黃士弘沒了線，是他自己看不到線了。

「是打擊太大嗎？就像有些人會因為壓力忽然失明或失憶之類，你則是失去超能力。」阿徹皺眉推測。

「也許吧。反正我就突然看不到線了。」

張亦賢沒跟阿徹說過自己和黃士弘有線相連，事到如今也不想讓他知道。

但張亦賢偷偷覺得，說不定是那晚他內心絕望的祈願以舉一反三的方式奏效了；他希望那條線沒有存在過，於是就連其他線的存在都再也無法覺察。

「忽然看不到線，是什麼感覺？眼睛會不舒服嗎？」

張亦賢眨了眨眼。「一開始像是有一層無形的眼皮沒跟著張開，看人時也彷彿隔著薄膜似的，後來慢慢適應了，就覺得還好，跟以前沒什麼差別。不過你身上沒有線，整個人看起來縮小很多，我還不太習慣。」

被說縮小很多，阿徹挺起胸膛撐開雙臂以增加存在感，又問：「有沒有哪裡不方便？」

「你是說以後不能幫你找東西那種不方便嗎？」張亦賢笑了出來。「我以前就說過了，我不是因為想看才看得到的，現在這樣也好，我求之不得——」

說到此處，張亦賢忽然想起那天晚上黃士弘不准他看的那條（或那些）線。被掐斷的疑惑重回腦海，他不自禁又好奇了起來，但好奇也沒用，反正是沒機會再看見了。

「話說回來，黃士弘他……。」

「他！他怎樣！」

「你這麼大聲幹嘛啦！」

視。

張亦賢作賊心虛，過度激動的反應嚇到了阿徹；阿徹反射性提高音量回敬，換來鄰桌客人不悅的注

阿徹陪起笑臉說了兩聲「抱歉」，回頭繼續問道：「我是想問你，關於十六年前那件事的真相，黃士弘他是什麼反應？他應該也很震驚吧？」

「當然，他驚到連線都統統不見了。」

「那他有跟你說什麼嗎？」

張亦賢深吸了口氣。「他說他很後悔，因為他想去遊樂園，我被我媽帶回去照顧，才會讓我爸有機會跟蹤她。他說都是他的錯，還哭著向我道歉……我從沒看過他哭……幹，他有毛病吧？」

「你才有毛病。」阿徹不屑的接腔。「有毛病兼沒良心。」

「不是啦，我的意思是，應該是我要向他道歉啊！我爸是他殺父殺母的仇人，就算他沒想過要父債子償，至少也應該打我或罵我，發洩一下情緒吧……是我害了他們一家，好不容易過了十六年，還敢出現在他面前，勾起他傷心的回憶，他應該要怪我的……。」

阿徹聽得愁眉苦臉，才剛收歛的淚水又湧回眼眶。他揉揉鼻子，粗聲回答：「怪你咧！你白痴啊？你們那時都還小，大人闖的禍，關小孩什麼事？你們誰都不用向誰道歉！誰都不用怪誰！我是局外人，旁觀者清，聽我的就對了！」

「你小聲一點。」張亦賢抽了張餐巾紙給他。

「我沒哭啦幹。」阿徹口是心非的接過餐巾紙，又擤了一次鼻涕；再度開口時，鼻音變得異常濃重。「他都沒要怪你了，你幹嘛自己鑽牛角尖？那麼想被他怨恨，你被虐狂喔？」

被黃士弘怨恨？怎麼可能會想。阿徹的話說中了心事，張亦賢雙手侷促的交握，小聲回道：「可是我

真的覺得很對不起他，沒臉站在他面前……。」

「嗯嗯嗯，你沒臉面對他，所以今天就很沒種的蹺班了。」

「我有請假啦，話說你怎麼知道我沒上班……啊。」

「黃士弘很擔心你，你對他不讀不回又拒接來電，他就傳Line來問我，我只好被迫再次入侵你的交友圈了。」

阿徹把手機螢幕翻向正前方，朝對桌亮出他和黃士弘的聊天記錄；然而張亦賢根本就不敢看。他趴在桌上呻吟：「你……你可以跟他說我很好我很棒我一切都ＯＫ，拜託了……。」

「那你明天會不會去上班？」

「明天……明天白天他有班嗎？」

「張亦賢！逃避解決不了問題啦！」阿徹往桌上一拍。「他又沒做錯什麼，你還躲他躲得那麼明顯，你很壞耶！」

「沒辦法啊，我都失去超能力了，還留在那裡惹人嫌嗎……嗚噗！」

阿徹站起身，雙手越過桌面挾住張亦賢臉頰。

「誰會嫌你？黃士弘？」

「我不知道，畢竟我現在看不到線了……。」

「他又不是因為身上有線才關心你的。順帶一提我也不是。」

張亦賢一愣，阿徹又繼續說道：「你不是很煩惱看不到自己的線嗎？老是在那邊哀怨說別人有線你沒有，我告訴你，你現在什麼線都看不見，那剛好，不要再以線度人了，這樣很傷。」

「……很傷？」

「對我來說很傷。聽好，在我眼裡，你就是個普通的人類，就算你懷疑自己沒線沒感情，我也從沒懷疑過你對我的愛。」

張亦賢驚訝得說不出話，阿徹慷慨激昂，又補充了一句：「難道你現在看不見我的線了，就會懷疑我對你的愛嗎？」

「我……我不會懷疑……可是，好噁心……。」

阿徹罵了聲幹，放開他的臉，抬起手背抹了抹自己眼角。

「阿徹，你為什麼又哭了？」

「我眼眶脆弱。」阿徹坐回椅子上，惡狠狠的灌了一大口可樂。「我早就想罵你一頓了，你總是拿自己沒有線來當藉口，在那邊自暴自棄，逃避別人的感情。你應該慶幸知道你能力的人只有我，因為我的心胸就像大海一樣寬闊。」

不是只有你知道，還有黃士弘也知道。

阿徹的確心胸寬大，而黃士弘……張亦賢不敢去想，囁嚅了半天，才吐出微弱的辯駁：「我也不想這樣……。」

「那就改變自己！從現在開始！從面對黃士弘開始！」

「可是我真的覺得很愧疚，不知該怎麼面對他……。」

開始跳針了。阿徹看著張亦賢，簡直是恨鐵不成鋼，要不是那垂頭喪氣的模樣實在可憐，他或許會掄起拳頭揍人。

「覺得愧疚的話，就去作牛作馬報答人家啊！就算不談愧疚和交情，他還是你的救命恩人耶！十六年前你爸帶汽油去他家潑，是他抱著你從後門逃出去的。新聞寫說火都燒完了，他還是抱著你不肯放手。要不是他反應夠快，死亡人數會變成六個。」

阿徹字句如刀，把張亦賢的良心戳得千創百孔。原來夢裡那個充滿汽油味的擁抱也不是空穴來風，而是他多欠黃士弘一筆的證據……他變得更加憂鬱了。

「我這種人，憑什麼替他作牛作馬。」

阿徹翻了個白眼，似乎也不想理他了，專心低頭在手機上打字，只是手指戳得略嫌用力了點。

就算現在看不到他身上那些線，阿徹也還是直來直往、光芒萬丈，永遠有足夠的精力和熱情分給這個世界。張亦賢很羨慕、很感謝，很希望自己能像阿徹為他哭泣那樣也為自己大哭一場；但無論胸口再怎麼疼痛，他眼睛依然乾如沙漠，一滴淚都流不出來。

這麼一說，他好像也不曾真的為什麼人什麼事哭出來過……張亦賢直勾勾的盯著阿徹，露出了比哭還難看的表情。

「我可能真的沒有良心吧……。」

「沒關係，我已經幫你點餐了，你的良心一分鐘後送達，你自己看著辦。」

阿徹說完，拿起桌上的可樂一口氣喝光，勾起包包就要離座。

「點餐？什麼意思？我們剛剛才吃飽……。」

「你坐一下，我先走了。」

「咦？什麼？等一下……喂！」

這情景似曾相識，但這次張亦賢來不及抓住對方；阿徹飛快移動到店門口，喊了句「地瓜酥記得拿一包給他」，就一溜煙跑得不見人影。

張亦賢的珍珠奶茶還有半杯。他看著桌上那個巨大塑膠袋，正在想裡面不知塞了幾包地瓜酥，黃士弘就走進店裡，站到他面前。

被拒接電話又拒回訊息一整天，黃士弘叫了聲「亦賢」，聲音裡帶著點忐忑；張亦賢腦袋卻還沒轉過來。

他半趴在桌上，視線落在黃士弘腰帶上，他抬眼看了看腰上的配槍，接著從槍套沿著腹部胸膛領口頸脖一路向上看，最後把目光定在帽簷下那張英氣逼人的臉上。

距離上次在職場相見只隔一個週末，黃士弘穿著這身藏青色制服的模樣卻讓張亦賢感覺恍如隔世。

「黃士弘，你今天好帥。」

「呃，謝謝……。」

前往現場的路上收到阿徹通知就火速趕來，進門時還提心吊膽，好不容易才見到張亦賢，黃士弘完全沒料到會聽見這種渾話，不由得尷尬的抿了下嘴巴。

下一秒，他就看見張亦賢像觸電似的猛然坐直了身子，臉上由衷讚嘆的表情一下子全被巨大的惶恐和無措給取代。

黃士弘沒有線了。我們兩個沒有線了。我們兩個什麼也沒有了。

張亦賢臉色刷白，瞬間壓力爆表，混亂的杏仁核還來不及決定是要戰鬥還是要逃跑，黃士弘就搶先一步拉住他的手，催他站起來，神情急切的說道：「亦賢，我有事拜託你。」

「咦？咦咦？等一下，地瓜酥——」

黃士弘探出身子越過他，伸手提起他放在椅背上的背包和桌上的塑膠袋，確認沒有別的東西遺落，就拉著他大步往門口移動。

電動門上的鈴鐺隨著門扇開闔發出清脆的聲響，黃士弘已將張亦賢帶出店外，乾淨俐落的完成了強搶民男的任務，還不忘隔著玻璃向店員點頭致意。

「戴著，背好，快上車。」

黃士弘神色既嚴肅又緊張，張亦賢感染到緊迫的氣氛，立刻乖乖戴上安全帽、背好背包、提著地瓜酥，坐上了警用機車後座。

「我們要去哪裡？」

「找人。」

黃士弘咬牙回話，右手同時催下油門。

◇　◇　◇

「學姊接獲疑似家暴的傷害案件，趕到現場時受害人已經昏迷一段時間，加害人則因酒醉意識不清，無法說明案情。我們在現場處理到一半，才有鄰居跑過來說，這家還有個三歲的小女孩，這幾天都沒看見她出來玩，也沒聽到她的聲音……。」

在老舊公寓的樓梯間，張亦賢跟著黃士弘一階一階向上爬，邊爬邊聽他說明前因後果。事發地點在頂樓加蓋的七樓，張亦賢爬得氣喘吁吁，身上背上卻全是跟運動無關的冷汗。

「借過一下。」

擠開看熱鬧的鄰居，兩人走進頂樓的屋子裡。屋子坪數不算小，但零亂的堆置了各種雜物；才一進門，濃濃的酒味就撲面而來，還混雜著久未通風的霉塵氣味。

「受暴女性的情況危急，第一時間就送醫了。雖然是這種父親，但或許也會有線……我很怕小孩子出事，只能拜託你了。」

黃士弘低聲說著，帶張亦賢繞過雜亂的客廳。方靜芝和陳警佐站在客廳裡側的餐桌旁，兩人目光盯著桌子下方，都是面如嚴霜。

桌上杯盤狼藉，桌下也不遑多讓。橫七豎八的空瓶中間癱了一個體型壯碩的醉漢，他的左手抓著喝到一半的米酒頭，右手放在肚子上，粗糙的指間纏著幾綹不知從哪裡扯下來的長髮，隨著肚皮緩緩起伏。

看著那個醉到一臉蠢樣的男人，張亦賢渾身發抖，恐懼和憤怒一下子從記憶深處被勾了出來。

然而他什麼線也看不到。

「亦賢，可以嗎？他身上有線嗎？」

黃士弘靠在耳邊的細語比打雷還要響，響得隔絕了整個世界。

這種人的線，他不想看見。不，就算勉強要他去看，他也看不見了。

張亦賢愈抖愈厲害，上下牙關發出輕擊聲。黃士弘見狀一驚，立刻伸手攬住他肩膀，把他帶離那個男人旁邊。

「對不起，是我太急了，沒先問就帶你來，是不是害你想到……。」

黃士弘頓了頓，直覺不想說出「你父親」三個字；但即使沒說出口，張亦賢也已經陷入近似恐慌的狀態裡。見他低頭抖個不停，對自己說的話置若罔聞，黃士弘用力攬著他，心裡一陣陣懊悔。

找小孩的事情的確緊急，但他其實也懷抱著私心，偷偷想著能否像上次在快炒店幫女學生找錢包那樣，藉機把避不見面的張亦賢再次從殼裡拉出來。

「亦賢？」

「沒有……他沒有線，我看不到……。」

「沒關係，那種人沒有線就算了，小孩我們自己找。沒關係的，走吧，我帶你下樓——」

「不是，是我看不到線了。」張亦賢抬臉望向黃士弘，兩眼卻是失焦的。「對不起，我不敢跟你說，從昨天早上開始，我忽然什麼線都看不見了。真的很抱歉，我不想這樣，可是我對你來說已經沒用了……其實我本來就是個沒用的人……。」

「亦賢，你在說什麼？」

「你的線、我們的線、阿徹的線，我全都看不見了……你帶我過來，我卻幫不上忙……對不起，對不起……。」

「張亦賢！」黃士弘急了，雙手捧住他臉頰。「你看不看得到線，對我來說都沒差，我從來就不是因為你看得到線才跟你來往的，我……我相信你也不是，你跟我說過的，對嗎？」

剛才阿徹好像也講過類似的話。阿徹說「從沒懷疑過你對我的愛」……張亦賢愣愣看著黃士弘挺直的鼻梁，想起了阿徹揉得紅紅的可憐的鼻子。

耳邊傳來某種東西裂開的聲音。他不知道那是什麼，但他覺得呼吸變得順暢許多，手腳的顫抖也停了下來。

「對……不是。」他點點頭，眨了一下眼睛。

張亦賢點頭眨眼的模樣總是讓黃士弘覺得懷念，如今已知道懷念的理由，在懷念外又多了一分心疼。黃士弘摸摸他的頭，摸到那道傷疤，語氣不由自主變得更軟：「對，所以看不到也沒關係，你不要再待在這裡了，我們先回去……。」

「叫他都沒反應，再等下去也不是辦法，乾脆先帶回去鋳起來，冷氣開十六度催下去？」

「可是鄰居說家裡還有個小孩子。」

「老婆被他打到快沒命了他還繼續喝，這種垃圾酒鬼會知道小孩跑哪去？啊啊啊學姊，我可不可以踹他，我快受不了了。」

「你冷靜，不然讓士弘留下來，或者我們再找一次。」

「還有哪裡能找，這地方就一丁點大，搞不好小孩也被他……嘖，我覺得還是弄回去問最快。不然帶去醫院弄他。」

「帶回所裡跟帶去醫院都一樣，問題不在那邊。唉，我也想拿那個酒瓶給他一下……。」

「學姊，冷靜啊。」

方靜芝和陳警佐的對話傳進耳裡，張亦賢環視了一圈客廳的擺設，心跳微微加速。他深吸一口氣再慢慢吐出，拉下了黃士弘搭在自己頭上肩上的手。

「我沒事了。我也想幫忙找。」

「我們已經找過一遍，樓上樓下都跑了；但不管怎麼叫她，都沒有人應聲。」

張亦賢走到門邊，敲了敲門邊的矮櫃子，打開來看了一下。

「衣櫃也找過了。」黃士弘提醒他。

張亦賢再往裡走了幾步，彎腰推開堆成小山的紙箱，露出紙箱下方的小茶几。茶几只有膝蓋高，下方置物層沒有放東西。他趴低身子，把頭伸進裡面看了一眼。

見張亦賢維持著趴跪的姿勢，在雜物堆裡探頭探腦，黃士弘忍了又忍，才把喉頭那句「不會藏在那種地方吧」給吞回肚裡。

以小茶几後方為起點，張亦賢手腳並用，一頭鑽進雜物堆裡，邊推開東西邊向前進；黃士弘看了幾秒，便也跟著趴下身子，一起鑽了進去。

兩人身型略有差異，黃士弘又不像張亦賢把姿態壓得那麼低；他一加入，活像一隻河馬硬要擠進水獺挖好的隧道，那些成堆的紙箱衣架玩具箱儲物盒直接被他撞開甚至撞倒，乒乒乓乓的發出連串巨響。

方靜芝跑了過來，一邊驚呼「你們為什麼不用搬的」，一邊接住一個從高處滑落的金屬工具箱，及時拯救了黃士弘半露在外的尾椎骨。

雜物堆中有條小小的「隧道」，入口就在小茶几下方。隧道不算很長，張亦賢伸出雙手向前探，還前進不到兩公尺，就摸到了它的盡頭。

那是另一個木質抽屜櫃，櫃前有小小的空間，足夠把抽屜拉開。

身後的黃士弘根本就沒能跟上來，他還卡在「入口」，而且不知道又撞倒了什麼東西。方靜芝大聲喝令他不准再動，迅速搬開他們頭上和身邊的物品。

在她的努力下，頭頂逐漸有光線透入。

張亦賢縮頭縮腦，手摸著面前的抽屜門，露出了沒人看得見的微笑。

「欸，那個小朋友，叫什麼名字？」

「她叫妍妍。」

壓在背上的大紙箱被搬開，黃士弘直起上身，半跪在原地，看見張亦賢正趴臥在一個木製的三格抽屜櫃前面。

那是個老式的衣物櫃，看起來相當陳舊，長寬都只有五十公分左右，高度也只到成人腰部。它跟之前那個小茶几一樣被埋在雜物堆裡，方靜芝把東西都搬開，才讓它露了出來。

張亦賢小心翼翼的拉開最下層抽屜。他的動作很輕，只拉開一條縫隙；接著他湊了過去，用比動作更輕的聲音朝抽屜裡說話。

「妍妍，捉迷藏結束囉。」

話音方落，一隻纖細的小手伸了出來，攀上抽屜邊緣。

捉迷藏結束。

「找到妍妍了……找到了！耶噫！」

方靜芝大聲歡呼，丟開抱在手裡的衛生紙箱，打中了正拿起手機撥電話的陳警佐。

張亦賢盤腿坐直，把抽屜整個拉開，伸手抱出躲在裡面的小女孩。

她不知躲了多久，精神有點萎靡，雙頰也因輕微缺氧而異常紅潤。鄰居說她三歲，但她的體型看來不足三歲，手腳細得像洋娃娃。

她很小，也很輕，但身體是溫暖的，還悶出了一點汗臭。

「媽媽呢？爸爸不生氣了嗎？妍妍可以出來了？」她連講話聲都細得像蚊鳴，嫩嫩的嗓音問著天真的問題。

「當然可以出來，妍妍好乖，等一下就帶你去找媽媽。」

黃士弘代替張亦賢回答，聲音有點嘶啞。

聽她說話，張亦賢心情激動，把她抱緊了些，讓那小小的身體窩進自己懷裡。可是當她伸長雙手環上他後頸，他又僵成了一根木棍。

黃士弘屏著呼吸，膝行到兩人身邊。他覺得很高興，但張亦賢笨手笨腳抱著妍妍的畫面，卻讓他生起一種近乎心碎的感覺。

妍妍不太怕生。她軟綿綿的靠在張亦賢胸前，仰頭看了看身邊的幾個大人，目光轉回張亦賢臉上：

「哥哥怎麼知道妍妍躲在這裡？」

「因為我也是捉迷藏高手啊。」

「也是你媽媽教你的嗎？」

「對呀，也是我媽媽教我的——」

話沒說完，灼熱的淚水從張亦賢眼中滾落，滴到妍妍臉頰上。她嚇了一跳，抹抹自己的臉，抬頭發現是張亦賢在哭，她便舉起雙手，去接他的眼淚。

「哥哥不要哭。」

「嗯，好，不哭。」

他嘴裡這麼回答，眼淚卻掉得更兇了。

怎麼可以忘記呢？怎麼會想不起來呢？

那個印象中幾乎沒主動抱過他、總是在驚懼中度日的母親，曾經牽著他的手，教他在爸爸出門喝酒時一起玩捉迷藏，教他縮成一團躲進只有自己進得去的地方，教他躲好之後一點動靜都不能發出來，不管聽到多大的聲音都不要害怕。

她總是說，這是我們的祕密遊戲，等到媽媽說捉迷藏結束，才可以出來。

也是那個母親，在他受傷後痛下決心帶他離開。雖然她在被他抱住時還是會僵硬一下，但他記得有那麼幾個片刻，她曾抬起雙臂回擁他。

他也記得與她共度的最後一個夏日午後。因為黃媽媽家裡有事，她難得從工作中偷閒，帶著他躺在竹蓆上午睡。在電風扇全力運轉的噪音中，她一手托腮，一手輕輕摸著他的臉頰和頭髮，輕聲問他「你知道你是我的寶貝吧」。

他半睡半醒，卻也傻傻的點了頭，說他知道。

那時，媽媽的模樣非常漂亮。她眼睛笑得彎彎的，身後有好多條亮晶晶的線。那些線比他畫在黃媽媽家牆上的太陽人還要多，有好幾條伸到他身旁，幾乎可以把他包圍起來。

我知道我是你的寶貝。

感覺黃士弘的手落到自己肩上，張亦賢有點狼狽，急忙把妍妍交到對方手裡，站起身來拍了拍灰塵，轉身背對他們。他的眼淚還是停不下來。

「亦賢……。」

「哥哥？」

手裡抱著妍妍，黃士弘還是緊跟在他身後，擔心得不得了。

張亦賢捂著嘴巴強忍嗚咽，想起了更多人、更多線。

外婆的，黃媽媽的，阿徹的，阿徹阿姨的，雅亭的，小晴的。方靜芝有，江爺也有；在他幫忙找到遺失的拐杖後，連老劉也分出一條淡淡的線給他過。

還有……還有黃士弘。如果這時還能看得見線，他那條線一定還是死心塌地的連在自己身上。就像那個心如刀割的夜晚，他再怎麼難過，也還是先長回了那條伸給自己的線。

被愛的記憶一點一滴浮現，接著如泉湧出，最後匯成大浪拍來。

張亦賢不想丟臉，但他還來不及躲到沒人看得見的地方，就忍不住縮起了肩膀，放聲痛哭。

尾聲

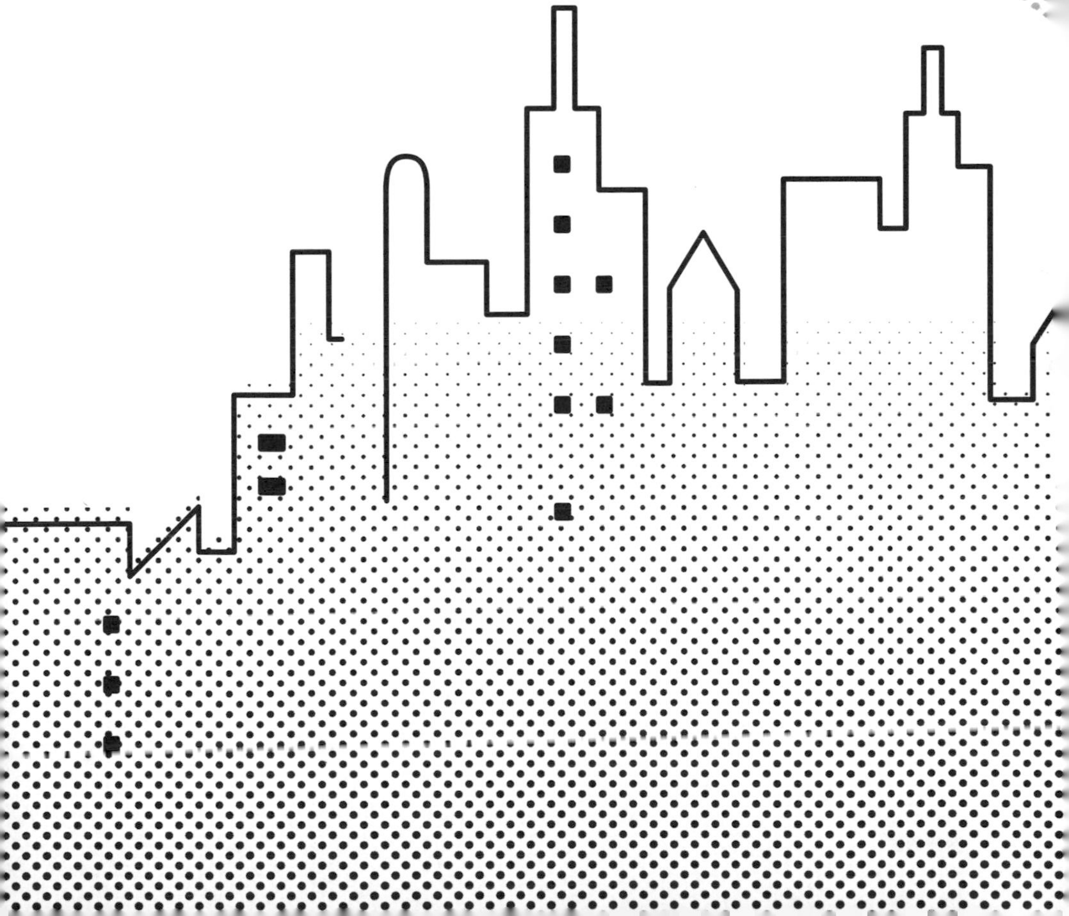

醉漢帶回警局，妍妍交給社工。

妍妍的媽媽在醫院急診處接受治療，當天半夜就回復意識；雖然外傷嚴重，但初步檢查並沒有大礙。

張亦賢哭了很久也哭得很慘，黃士弘只好把他一起載回派出所，泡了兩壺熱茶給他喝，他才勉強冷靜下來。

但等黃士弘下班後換回便服，拎起他的背包和大袋子說要陪他走回宿舍時，他想起了慘白路燈照在深夜的柏油路上的畫面，就又哭了出來。

一開口安慰，他就哭得更慘烈；黃士弘手足無措的坐在他旁邊，簡直是無計可施了。

「亦賢還好嗎……噢，看起來不太好。」方靜芝走過來關心，表情與其說是擔憂，不如說是心疼。

「是不是想起小時候的事了。」

黃士弘大驚失色，起身把她拉到遙遠的辦公室另一端，壓低聲音問她：「你怎麼知道他小時候——」

她嘆口氣，拍拍他上臂。「他要來打工，好歹要先核對身分資料吧。對了，我也知道你小時候的事。你們……都辛苦了。」

黃士弘目瞪口呆的看著她，她笑了笑，踮起腳尖，在他頭上摸了一下。「真的辛苦了，你們都是好孩子。」

雖然常摸張亦賢的頭，自己卻很久沒有被人這樣摸頭了；黃士弘臉上一熱，只能顧左右而言他。

「學……學姊今天也要睡宿舍嗎？」

「對啊，今天太累了。」

她轉頭看了看呆坐在長椅上的張亦賢，跑回自己座位，從抽屜裡拿出兩條巧克力，遞給黃士弘。「你就讓他好好哭一哭，反正樓上還有空房間。」

黃士弘這時才想起，他好像沒看張亦賢哭過。無論是現在或是十六年前，都沒有過。
那麼，他的確是需要好好哭一哭。

◇　◇　◇

「……那天我就在借住在他們宿舍了。我叫黃士弘說一些小時候的事情給我聽，他本來笑著講，講到後來又哭了，結果我們兩個整晚都在哭。對了，地瓜酥他很喜歡，叫我再向你道謝一次。」
星期六晚上七點半，坐在速食店窗邊的座位，張亦賢戴著墨鏡，對阿徹交代那天他良心送達後發生的事情。
「所以你到晚上還戴墨鏡，是因為眼睛哭得太腫嗎？都過那麼多天了。」
阿徹把兩人份的大薯倒進鋪了餐巾紙的托盤，拆開三包椒鹽粉均勻撒上；他邊搖晃托盤邊盯著張亦賢，滿臉都寫著對老友新造型的不以為然。
「不是因為哭腫啦。」張亦賢捏著鏡架，向上抬了抬，看了阿徹一眼，接著又鬆開手指，讓鏡片再度覆蓋眼睛。
「那是怎樣？」
「哭完之後隔天，我又看得到線了，而且看到的數量還比之前更多。因為實在有點刺眼，我就跟黃士弘借了墨鏡。他這副還滿強的，幾乎能遮掉大部分的線……。」
「啊？又看得到了？」阿徹大叫出聲，雙手在桌上一拍，托盤上的薯條們應聲跳動。「什麼鬼？耍人嗎？你這超能力也太任性了吧？」

「真的很任性。」撒在薯條上的胡椒鹽也跟著飛揚起來，張亦賢揉了揉鼻子，忽然咧嘴而笑。「不過，也沒關係啦……。」

「那我身上的線有什麼變化？有變多嗎？」

「你的線倒還好，畢竟本來就像背著一團毛球了。晚上看起來變得更亮，幸好我有戴墨鏡。嘿嘿嘿嘿嘿……。」

「那線很少的人呢？比如說黃士弘，真的會看到本來沒看到的線嗎？」

「會喔，我本來以為他只有三條線，結果能力恢復後，我在他身上又多看見一些細細淡淡的線。欸嘿嘿嘿……。」

阿徹終於按捺不住，往他裸露的手臂用力拍了下去。「你從剛才到現在是在傻笑什麼？」

張亦賢痛呼一聲，卻還是收不住笑意。

他拉下墨鏡，轉頭望向窗玻璃上的倒影。倒影雖然不是很清楚，但他仍能看見自己身上有好幾條線向外伸展，有的很淡，有的很亮，其中桔黃色的那一條算是亮的，它向桌前伸去，跟對面阿徹身上那條橘色線牢牢接在一起。

張亦賢的目光從倒影移回實體，先望向一臉疑惑的阿徹，再看向在兩人頭頂上相接的那條線。它像座細細的拱橋架在他們兩人之間，明亮的色澤和完美的弧形令他喜不自勝，他控制不住，又呼呼呼的笑了出來。

「張亦賢？賢賢？你還好嗎？」

「很好，我很好。」阿徹和他那些線實在是太耀眼了。張亦賢戴回墨鏡，清了清喉嚨，鄭重宣布：「還有，我也看得見自己的線了。我是有線的人。」

「咦咦？」阿徹發出了今晚第二聲驚呼。

不等他問，張亦賢就直接告訴他：「我有一條黃色的線跟你連在一起，連得超牢超堅固，你也還有其他細細的白線和綠線指著我，我現在都看得到了……。」

「好了！不要再說了，我早就知道了！不用線我也知道！」

阿徹耳朵紅了起來。他抓起一把薯條塞進嘴裡，胡亂嚼兩下就吞下去，被噎住幾秒後，不止耳朵，他整張臉都紅了。

張亦賢把可樂推向他，另一手撐著臉頰，抬眼欣賞著那條代表他們友情的線。

「可……可惡。」好不容易順過氣，阿徹還是有問題要問。「你說會刺眼吧？那要怎麼解決，總不能一直戴著墨鏡，戴久了也會傷害視力的。」

「唔，不用擔心，我想這應該是暫時的。」張亦賢拿下墨鏡，微垂著眼皮，正面看向阿徹。

「暫時的？」

「新能力消退得很快。一開始我真的嚇到，每個人背上的線都像國慶煙火一樣又亮又大朵，我如果沒戴墨鏡，根本沒辦法走到街上。不過隨著時間經過，我能看到的線的亮度和數目就逐漸減少。」他說著就扳起手指，算了算日子。「到今天第五天，其實已經跟第一天差很多了。」

「會回復成原來那樣嗎？」

「不知道，可能會回復，也可能就這麼一路消退，再也看不見。」

阿徹長長的「哦」了一聲。

「感覺……好矛盾喔。之前你突然看不見線，我還覺得很痛快，可以趁機開始新生活；可是失而復得之後如果又再度失去，我就會覺得好可惜。」

「對，沒錯，所以我一定要把你約出來，好好的、仔細的看看我們相連的線。這麼美的線，以後看不到了怎麼辦，嘿嘿嘿……。」

張亦賢伸指往阿徹鼻尖一指，再度發出居心叵測的笑聲。

阿徹罵他一句「笑屁」，停頓了一會兒，又問道：「那你……該不會也約了……。」

張亦賢知道他想問什麼，眉開眼笑的承認：「約了約了，我今天中午約雅亭和小晴一起吃涮涮鍋，你知道嗎，她們的線啊……。」

阿徹雙手掩耳，頭一次後悔自己問得太多。

東拉西扯又聊了一陣子，兩人走出速食店。和滿臉寫著「我為什麼要來」的阿徹道別後，張亦賢拉好背包，朝鶴林派出所的方向走去。

他看了看時間，便刻意放慢腳步，這樣當他抵達時，黃士弘也正好下班了。

前幾天和外婆通電話，張亦賢提了黃士弘和過去的事。

聽他已經知情，外婆也不瞞了。她說，既然你有緣和那家的孩子重遇，那外婆也有幾張照片，可以寄給你們看，那些是當年瑞芬從嘉義寄回來報平安的照片，有拍到那個保姆，也有保姆家的孩子。

今天上午，張亦賢收到照片；看著照片中年幼的自己被母親抱著，坐在黃媽媽和黃士弘中間，破碎缺角的人生彷彿被拼回了最重要的一塊，他差點又要哭出來。

他傳訊息給黃士弘，告訴他照片的事。黃士弘立刻就回電，說他也收到了阿姨寄來的照片。

「雖然沒幾張，可是照片裡有你，也有你媽媽。」

短短的電話說沒幾句，話筒兩端的人就都帶上了鼻音。誰也不想等到明天，於是約好了晚上九點下班見。

張亦賢把照片夾在小晴中午帶來借他的推理小說中，再把小說放進雅亭用來裝手工蛋捲給他的牛皮紙袋裡。這個貴重的包裹現在正安躺在他背包夾層，他明明算好了時間，打定主意要悠閒的散步過去，但腳步卻不受控制的愈走愈快。

經過公車站前的一整排櫥窗，他略略放慢速度，壓下墨鏡，邊走邊看著自己映在櫥窗玻璃上的身影。

他有線了，他看得到自己的線了，不止那唯一的一條，有六條甚至七條八條，一一延伸出去，指向或連結到他關心的那些人身上。

現在看到的數量已經比前幾天少了幾條，以能力消退的速度來看，再過兩天，他身上的線應該會全部看不見了。

向前走著，來到下一個櫥窗。張亦賢發現，自己身上的線好像又悄悄淡去了一條。

即使能力不會完全消失，他也還是得再過回他過了二十一年的無線人生。

張亦賢戴回墨鏡，心裡無比感激。

至少他看見了。此時此刻從櫥窗裡映出來的自己，跟他見過的每一個人都沒什麼不同。很普通的擁有一些線，很普通的跟人相連或不相連；很普通的愛著他人，很普通的被人所愛。

於是他再也不惶恐了。

他再也不害怕了。

看得到線和看不到線都一樣，過去和現在也沒有什麼分別。

張亦賢心頭忽然熱血上湧，他現在只想早點見到黃士弘，想再多看幾眼他身上那些線。

特別是那條一開始是銀灰色、後來變成了米色、接著再變成黃色，現在變得有點粉紅粉紅但黃士弘掩耳盜鈴裝作不知道的，一直連在他們中間的那條線。

距離九點還有一段時間，張亦賢仍然邁開雙腿，在被路燈照亮的柏油路上奔跑了起來。

番外：沿線前進

大學生的暑假比中小學生長，結束派出所的暑期打工後，張亦賢還有近兩週的空檔無所事事。黃士弘在週間排了一天休日，邀他一起去兒童樂園玩。

「……兒童樂園？」

「我本來想帶你去我小時候去過的那個遊樂園，可是它十年前就結束營業了。」

「咦？不用了啦，我沒有……。」

「我答應過你的。」

接觸到對方嚴肅而堅定的視線，張亦賢心頭一跳，腦袋到這時才轉過來。

一個多月前哭到瀕臨脫水的那一晚，黃士弘跟他說了很多以前的事，說當時他聽見哥哥要跟阿姨一家去遊樂園玩，小小的臉上露出了很羨慕的樣子，因為那樣子實在太令人心疼了，於是黃士弘就答應他，等他長大再帶他一起去遊樂園。

據說兩人還鄭重的打了勾勾。

從三歲長到二十一歲，腦細胞早就不知道換過幾輪，無論是羨慕的心情或是鄭重的約定，張亦賢都不記得了。遊樂園之類的地方他一向沒興趣，小學時的校外教學曾經去過一兩次，但他也沒特別留下什麼玩得很開心的印象。

「我答應過你，我們約好了。」黃士弘又說了一次。

黃士弘認真得不得了，他是真的想要實現當年的承諾。看著那雙總是有光的眼睛，張亦賢哪還說得出「我沒有很想去」。

「好……好吧，那我們就一起去吧……。」

黃士弘露齒而笑，眼裡的光芒瞬間擴散到整張臉，跟他身後伸過來的那條線一樣閃閃發亮。張亦賢拚命忍耐，才沒有讓目光往上飄去。

◇　◇　◇

「兩個人去遊樂園玩，不就是約會了嗎？」

「不要直接說出來！」張亦賢瞪著阿徹。「你這樣一講，我明天要怎麼面對他。」

「如果你有那個意思，我會支持你的。」阿徹抓抓頭。「他伸向你的那條線，是什麼顏色？」

「黃色。」張亦賢悶悶不樂的回答。

嚴格來說，不是伸過來，而是連著的，一直都連著。但既然一開始沒讓阿徹知道這件事，現在也不想讓他知道。

「黃色啊，那人家對你沒意思，你緊張個屁。別太難過了。」

阿徹伸手橫過桌面，在張亦賢肩上拍了兩下以示安慰，立刻被嫌棄的甩開。

「對了，你今天沒戴墨鏡，能力衰退到什麼程度了？現在你看到的線跟以前有差嗎？」阿徹換了個話題。

張亦賢眨了眨眼睛，看著阿徹背後如毛球般向外放射的大量線條，也看著他伸向自己的橘色線。

一個半月前，張亦賢的能力一度消失，接著又隨著他情緒潰堤而大爆發，就像矇住眼睛的薄紗被摘掉似的，他看見的線條一下子變多、變清晰，甚至連自己身上的線也能看得到了。

原來自己跟其他人一樣，有很多線跟親人朋友相連著……即使過多過亮的線刺眼到令他必須戴上墨鏡遮擋，那幾天張亦賢仍然快樂得像隻猴子，每天都到處蹓躂、約人見面。

「退到跟以前差不多的程度了，你那條橘色的線還是斷在一樣的地方。」他伸出食指，在兩人視線交集處略上方的虛空中比了一下。

「斷？你的意思是說……。」

「嗯，我又看不到自己的線了，就變回以前那樣，只能看見別人的線。」

「好可惜耶，不過至少你看到過了。」

「對啊，就當我做了一場美夢。」

「不是夢啦！線都是真的。」阿徹學著張亦賢伸出食指，指著半空中相同的地方，然後向前延伸，用指尖戳向他胸口。「就算看不到，我們的線也是連著的。」

摸著被戳中的胸口，張亦賢感動了一下，卻聽見阿徹又問：

「那你會和黃士弘交往嗎？」

◇　◇　◇

即使是平日，兒童樂園仍然十分熱鬧，訪客以學齡前後的幼兒居多，光是不同幼兒園的圍兜兜，就有至少三種顏色，也有不少幼兒是跟家長一起來玩的。

看見那麼多小孩子，顯然讓黃士弘很開心；但小孩一多，迷路的兒童和走失的家長也就變多，他們還沒決定要去排哪一項遊樂設施，就先展開尋人任務，幫一對老夫婦找到一進園就跑得不見人影的兩個孫子。

兒童樂園的設施對黃士弘的身高來說堪稱迷你，手長腳長的他幾乎要整個人縮成一團，才能把自己完全收納進座位裡。但他還是玩得很開心。

他們先搭了單軌列車，然後去坐輻射飛椅，接著是雲霄飛車和旋轉小飛機。

坐在黃士弘身邊，看他迎著太陽和高處的風瞇起眼睛的模樣，張亦賢不止一次想著幸好答應了他的邀約。

「吹風好舒服。再來要坐什麼？自由落體？迴旋椅？」

「……都可以，但不要再高速旋轉了，張亦賢的胃感謝您……。」

前往摩天輪的路上，他們又遇到了一個邊揉眼睛邊喊爸爸媽媽的小女孩。

張亦賢和黃士弘互看了一眼，就決定帶她去找爸媽。兩人跟著她身上亮黃色的線折回原路，走沒多遠，就在廁所門口和正準備開始吵架的一對年輕父母會合了。

爸爸雙手還滴著水，媽媽兩手各拿著一支霜淇淋，兩人都豎眉吊眼，一個喊著「她不是跟你去買冰嗎」，一個嚷著「我叫你帶她去廁所啊」，聽見小女孩大喊「媽媽」的聲音，夫妻倆才停止爭執，蹲下迎接女兒的撲抱。

「你跑去哪裡了？」媽媽雙手都沒空，只能用額頭抵著女兒的頭，小聲責問她。

「我尿完尿，你和爸爸都不見了，我去找你們啊。」

「下次不要亂跑，爸爸心臟都要嚇停了。」

「我才沒有，是爸爸媽媽先亂跑……。」小女孩委屈的嘟起嘴巴。

「對不起，是我們沒說好。幸好你還知道要回來找我們……。」

張亦賢正準備悄悄退場，小女孩的手指忽然朝他指了過來。

「是那個哥哥帶我回來的！」

「原來如此……謝謝你啊！謝謝……。」

張亦賢逃脫失敗，只得傻笑著接受感謝。那位媽媽看了看自己雙手，福至心靈，硬是塞了一支霜淇淋給他。

「要不要吃霜淇淋？這支給你！」

「咦？不用了……。」

「天氣這麼熱，不要客氣！」

「很好吃喔，哥哥。我最喜歡香草口味的。」小女孩牽著爸爸的手，已經在舔另外一支了。

日頭正烈，再推辭下去霜淇淋就要融了，張亦賢只好點頭道謝，收下那支巧克力口味的霜淇淋。

他拿著霜淇淋轉身找了一下，黃士弘站在不遠處的花圃旁邊；剛才小女孩拔腿開始奔跑時，他就停下腳步，沒有和張亦賢一起跟上去。

「還好你沒跟過來，不然妹妹就沒霜淇淋吃了……。」

張亦賢苦笑著朝黃士弘走去，剛走近他身邊，眼睛就又被摀住——對，「又」。這是他今天第二次被黃士弘摀眼睛了。第一次是早上剛見面的時候。

張亦賢有點無奈，在溫熱的掌心裡翻了個白眼。

阿徹昨晚問了黃士弘伸來的線是什麼顏色，張亦賢回答「黃色」。他沒有說謊，黃士弘和他相連的那條線，大部分時間都是淺淺的鵝黃色。

只是有時候……有時候會變成粉紅色。

對於別人的線，張亦賢早就習慣擺出視而不見的樣子，但像這樣變來變去的線，他還是第一次看到。

但就算他能夠裝得若無其事，每當線變色時，黃士弘都會明顯侷促起來，有幾次還伸手來遮他眼睛，或把他整個人轉到背後去。

今天變色的頻率又比平常高了點。

他們兩人之間只有一條線，但張亦賢總是來不及去看連著自己的那一端是否也跟著變色。有時候是怕黃士弘發現自己發現了，所以不敢去看；有時候就像現在這樣，沒辦法去看。

冰涼黏稠的液體正沿著指節緩緩流下，而黃士弘捂在自己眼前的掌心也在微微冒汗。張亦賢忍不住了。

「喂，霜淇淋在融化了啦。」

「再等一下……。」

「你這樣掩耳盜鈴有意義嗎？」

「……。」

遮住視線的那隻手移開了。張亦賢也不客氣，瞇起眼睛盯著兩人頭頂上的線，確認它的顏色之後，又回頭看了看自己的背。

黃士弘面無表情的站在他旁邊，一句話也沒有說。

張亦賢轉回頭，笑著朝他舉起霜淇淋。
「我們把它吃完，再去坐摩天輪。」
「……咦？」
「快吃啊！」
霜淇淋被送到自己唇邊，融化了的尖端沮喪的向下彎曲；黃士弘眼睫半垂，張開了嘴，一口咬去上半部。
見他吃得這麼豪邁，張亦賢也學他張大嘴巴，一口將酥杯上方的霜淇淋全部咬進嘴裡。
不行，果然還是太冰了，牙齒受不了啊啊啊……從頰側到下巴的齒根一片酸軟，張亦賢整張臉皺了起來。
「你在幹嘛。」
黃士弘笑了，從他手裡接過霜淇淋。
張亦賢一手撫著臉頰，一手晾在半空中，愣愣的看著黃士弘用門牙咬開酥杯，一口一口的把霜淇淋吃完。
兒童樂園的設施都走精緻小巧路線，位於園區最高處的摩天輪規模也不大，直徑四十公尺，共有二十七個座艙，轉完一圈只要十五分鐘，但已足夠鳥瞰台北盆地，一覽四處開闊的風景。
座艙門關上之後，園裡的笑鬧和音樂聲瞬間被隔絕在外。久違的和黃士弘在封閉空間共處，張亦賢突然想起昨天阿徹問的那句「你會和黃士弘交往嗎」。
交往……交往是怎樣的呢……他看著坐在對面的黃士弘，覺得心臟好像也跟著座艙一起緩緩上升。

「對不起。」黃士弘忽然開口道歉。

張亦賢一怔。「為什麼要道歉？」

被這麼一問，黃士弘的臉就紅了。他抬手掩住嘴巴，說話彷彿成了一件極為艱困的事：「那個……你說我掩耳盜鈴……你說得沒錯，你隨時都能看見我的線，我還想要掩飾，真的是太蠢了。對不起。」

「嗯，你不要再遮我的眼睛了。」見他的臉愈來愈紅，張亦賢的心跳又加快了些。那條線從剛才到現在，一直都是粉紅色的。

「我不會再那樣做了……。」

「還有，關於線，我有兩件事想告訴你。」

「什麼事？」

「先說第一件，我第一次看到你時，我們就有線連著。」

黃士弘很緊張，不止臉頰耳根，連眼眶都有些發紅。聽見張亦賢這句話，他鬆了口氣，笑著說：「這個我知道，我問過你了。」

「第二件事情是，在遇到你之前，我身上一條線也沒有。」

聽見黃士弘吸了口氣，張亦賢還是忍不住看了那條線一眼，用它為自己壯膽。

「我本來以為我是個沒有線的人。我親人、我朋友、我同學……每個人朝我伸過來的線都會在碰到我之前消失，只有你的線可以連到我身上。」

「……為什麼呢？」

「我到現在還是不知道。」張亦賢搖頭。「我們剛認識時，線是銀灰色的，那是我從來沒看過的顏色。後來，它慢慢變成米色，接著又變成更深一點的鵝黃色。粉紅色是最近才出現的，但平常還是黃色比較多啦。」

起伏擺盪的心情被那條線暴露得一覽無遺，座艙裡明明開著冷氣，黃士弘卻感覺自己汗如雨下。要不是牆上貼著禁止站立，他可能早就站起來繞圈圈了。

「我猜，一開始線會是銀灰色的，可能是因為我們都沒有那段記憶，你是失憶了，我是太小了記不得……後來你查到以前的事，也想起來了。看你那麼傷心，我真的非常後悔。有線連著又怎樣？早知道就不要接近你了。」

「亦賢。」聽他說起舊事，黃士弘皺起眉。「你那天晚上答應過我……。」

「我記得，我們說好不要再自責。」張亦賢露出微笑，想起了方靜芝留給他們的巧克力。「我從來沒吃過那麼鹹的巧克力。」

「因為你邊哭邊吃嘛。」黃士弘也笑了。

張亦賢抬頭看著他的笑臉。

他笑得彎彎的眼睛裡依然有光，臉頰耳朵倒不像方才那麼紅了。

摩天輪緩慢而穩定的轉動，座艙一個接一個輕晃著，陸續被送上最高點。再兩個就輪到他們了。張亦賢吞了口口水，又說：「我還沒講完。」

「你說。」

「我想說的是，能遇到你，我很高興……我看不見自己的線，只看得見別人的，每天看著那些伸向我的線斷在半空中，其實讓我很痛苦。可是你改變了我的人生，你讓我覺得我跟這個世界還是有連結的。在空虛或寂寞的時候，我都會想，至少我還有一條線連著你……我還有你。」

張亦賢的語氣很平淡，他只是在描述過去數個月來的實際情況而已。但隨著實際說出口的每個文字、每個音節，他發現自己其實緊張得要命，聲音變得有點哽咽，手腳也漸漸沒了力氣。

「……。」黃士弘兩眼睜大，表情顯得很驚訝。

張亦賢閉上眼睛深呼吸。這條紅線跟之前的紅線不一樣。他想要沿著它前進到新的地方，而不是鬆手退回原地。

他張開眼睛看著黃士弘，臉上紅如火燒：「我……我看過了，我身上這一端的線，也是紅色的。」

「……。」

「跟……跟你一樣。」

「……。」

張亦賢心跳快到不能再快，他覺得自己說得很明白了，但黃士弘像是被按下了暫停鍵，光是呆若木雞的盯著他看，什麼話也沒有說。

「……黃士弘？」

冷不防的，黃士弘伸手在椅面上一撐，似乎想要站起來，但隨即又坐了回去。他突如其來的動作令座艙大幅搖晃，兩人頭頂上的軸承發出了刺耳的磨擦聲。

坐回去之後，他彎腰把頭塞進兩膝之間，雙手抱頭胡亂揉了一陣，才頂著一頭亂七八糟的頭髮直起身，望向張亦賢。

「禁止站立，分側落座……。」

張亦賢又是一愣，慢了半拍才想到他是在複述遊具的搭乘規則。那他剛才是想站起來囉？站起來做什麼？要坐到自己旁邊嗎？

軸承還在吱嘎作響，載著他們兩人的座艙慢慢越過了摩天輪最高點。

從黃士弘身上延伸過來的粉紅色線又變得更紅了一點。看著黃士弘亂髮下方的銳利眼神，張亦賢心跳如擂鼓。

「對……對啊，不能隨便換位子喔……。」

為了掩飾尷尬，張亦賢哈哈笑出聲音，還故意後仰靠向椅背。哼，根本沒什麼好緊張的，沒什麼好緊張的，沒什麼……

黃士弘身體前傾，從對面座位伸手過來，握住他的手。

「幹……幹嘛，手長了不起嗎？」

黃士弘笑了一下。

「我脖子也很長喔。」

「什麼意……。」

黃士弘施力把張亦賢上半身拉向自己，伸長頸子過來吻他，把他來不及說完的半句話封回了嘴裡。

手牽著手，鼻尖擦著鼻尖，黃士弘的睫毛在自己眼前輕顫，張亦賢不敢呼吸，唇間隱約又嚐到巧克力苦甜的滋味。

「所以我可以問你了嗎？為什麼要遮我眼睛？」

「……。」

「我不記得我做了什麼讓你怦然心動的事啊。」

「你護送小妹妹找到爸媽之後，一句話也沒多說就默默離開，那樣……那樣很帥氣。」

「那……那早上呢？為什麼早上一見面你也遮我眼睛？」

「你今天穿的帽T……兩邊帽繩不一樣長。」
「嗄？」
「很可愛。」
「……。」
「亦賢？」
「摩……摩天輪裡面好熱喔……什麼時候可以下去啊……。」

鏡小說
046

無線人生

作　　者：Beck
責任編輯：王君宇、柯惠于
責任企劃：劉凱瑛
整合行銷：黃鐘獻
主　　編：劉璞
副總編輯：林毓瑜
總 編 輯：董成瑜
發 行 人：裴偉

內頁漫畫：MN
封面插畫：木木 Lin
裝幀設計：木木 Lin
內頁排版：宸遠彩藝

出　　版：鏡文學股份有限公司
114066 台北市內湖區堤頂大道一段 365 號 7 樓
電　　話：02-6633-3500
傳　　眞：02-6633-3544
讀者服務信箱：MF.Publication@mirrorfiction.com

總 經 銷：大和書報圖書股份有限公司
248020 新北市新莊區五工五路 2 號
電　　話：02-8990-2588
傳　　眞：02-2299-7900

印　　刷：漾格科技股份有限公司
出版日期：2021 年 8 月初版一刷
ISBN：978-986-5497-81-1
定　　價：380 元

國家圖書館出版品預行編目(CIP)資料

無線人生/Beck 著. -- 初版. -- 臺北市：鏡文學股份有限公司, 2021.08
328 面；21X14.8 公分. -- (鏡小說；46)
ISBN 978-986-5497-81-1(平裝)

863.57　　110011267